Comunicación en español

DOBLE VÍA

PLACE = ESTAR = HELP / Condition

Position	Health
Location	Emotion
Action	Location
Condition	Present Progressive
Emotion	

DonT = Ser = Mopppit

Description	material
Origin	Origin.
Nationality	personality
Time	physical traits
Profession	Identification

Death Cow = Imperfect = RALUI

Description	Repeated Action
Emotion / State of Mind	Age
Age	Location.
Time	Used To
Habitual Action	In Progress,
Continuing Action	in the past,
Ongoing Action	Interrupted Action
Weather	

Weirdo = Subjunctive

Wishes, desires, imperatives

Emotion

Impersonal observations

Recommendations

Doubt, denial, disbelief

Ojalá

CSI:F = Preterit

completed Action

Sequence of Events

Interrupting Action

Finite amount of time.

Comunicación en español

DOBLE VÍA

RONALD J. FRIIS
Furman University

TATIANA SÉELIGMAN
Campbell University

HEINLE
CENGAGE Learning

Australia • Brazil • Japan • Korea • Mexico • Singapore • Spain • United Kingdom • United States

HEINLE
CENGAGE Learning

Doble vía: Comunicación en español
Ronald J. Friis and Tatiana Séeligman

Publisher: Beth Kramer

Acquisitions Editor: Heather Bradley Cole

Managing Development Editor:
Harold Swearingen

Development Editor: Kim Beuttler

Editorial Assistant: Sara Dyer

Senior Media Editor: Morgen Murphy

Senior Marketing Manager: Ben Rivera

Marketing Coordinator: Janine Enos

Marketing Communications Manager:
Glenn McGibbon

Associate Content Project Manager:
Anne Finley

Senior Art Director: Linda Jurras

Print Buyer: Susan Spencer

Senior Rights Acquisition Specialist, Text:
Katie Huha

Senior Image Rights Acquisition Specialist:
Jennifer Meyer Dare

Production Service: PreMediaGlobal

Text Designer: Anne Dauchy/Hecht Design

Cover Designer: Anne Dauchy/Hecht Design

Cover Image: Commercial Eye/Iconica/
Getty Images

Compositor: PreMediaGlobal

Library of Congress Control Number: 2010931169

ISBN-13: 978-0-495-91509-6

ISBN-10: 0-495-91509-2

Heinle
20 Channel Center Street
Boston, MA 02210
USA

Cengage Learning is a leading provider of customized learning solutions with office locations around the globe, including Singapore, the United Kingdom, Australia, Mexico, Brazil and Japan. Locate your local office at:
international.cengage.com/region

Cengage Learning products are represented in Canada by Nelson Education, Ltd.

For your course and learning solutions, visit **www.cengage.com**.

Purchase any of our products at your local college store or at our preferred online store **www.cengagebrain.com**.

Printed in the United States of America
1 2 3 4 5 6 7 14 13 12 11 10

For Laetitia, Janie, Ashley, Sophie, and Hudson.
—R.J.F

For my family and for O.A.S. (*in memoriam*).
—O.T.S.

TO THE STUDENT

There are lots of reasons to take a Spanish Conversation course. Maybe this is the last class in your required Intermediate sequence; maybe you want to pursue a career in law or healthcare or another field that requires knowledge of a second language; maybe you are planning to major or minor in Spanish or want to study abroad; maybe you just love the language and want one more shot to improve your proficiency. *Doble vía* was written with all of these different goals in mind.

Conversation is a two-way street and the main goal of *Doble vía* is to offer you uniquely personalized contexts in which you can have dynamic conversations and improve your accuracy. Despite the presence of grammatical structures, this is not a grammar book. Instead, we see grammatical structures and vocabulary as tools, *herramientas*, that you will need to communicate more effectively in Spanish.

A glance at the table of contents will show you that these chapters offer many opportunities to tell stories about the people and experiences that make you who you are. In addition to examining your own life and culture, *Doble vía* also helps you make meaningful connections to Hispanic cultures.

One final word: For some students, this course will be your last and best chance to speak so much Spanish in class... take advantage of it!

Chapter organization at a glance

HERRAMIENTAS LÉXICAS *(lexical tools)*
- **La vida secreta de las palabras** Interesting and unexpected word origins.
- **Claves para la conversación** Conversation expressions and phrases.
- **¡No caigas en el pozo!** Explanations of common mistakes.

HERRAMIENTA GRAMATICAL *(grammar tools)*
A concise explanation, in Spanish, of a key grammatical structure.
- **Practiquemos** Practice of the new structure (for homework).

VENTANA A...
A contextualized bundle of pre-speaking, input, and conversation activities.
- **Antes de hablar** Pre-speaking activities (homework) that prepare you for conversations in class.
- **Para ver** Short interviews with native speakers (in class or for homework).
- **¿Qué has visto?** Follow-up content and pronunciation questions based on the videos.
- **Lectura** Readings on subjects related to the chapter's main ideas.
- **De sobremesa** Conversation activities for groups of two or three.

DOBLE VÍA
Conversation topics for groups of four that introduce new ideas about Hispanic cultures.

TALLER DE REDACCIÓN
- **Un centenar** 100-word essays
- **Para desarrollar** Ideas for longer essays on broader topics.

CAJA DE HERRAMIENTAS
Pull-out sheets for you to use in class while working in groups.
- **5 consejos** A quick, five-point summary of the chapter's grammatical structures.
- **Banco personal de palabras** A place to look up and write down the specific words you want in order to talk about your experiences.
- **¿Cómo se dice?** Conversation expressions at your fingertips, ready to drop into your discussions.
- **Dudas** A place to jot down any questions you may have during group work. Later, you may ask your instructor to help you with answers.

ORGANIZATION OF ONLINE CONTENT

English versions of the grammar explanations with extra self-graded practice of the structures.

HERRAMIENTA GRAMATICAL AND QUIZZES

Targeted explanations of problem sounds with clickable embedded audio.

PRONUNCIEMOS CON CLARIDAD

Exploration of specific aspects of destinations in the Hispanic world.

VIAJE

Student-tested recipes, ready to be made and brought to class!

¡A COMER!

Links to iTunes™ and information about songs in Spanish by well-known artists.

MÚSICA

ICON GUIDE

ACTIVITY TYPES

 This icon indicates that the activity is designed for students working in pairs.

 This icon indicates that the activity is designed for students working in small groups.

PROGRAM RESOURCES

 Heinle iLrnAᴅᴠᴀɴᴄᴇ. This icon indicates that the students may complete chapter sections or additional practice online. The *Pronunciemos con claridad, Viaje, ¡A comer!,* and *Música* sections are regular online features.

 DVD. This icon indicates that a video recording is available on the **Doble vía** DVD. All of the video recordings are also available online.

 iTunes™ Playlist. This icon directs students to the Heinle iTunes™ Playlist for **Doble vía.**

TABLE OF CONTENTS

UNIDAD 1 MIS EXPERIENCIAS 3

© iStockphoto.com/apmit

UNIDAD 2 MI PRESENTE 65

UNIDAD 3 MI AMBIENTE 127

© Getty Images/Gavin Hellier

UNIDAD 4 MI MUNDO 189

ACKNOWLEDGMENTS

The authors are indebted to these reviewers for their invaluable comments and suggestions.

Jessica Elana Aaron   University of Florida

Ann Abbott   University of Illinois

Virginia Adan-Lifante   University of California, Merced

Yaw Agawu-Kakraba   Penn State University

Francis Aggor   Texas Christian University

Pilar Alcalde   The University of Memphis

Nuria Alonso Garcia   Providence College

Luis Alvarez-Castro   University of Florida

Geraldine Ameriks   University of Notre Dame

Teresa Arrington   Blue Mountain College

Paul Bases   Martin Luther College

Laura J. Beard   Texas Tech University

Maria Bolivar   San Diego Mesa College

Pablo Brescia   University of South Florida

Elizabeth C. Brescia   The University of North Carolina at Chapel Hill

Maria Cristina Campos Fuentes   DeSales University

Luis C. Cano   University of Tennessee, Knoxville

Monica Cantero-Exojo   Drew University

F. Eduardo Castilla Ortiz   Missouri Western State University

Esther Castro·   Mount Holyoke College

Kirby Chadsick   Scottsdale Community College

John Chaston   University of New Hampshire

Beatriz Cobeta   The George Washington University

Heather Colburn   Northwestern University

Ava Colburn   Harding University

Raquel Cortes Mazuelas   Elon University

Christine Cotton   Elon University

Aurea Diab   Dillard University

Karen Diaz Reátegui   Washburn University

Jeffrey Diluglio   Curry College

Debora Dougherty   Alma College

Patrick Duffey   Austin College

Lucia Dzikowski   Seminole Community College

Maria Echenque   University of Portland

John Ellis   Scottsdale Community College

Rafael Falcon   Goshen College

Mary Fanelli Ayala   Eastern New Mexico University

Leah Fonder-Solano   University of Southern Mississippi

Jennie Frazier   East Grand Rapids Public Schools

Rosalinda Freeman   Veritas Prep/Mesa Community College

Carmen Garcia   Texas Southern University

Prospero Garcia   University of Massachusetts, Amherst

Federica Goldoni   The University of Georgia

Esperanza Granados   Erskine College

Peg Haas   Skidmore College

Jeannette Haas   Kent State University

Carol Harllee   Flagler College

Denise Hatcher   James Madison University

Todd Hernandez   Aurora University

Jery Hoeg   Marquette University

Tia Huggins   Penn State University

Alfonso Illingworth-Rico   Iowa State University

Kathleen Jimenez   Eastern Michigan University

Deborah Kessler   Miami Dade College

Larry D. King   Bradley University

Joy Landeira   The University of North Carolina at Chapel Hill

Frederick Langhorst   University of Northern Colorado

Lina Lee   Spelman College

Jennifer Leeman   University of New Hampshire

Mary Long   George Mason University

Lora Looney   University of Colorado at Boulder

Marcela J. Lopez   University of Portland

Maria Lopez-Larios   University of Missouri

Gillian Lord   Fayetteville Academy

Enrique Luengo   University of Florida

Paula Luteran   John Carroll University

Charlene M. Grant   Hutchinson Community College

Lynne F. Margolies   Manchester College

Carlos F. Martinez   New York University

Pilar Martinez-Quiroga   University of Illinois at Urbana-Champaign

Nancy Mason   Dalton State College

Marsha Mawhirter   Butler Community College

Amy McNichols   McDaniel College

Dr. Leslie A. Merced   Benedictine College

Eugenia Munoz   Virginia Commonwealth University

Lisa Nalbone   University of Central Florida

Sadie Nickelson-Requejo   The University of Puget Sound

Rebeca Olmedo   Elon University

Claudia Ospina   Wake Forest University

Marilyn Palatinus   Pellissippi State

Ana Pena-Oliva   The University of Texas at Brownsville

F. Perez Pineda   University of South Alabama

Frank Pino   The University of Texas at San Antonio

J Uriel Plascencia   University of Oregon

Michael Posey   The Collegiate School

April Post   Elon University

Lynn Purkey   University of Tennessee at Chattanooga

Bel Quiros Winemiller   Glendale Community College

Herlinda Ramirez-Barradas   Purdue University Calumet

Michelle Ramos-Pellicia   George Mason University

Dr. John W. Reed   Saint Mary's University of Minnesota

Timothy Reed   Ripon College

Jose Javier Rivas Rodriguez   University of Colorado at Boulder

Isidro Rivera   The University of Kansas

Esperanza Roman-Mendoza   George Mason University

Marc Roth   St. John's University

Kristin E. Routt   Eastern Illinois University

Fernando Rubio   The University of Utah

Laura Ruiz-Scott   Scottsdale Community College

Susan Schaffer   Loyola Marymount University

Karen Schairer   Northern Arizona University

Gabriela Segal   Arcadia University

Nancy Smith   Allegheny College

Diana Spinar   Dakota Wesleyan University

Victoria Stewart   Globe University Minnesota School of Business

Brian Stiegler   Salisbury University

Paula Straile-Costa   Ramapo College of New Jersey

Matthew Stroud   Trinity University

Jose Suarez   University of Northern Colorado

Lynn Talbot   Roanoke College

Andrea Topash-Ros   University of Notre Dame

Veronica Vega Egon   University of Wisconsin – Madison

Barry Velleman   Marquette University

Hugo M. Viera   Westfield State College

Olga Vilella   Saint Xavier University

Dr. Raymond Watkins   Central Carolina Tech College

Sandra Watts   The University of North Carolina at Charlotte

Sandi Weightman   Bethel University

Jonnie Wilhite   Kalamazoo Valley Community College

Sarah Williams   University of Pittsburgh

Helga Winkler   Moorpark College

Matt Wyszynski   The University of Akron

Dayana S. y Caballero de Galicia   University of Nebraska-Lincoln

Jiyoung Yoon   University of North Texas

We wish to recognize and thank Executive Editor Lara Semones, and our Acquisitions Editor, Heather Bradley Cole, for their enthusiasm and support of the project over the years. Our sincere thanks to our tireless Development Editor, Kim Beuttler. Thanks to Anne Finley, Harriet C. Dishman, Shirley Webster, Leonor Delgado, Lupe Ortiz, Pilar Acevedo, and Anne Lombardi Cantú. We are especially indebted to Ben Rivera, Janine Enos, and the entire marketing team for their support of this first edition. Special thanks as well to Senior Art Director Linda Jurras for her superb work on the design and for enhancing *Doble vía* with such a fresh and inviting look and feel. We also would like to offer profuse thanks to Peter Schott and his media team—Carolyn Nichols, Andy Kwok, and Adam Abelson—as well as Jerome Stern of MotionLife Media for their phenomenal work and commitment to the video program.

Single-author books are written by teams and co-authored books by even larger teams—this project would not have been possible without my co-author Tatiana Séeligman and Development Editor Kim Beuttler. I also thank all the colleagues and friends who have shared their ideas on language teaching and learning with me over the years, especially Lourdes Manyé, Jeremy Cass, Angélica Lozano-Alonso, David Bost, and Jerry Cox. Many sections of this book could not have been written without the advice of Bill Prince. I am very fortunate to work among generous, caring colleagues and sharp, engaged students at Furman University and I thank them all for the ways in which they have shaped this book.

—R.J.F.

This book has been a journey of discovery for me, and I am indebted to all the teachers who have helped me learn more about Hispanic cultures and the Spanish language, especially my inquisitive students at UNC-Chapel Hill and Campbell University, my supportive colleagues and mentors like Glynis Cowell, María Salgado, Tiago Jones, Jacki Stanke, and Mark Hammond, and my imaginative co-author, Ronald J. Friis.

—O.T.S.

Comunicación en español

DOBLE VÍA

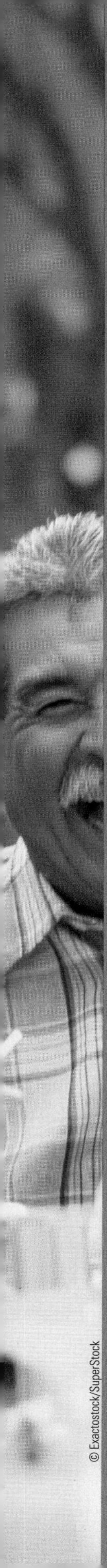

UNIDAD 1

Mis experiencias

¿Cómo has cambiado desde que eras niño/a?

_____

¿Cómo eres diferente a los demás?

_____

¿Cuáles son los eventos más importantes para tu familia?
¿Cómo los celebran?

_____

¿Cómo querías que fuera tu experiencia en la escuela secundaria?

_____

¿Qué te preocupa?

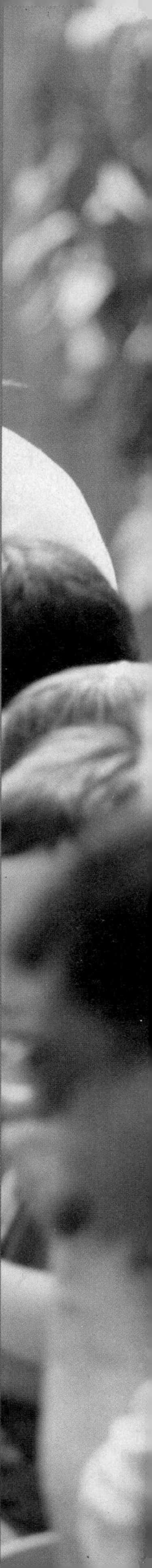

4

CAPÍTULO 1
INVENTARIO PERSONAL

© iStockPhoto.com/pryzmat

© iStockPhoto.com/ajt

© iStockPhoto.com/FeliciaMontoya

© Thomas Northcut/Photodisc/ Getty Images

© Megnomad/Shutterstock

© Burazin/Photographer's Choice RF/Getty Images

HERRAMIENTAS LÉXICAS

LA VIDA SECRETA DE LAS PALABRAS

Circunloquio

Circunloquio (del latín *circumloquĭum, -ōnis*) significa "dar vueltas alrededor de algo" (circun < *around* + locución < *speak*), es decir, un rodeo de palabras para dar a entender algo que hubiera podido expresarse más brevemente.

1. f. Ret. Figura que consiste en expresar por medio de un rodeo de palabras algo que hubiera podido decirse con menos o con una sola palabra, pero no tan bella, enérgica o hábilmente. (*Diccionario de la Real Academia Española, DRAE*)

© iStockPhoto.com/ danleap

Para presentarte

el apellido last name	despedirse to take leave, say good-bye	el nombre completo full name (including both last names)
el apodo nickname	materno/a mother's side (maternal)	paterno/a father's side (paternal)
la billetera wallet	nacer to be born	el primer/segundo nombre first/middle name
la despedida good-bye, farewell	el nacimiento birth (as in date of birth)	saludar to greet

Claves para la conversación

1. Para presentarse

    —Hola. / ¿Qué tal? / Buenos días. / Buenas tardes.
    —Yo soy Alexis Montero.
    —Mucho gusto, Alexis, soy Bernardo Pérez.
    —Encantada.

2. Para repetir y/o clarificar información

    ¿Cómo?   Huh?

    ¿Cómo dice?   What did you say?

    ¿Entiendes?   Get it?

    ¿Sí?, ¿No?   Isn't it? Aren't you?

¿Otra vez, por favor? / Repite, por favor.   Can you say that again, please?

Más despacio, por favor.   Slower, please.

¿Viste? ¿Ves?   You see?

¿Seguro/a?   Are you sure?

Sí, totalmente.   Yes, totally.

No, para nada.   No, not at all.

3. Para concluir / dar tu opinión

¿En serio?   Seriously?

¡Digo yo! / ¡Eso!   And that's what I say! That's what I'm saying!

Yo creo / pienso / opino que...   I believe / think / it's my opinion that . . .

Tienes razón.   You're right!

No creo que tengas razón.   I don't think you're right.

Creo que te equivocas.   I think you're wrong.

A mí me parece que...   It seems to me . . .

No creo que sea...   I don't think that . . .

A mi parecer...   To my way of thinking . . .

Eso es ridículo.   That is ridiculous!

¡Relájate! / ¡Cálmate!   Be cool! Relax!

4. Preferencias

Me gusta...   I like . . .

Me encanta... / Me fascina...   I love . . .

No me gusta para nada...   I hate . . .

No soporto...   I can't stand . . .

Consulta esta sección en nuestro sitio web para aprender más sobre los acentos en español en www.cengage.com/hlc.

PRONUNCIEMOS CON CLARIDAD

¡NO CAIGAS EN EL POZO!

Hay pocas letras dobles en las palabras en español. Las más comunes son **-cc, -ll** y **-rr.** Hay algunas excepciones pero son muy poco frecuentes entre las consonantes y aún más raras en las vocales.

sección	llamar	correcto
acción	apellido	error

Ten cuidado con cognados de palabras que tienen letras dobles en inglés. Algunos ejemplos son: **oficina, posible, comunicar, dólar.**

HERRAMIENTA GRAMATICAL
EL SUJETO IMPERSONAL Y EL *SE* PASIVO

I. EL *SE* IMPERSONAL

Trata de identificar el sujeto de las siguientes oraciones:

En México se cena muy tarde.   In Mexico <u>they eat dinner</u> late at night.

No es algo que se dice a un camarero.   That's not something <u>you say</u> to a waiter.

En los Estados Unidos se suele usar tortillas de harina.   In the U.S. <u>we tend</u> to use flour tortillas.

En estas tres oraciones los sujetos del inglés *they, you* y *we* no se refieren a personas específicas sino a "la gente" en general y por tanto reciben el nombre de sujetos "indefinidos" o "impersonales". Siempre que se habla de un sujeto impersonal en español se necesita usar la construcción del *se impersonal* en lugar de los pronombres **tú, usted, nosotros** o **ellos**:

se + verbo en la tercera persona **singular** + preposición / adverbio / verbo
(cualquier "no-nombre")

Dos reglas para recordar con el **se** impersonal:

1. El verbo siempre es singular.

2. La palabra que sigue inmediatamente después del verbo **no puede** ser un nombre.

Si la palabra que sigue al verbo es un nombre, la construcción se convierte, técnicamente, en una forma del *se* **pasivo**, que presentamos a continuación.

II. LA VOZ PASIVA

Para cambiar el énfasis de una oración se puede usar la voz pasiva, que hace que el foco de atención pase a la acción, no al sujeto. Hay dos maneras de construir la voz pasiva en español.

La primera es con la construcción **ser + participio pasado + por.** Los angloparlantes tienen la tendencia a abusar de esta estructura. Usa esta construcción solamente si la oración indica **quién hizo la acción,** con la palabra **por:**

Los tamales son preparados por el chef.   The tamales are prepared <u>by the chef</u>.

La siguiente oración, tanto en inglés como en español, tiene una estructura que se considera mejor, porque usa la voz activa.

El chef prepara los tamales.   The chef prepares the tamales.

La segunda estructura, y la más común, para formar la voz pasiva en español (cuando no es necesario indicar el sujeto con **por**) usa el *se* **pasivo**.

Se + verbo tercera persona **singular** + nombre **singular**
Se + verbo tercera persona **plural** + nombre **plural**

En este restaurante se prepara la comida con ingredientes frescos todos los días.

In this restaurant <u>the food</u> **is** prepared with fresh ingredients every day.

En este restaurante se preparan los tamales todos los días.

In this restaurant <u>the tamales</u> **are** prepared every day.

El *se* pasivo y el *se* impersonal son muy importantes para escribir y hablar en español, y te van a ayudar a tener una forma de expresión que suene más natural. Recuerda: cuando los hispanoparlantes necesitan usar la voz pasiva, ellos usan el **se pasivo** y tú también debes usarlo.

Como veremos en este capítulo, las construcciones con *se* son muy útiles para aprender la estrategia del **circunloquio,** o sea, de describir algo de una manera indirecta:

Es algo que se encuentra fuera de una casa.
Es donde se ven las palabras en la computadora.

Practiquemos

1. **Inventarios personales** Imagina que estás en clase comparando tu inventario personal (de **Antes de hablar**) con el de un/a nuevo/a amigo/a. Responde a cada declaración de tu compañero/a de clase con una expresión de **Claves para la conversación**.

    Tu compañero/a:

    1. "Me fascina *Star Trek*".
    2. "¡Es un día muy bonito!" (está lloviendo a cántaros)
    3. "Vivo en... mmm". (algo que no entiendes)
    4. "¡Anoche comí 50 huevos!"
    5. "El Barça es superior al Madrid".*
    6. "Tengo tres hermanos mayores, dos hermanos menores, una media hermana, dos medio hermanos que son menores que yo, cinco tías, ocho tíos..."
    7. "Me duele el estómago. Ojalá anoche te hubiera hecho caso y no hubiera comido esos diez taquitos".

2. **Traducción** Después de subrayar el sujeto, traduce cada oración usando un sujeto indefinido o pasivo.

    1. They say that Peruvian food is wonderful! *Comida de Pemana es marav*
    2. How is your last name pronounced?
    3. In Spain, they don't eat dinner until nine o'clock.
    4. We speak Spanish.
    5. Smoking is prohibited on all our flights.
    6. Tickets are sold in advance (*por adelantado*).
    7. They study all the time at that university.
    8. Can you order a *mate*** here?
    9. This is how you write accents on a computer.
    10. Car for sale.

* El Barça es el FC Barcelona y el Madrid es Real Madrid, los dos equipos más famosos del fútbol español.
**Bebida parecida al té; el *mate* es común en la Argentina y otros países de Sudamérica.

VENTANA A

...LA FACILIDAD EN EL ESPAÑOL

Inventario personal

Nombre _____

Apodo _____

_____ Hombre _____ Mujer

Estado amoroso _____

Me interesa conocer a _____

Fecha de nacimiento _____

Lugar de nacimiento _____

Signo del zodíaco _____

Me interesa el zodíaco: _____ Sí _____ No

Información personal

E-mail (universidad) _____

E-mail (personal) _____

Teléfono (universidad) _____

Teléfono (celular) _____

Uso IM: _____ Sí _____ No

Mi alias en IM es _____

Mi pasatiempo favorito es _____

La última canción que escuché en mi MP3 es _____

Uso el Internet para descargar música: _____ Sí _____ No

Mi película favorita es _____

Un libro que traje a la universidad de mi casa es _____

Mi "sitio tranquilo" es _____

Llevo este objeto personal en mi billetera _____

Mi *ringtone* es _____

Hago ejercicio: _____ Sí _____ No

Jugaba a estos deportes en la escuela secundaria _____

El deporte que mejor hago es _____

Veo televisión _____

Uso: _____ Macintosh _____ PC

Mi familia

Un adjetivo que describe a mi padre es _____

Un adjetivo que describe a mi madre es _____

Mi hermano/a preferido/a es _____

Mi pariente preferido es _____

Mis mascotas se llaman _____

Preguntas personales

Mi libro favorito de cuando era niño/a era _____

Leo estas revistas _____

Toco el *snooze* este número de veces _____

Mi "comida de consuelo" (*comfort food*) es _____

Mi bebida favorita es _____

Mi número favorito es _____

_____ No fumo _____ Fumo _____ Fumaba _____ He fumado en ocasiones

_____ No tomo _____ Tomo bebidas alcohólicas _____ Las he probado en ocasiones

Tengo orgullo de _____

Prefiero: _____ la mañana _____ la noche

Admiro a _____

Quiero ser famoso/a: _____ Sí _____ No

Pido este plato en un restaurante mexicano _____

Soy fanático/a de este condimento _____

En el video de este capítulo, varios hispanohablantes se presentan y hablan de sus estudios, sus carreras y sus pasatiempos. Presta atención especial al contenido y los acentos distintos de cada persona. Después, contesta las preguntas a continuación.

PARA VER

© iStockPhoto.com/mashabuba

¿QUÉ HAS VISTO?

Lee estas preguntas y contéstalas después de ver el video.

1. Describe las carreras (y los motivos para estudiarlas) que tienen en común algunos de los entrevistados. *major?*

2. Explica tres diferencias entre el sistema educativo en Chile y los Estados Unidos tal y como las describe Gonzalo. *differences between Education in Chile & the USA*

3. Compara tu situación familiar con la de Raquel o la de Pablo: ¿cuántas personas hay en sus familias, quiénes son y dónde viven?

4. ¿Cuáles son algunos pasatiempos o actividades que los entrevistados ya no hacen?

5. ¿Quiénes de los entrevistados están en una relación amorosa?

LECTURA

¿CÓMO ALCANZO EL NIVEL AVANZADO EN ESPAÑOL?

¡Los expertos dan sus consejos!

Cualquiera que sea tu nivel de fluidez en el español, es probable que sigas buscando la manera más efectiva de mejorar tus habilidades. ¡No hay nada mejor que aprender de la experiencia de otros! Lee los consejos de profesores con muchos años en la enseñanza del español a continuación.

APRENDE ESCUCHANDO... Y LEYENDO Y VIENDO LA TELE: "Te recomiendo que escuches cuanto puedas en español... música, conversaciones de otras personas, televisión... y que leas mucho. Luego, que intentes usar en tu propia conversación las expresiones y palabras nuevas que hayas aprendido. Yo siempre llevaba un cuadernito en que escribía todo lo nuevo que había aprendido".

HAZ NUEVOS AMIGOS: "Trata de hacer amistad con un chico o chica que sólo hable español o trata de viajar a un país donde se hable español; en otras palabras, buscar situaciones en que no haya otra opción que hablar para sobrevivir".

HAZ TRABAJO DE VOLUNTARIO/A: "¡Motívate para ser un voluntario en tu comunidad! Si hay hispanos en tu área, acércate a un grupo que trabaje con ellos y trabaja como voluntario. Le serás de ayuda a alguien, harás nuevos amigos y lo más seguro es que, gracias a esta experiencia, vas a hablar mejor el español".

HAZ TU PROPIO DICCIONARIO: "Cada vez que aprendas una palabra o expresión nueva, escríbela en lo que yo digo el "autodiccionario". Por ejemplo, organiza una agenda de teléfonos (o agenda eléctronica) como diccionario: ya tiene las páginas con las letras del abecedario, por lo que sólo necesitas ir colocando tus palabras nuevas en su lugar correspondiente, en orden alfabético. Como estas agendas suelen ser pequeñitas, de bolsillo, podrás apuntar en la tuya cada vez que oigas una palabra nueva y estudiar las palabras nuevas cinco minutos al día, todos los días".

¡RELÁJATE! "Ten paciencia contigo mismo, y considera que cuando conversas con un hablante nativo es aceptable responder con oraciones cortas. Nadie espera que respondas con oraciones largas y complicadas. Aprende a reírte de tus errores. Esto te ayudará a aliviar la tensión y así ganarás la simpatía de otros".

¡HAZLO YA! "Un estudiante que quiere mejorar el español debe ser un poco atrevido. Tiene que hablar aun sabiendo que lo que dice no es el cien por ciento correcto. Habrá después las oportunidades para refinar el lenguaje. ¡Hazlo ya!"

De sobremesa

 Contesten estas preguntas en parejas o grupos de tres. Como siempre, cada estudiante leerá una parte de la pregunta a su grupo y todos contestarán. Usen las palabras, expresiones e ideas que anotaron para las secciones **Antes de hablar** y **Banco personal de palabras**.

UN NUEVO/A AMIGO/A

- Escriban cinco preguntas con cinco palabras interrogativas diferentes. Usen la información del **Inventario personal** como base de sus preguntas.

- Después, entrevisten a una persona desconocida de la clase y apunten las respuestas de su nuevo/a amigo/a.

- Presenten a su nuevo/a amigo/a a la clase usando las expresiones del capítulo y los modelos que vieron en el video.

MULTICITAS (*SPEED DATING*)

- Hagan una lista de los cinco datos más importantes e interesantes de su **Inventario personal**.

- Ahora, escriban una breve descripción de ustedes mismos de tres frases. Incluyan su nombre, de donde son y dos o tres datos personales.

- Saluden y preséntense a diez personas en ocho minutos. ¡Pongan atención a lo que les cuentan sus compañeros! El profesor va a verificar cuántos nombres y datos interesantes recuerdan.

¿CÓMO SE DICE...?

Ya aprendimos que el circunloquio es una técnica muy útil para encontrar o describir una palabra que no conoces. Para hacerlo bien, hay que usar la familia de palabras conocidas que se asocian con la palabra deseada. Consideren lo siguiente: ¿De qué está hecha la cosa? ¿Dónde se encuentra? ¿Para qué se usa?

- En esta actividad van a usar **el español** para describirle una palabra a un/a compañero/a. Usen expresiones con **se** cuando sea necesario. Su compañero/a va a tratar de adivinar esta palabra **en inglés** (porque son palabras poco usadas). Por ejemplo: Bandaid*: "Es algo, una cosa, que **se usa** para detener la sangre cuando **se corta** el dedo..."

*En México se dice **curita**, en otros países, **tirita**.

DOBLE VÍA

Contesten estas preguntas en grupos de cuatro. Como siempre, cada estudiante leerá una parte de la pregunta a su grupo y todos contestarán.

Un beso...

En España y Latinoamérica, cuando los amigos y familiares se ven, suelen saludarse con abrazos y un beso o dos. En estos besos los labios no tocan la mejilla de la otra persona —son besos que se dan al aire.

- ¿Cómo se van a saludar estas personas en estos casos? Digan si van a darse la mano, abrazarse y/o besarse (y cuántas veces).

	Minneapolis	México, D.F.	Madrid	Montevideo
dos hombres				
dos mujeres				
padre e hijo				
madre e hija				

- ¿Cómo saludan a sus parientes? ¿En su familia o cultura es común para dos hombres abrazarse o no? ¿Cómo es diferente abrazarse a darse la mano para los hombres? ¿Hay una edad en que los padres e hijos ya no se besan o abrazan? ¿Por qué?

- Si eres una chica y tu compañera de cuarto te presenta a su mejor amiga, ¿cómo se saludan Uds.?

- "Un beso" o un par de besos son despedidas comunes en la cultura hispana que no conllevan (*carry*) un significado romántico. ¿Cómo se despiden de sus amigos?

Los nombres de familia

Como ya saben, en los países hispanos la gente suele usar dos apellidos: un apellido paterno y otro materno. En casi todos los países hispanos, con excepción de España, cuando una mujer se casa, suele quitarse el apellido materno (el segundo apellido). En su lugar, se agrega la preposición "de" y su nuevo segundo apellido será el apellido paterno de su marido. En España la mujer no cambia su apellido y no agrega el de su esposo tampoco, aunque los hijos del matrimonio van a tener los dos apellidos, y el orden es primero el apellido del padre y luego el de la madre. En los Estados Unidos si los hispanos usan solamente un apellido, suele ser el primer apellido (el del padre).

- ¿Cuál sería el nombre de cada uno/a de ustedes en el sistema hispano? ¿Usan dos apellidos? ¿Conocen a alguien que use dos? ¿Por qué usa los dos?

- ¿Qué opinan de la costumbre de cambiar el apellido cuando uno/a se casa? ¿Cuando se divorcia? Si eres mujer, ¿lo harías tú?

TALLER DE REDACCIÓN

Un centenar Escoge un tema a continuación y escribe un ensayo de 100 palabras.

1. Escribe tu Plan de buena forma lingüística (*Language Fitness Plan*) para este semestre. Si tu profesor está de acuerdo, escríbelo en inglés. Incluye metas específicas y realistas como *"I want to improve the pronunciation of my r's"* o *"I want to be more accurate when telling stories in the past"*.

2. Escribe una descripción en forma de una adivinanza de un objeto familiar; descríbelo en 100 o menos palabras. Tu profesor va a tratar de adivinar lo que es y va a escribir su respuesta cuando te devuelva tu descripción.

Para desarrollar Escribe un ensayo sobre el siguiente tema. Sigue las instrucciones de tu profesor sobre las fuentes que puedes usar.

El turista accidental Escribe una guía para un/a hombre/mujer de negocios en Cuernavaca. Se trata de describir los lugares que se pueden visitar y las actividades que se pueden hacer, pero la guía es para alguien con un mínimo de tiempo disponible a quien sólo le interesa conocer lo indispensable de este lugar.

Visita el sitio web de *Doble vía* para planear una visita a Cuernavaca, México en www.cengage.com/hlc.

VIAJE

Según la *Hass Avocado Board,* todos los años en un día en particular se comen 99 millones de aguacates en los Estados Unidos... ¿Qué día es? Aprende cómo se prepara uno de los platillos más sencillos y sabrosos, el guacamole, en www.cengage.com/hlc.

¡A COMER!

El cantautor cubano Pablo Milanés pertenece al movimiento musical Nueva Trova (*New Song*) de los años 70. Para conocer más de su música, accede a la lista de reproducción de Heinle iTunes, en www.cengage.com/hlc.

MÚSICA

CAPÍTULO 2
¿CUÁL ES TU CRONOLOGÍA PERSONAL?

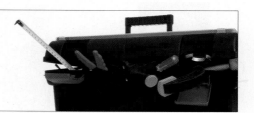

© Shutterstock

LA VIDA SECRETA DE LAS PALABRAS
Lunes, martes, miércoles, jueves, viernes, sábado, domingo

¿De dónde vienen los nombres de los días de la semana en español? ¿Y en inglés?

Luna   Marte   Venus   Domingo

La puntualidad

acertado/a
right, correct

clave
essential, key (as in important)

cortés
polite

descortés
rude

equivocado/a
wrong

llegar a tiempo
to arrive on time

llegar puntual
to arrive on time

llegar tarde, con retraso
to be late (use *llegar*, not the verb *to be*)

llevar prisa
to be in a hurry

los minutos de antelación
minutes early

mover
to move (someone or something, not "move to a new house")

mudarse
to move (to another home)

presentarse
to show up

retrasarse
to be delayed / late

Cronologías

acotado/a
limited by logical or natural boundaries

los años noventa o los noventa (*always singular*)
the nineties

el carnet de conducir
driver's license (Spain)

la clasificación ranking	la hora time (use when telling time only)	mucho / muchísimo tiempo in ages, in a very long time
conducir/manejar to drive	la licencia de conducir driver's license	el rato (a) short period of time
la cronología timeline	morir to die	el tiempo time (in general)
en + año / Nací en 1991. I was born in 1991.	morirse/fallecer to pass away	una vez / varias veces one time, once / a few times

Claves para la conversación

Muletillas (*fillers*)

En inglés muchas personas usan expresiones como *like* y *um...* cuando tratan de pensar en la palabra acertada para completar una oración. A estos sonidos se les llama **muletillas** (literalmente, "pequeños bastones" —en inglés, *small crutches*— o expresiones que sirven de apoyo en la conversación). En lugar de decir *um...*, en español se puede decir **este..., o sea...** o **¿me entiendes?** ¡Prueba estas expresiones la próxima vez que estés estancado/a (*stuck*) en una conversación!

Escucha y practica la pronunciación de las vocales en español en www.cengage.com/hlc.

PRONUNCIEMOS CON CLARIDAD

¡NO CAIGAS EN EL POZO!

Usa el artículo definido (**el, la, los, las**) en vez de **en** con las fechas y los días de la semana para decir *on*:

Nací **el** cuatro de febrero.   *I was born **on** February fourth.*

Fui **el** lunes.   *I went **on** Monday.*

Voy todos **los** lunes.   *I go **on** Mondays (**every** Monday).*

HERRAMIENTA GRAMATICAL
EXPRESIONES DE TIEMPO CON *HACER* Y *LLEVAR*

Hacer y **llevar** son dos verbos que se usan muy a menudo en expresiones de tiempo.

It makes = Hace + Tiempo + que

Hace + expresión de tiempo + [que] + tiempo presente del verbo principal

around "ing"

Llevar (conjugado) + expresión de tiempo + ~~presente participio~~ del verbo principal

Hace + expresión de tiempo + [que] + tiempo pasado del verbo principal

1. Usamos la primera construcción para hablar del tiempo que **hemos estado haciendo algo**. Esto quiere decir que el evento al que nos referimos todavía continúa en el presente.

   > Hace <u>cinco meses</u> que estudio en esta universidad.
   >
   > Estudio en esta universidad hace <u>cinco meses</u>.
   >
   > Estudio en esta universidad desde hace <u>cinco meses</u>.

   } I have been studying at this university for <u>five months</u>.

   estudiado   *since*

   Esta construcción se puede usar también en oraciones negativas para decir por cuánto tiempo **no hemos hecho** algo.

   > Hace cinco meses que no te veo.
   >
   > No te veo hace cinco meses.

   } I haven't seen you for five months.

   Otra manera de expresar duración de tiempo es con el verbo (llevar.)

   > Llevo cinco meses en esta universidad.
   >
   > Llevo cinco meses estudiando en esta universidad.

   } I have been attending this university for five months.

   En oraciones negativas con **llevar** usamos (el infinitivo del verbo.)

   > Llevo cinco días sin dormir.   I have been without sleep for five days.

2. Usamos la construcción con **hace** y el **pretérito** para hablar del tiempo que **ha pasado** desde que hicimos algo, es decir, el evento ya ha concluido.

   > Hace <u>cinco meses</u> que me gradué de la escuela secundaria.
   >
   > Hace <u>cinco meses</u> me gradué de la escuela secundaria.
   >
   > Me gradué de la escuela secundaria hace <u>cinco meses</u>.

   } I graduated **from** high school five months ago.

PARA HACER PREGUNTAS

Vas a ver muchas variaciones en la formación de preguntas. Puedes escoger la que te suene mejor y estudiar las demás como referencia.

¿Cuánto tiempo hace que estás aquí? ¿Hace cuánto tiempo estás aquí?

¿Cuánto hace que estás aquí?   ¿Desde cuándo estás aquí?

How long have you been here?

 # Practiquemos

1. **Preguntas personales** Contesta con frases completas.

   1. ¿Cómo se llama tu mejor amigo/a? ¿Cuánto tiempo hace que lo/la conoces?
   2. ¿Desde hace cuánto tiempo tienes tu licencia de conducir? *Hace diecinueve meses que tengo lo (tuve)*
   3. ¿En qué estado vive tu familia? ¿Cuánto tiempo lleva allí? *Mi familia lleva dieciocho años*
   4. ¿Hace cuántos años cumpliste dieciséis años? *Hace ___ años que cumplí dieciséis años.*
   5. Traduce usando una expresión con **hace**: *Long time no see! (I haven't seen you in ages!)* *Hace mucho años que vea tú*
   6. Traduce: *I **haven't** eaten for six hours!* *¡ Yo No como para seis horas!*
   7. Traduce: *How long **have** you studied here?* *¿ Hace cuánto tiempo estudiar aquí? (estudiaron)*

2. **Mi agenda diaria** Escribe unas oraciones sobre cuándo haces tus actividades, cuánto tiempo las haces, si eres puntual o no y si otras personas son puntuales o no para las mismas actividades. Usa correctamente las palabras **rato, hora, tiempo, vez, veces** y las expresiones **llegar a tiempo** y **llegar tarde**.

3. **Años importantes en el mundo hispano** ¿Qué ocurrió en estos años? Empareja los eventos con los años. Investiga en la red si no sabes la respuesta.

1. En Colombia desde 1966 (y hasta el momento presente)	a. Se celebraron los juegos Olímpicos.
2. En Panamá en diciembre de 1989	b. Terminó el régimen del dictador Augusto Pinochet.
3. En Chile en 1990	c. El PRI perdió la elección presidencial por primera vez.
4. En Barcelona en 1992	d. Empezó la guerra civil.
5. En México el primero de diciembre de 2000	e. Fidel Castro dejó de ser líder del país.
6. En Cuba en febrero de 2008	f. Hubo una invasión estadounidense.

VENTANA A

...LA PUNTUALIDAD

ANTES DE HABLAR

El día en que yo nací

Llama a tu familia por teléfono y también usa la red para completar la tabla de abajo.
Incluye todos los detalles que puedas, pero no tienes que contestar con oraciones
completas.

¿Dónde naciste? (país, ciudad, hospital, casa...)	
¿A qué hora naciste?	
¿Tenías mascota cuando eras niño/a? ¿La tienes todavía? ¿Hace cuánto tiempo que la tienes?	
¿Quién era el presidente de los Estados Unidos cuando naciste?	
¿Cuáles eran los mejores discos/canciones de ese año? Consulta esta página web: http://www.billboard.com	
¿Quién era el primer ministro de España?	
¿Quién era el líder de Chile?	
¿Qué película ganó el Óscar ese año para mejor cinta?	
¿Por qué tienes el nombre que tienes?	
¿Sabes si tu familia pensaba en otro nombre por si fueras del otro sexo? ¿Qué nombre era?	
¿Era popular tu nombre en el año en que naciste? Busca tu nombre en http://www.ssa.gov/OACT/ babynames/ y apunta tu clasificación.	

Mi cronología

Escribe una lista de los ocho eventos de mayor importancia en tu vida junto con el año en que ocurrió cada evento. Es probable que uses el pretérito para narrar estos eventos. Algunas sugerencias son: viajes, inicio de una carrera, un evento deportivo, mascotas, mudanzas, muertes, nacimientos, graduaciones.

Ahora, dibuja una cronología de tu vida con los eventos. Usa una palabra clave con cada año. Por ejemplo, si tu hermano Juan nació en 1981, apúntalo así:

Juan nació

←—— / —↓— / ——→

1980 / 1981 / 1982

1989 90 91 92 93 94 95 96 97 98 99 00 01 02 03 04 05 06 07 08 09 10 11 12 13 14 15 16 17 18 19 2020

Una cosita más: ¿Cuál fue el mejor año de tu vida? ¿Por qué? Apunta el año y escribe dos frases para explicar y apoyar tu respuesta.

En el video de este capítulo varias personas hablan de sus hábitos personales y dan sus opiniones sobre la importancia de la puntualidad. Presta atención especial al contenido y la pronunciación de las vocales de cada persona. Después, contesta las preguntas a continuación.

PARA VER

¿QUÉ HAS VISTO?

Lee estas preguntas y contéstalas después de ver el video.

1. ¿Se describen como puntuales Maca y Gonzalo? ¿En qué circunstancias?
2. ¿Cómo es la situación con los amigos de Maca y Gonzalo? ¿Es problemático para el grupo si uno de los amigos llega atrasado?
3. ¿Opinan Ela y Juan Carlos que el acto de llegar tarde es una falta de respeto? ¿Cuándo? ¿Estás de acuerdo?
4. Identifica cinco muletillas que emplea Ela en su respuesta.
5. ¿Qué dicen Ela, Gonzalo, Juan Carlos y Maca que harían para no llegar tarde a una reunión o si tienen prisa? ¿Qué recomiendan que usemos para llegar a la hora indicada?

LECTURA

Hábitos y excusas sobre el manejo del tiempo

Este artículo del periódico ¡Qué! trata de un cambio que se ha notado en España como consecuencia de su integración a la Comunidad Europea. También considera el papel de la tecnología en la vida de los españoles.

AUMENTAN LAS PERSONAS QUE LLEGAN A SU HORA... O LLAMAN POR EL MÓVIL.

Siempre se ha hablado de puntualidad británica a la hora de alabar (*praise*) esta virtud. Pues bien, la puntualidad hispánica ("no me gusta esperar, pero llego tarde"), pierde fuerza. Las razones son la tendencia europea de aprovechar mejor el tiempo y el deseo de quedar bien en el trabajo en tiempos de crisis. Las facilidades que proporciona el móvil para avisar si se llega tarde también contribuyen. Un sondeo *¡Qué!* lo confirma.

El ritmo laboral y las relaciones con profesionales de países de nuestro entorno provocan un cambio inevitable en el cumplimiento de los horarios, aunque se mantiene la impuntualidad en citas sociales.

La 'hora hispánica' era, hasta hace poco, cualquiera menos la acordada (*the agreed upon time*). Los sociólogos detectan un cambio de tendencia influenciado por el ritmo del mercado laboral y las relaciones con profesionales europeos. Estos últimos están acostumbrados a utilizar cronogramas y ser puntuales en las citas.

Sin embargo, los nuevos hábitos no se han extendido al ámbito social y familiar, donde ser puntual es un concepto muy amplio. Además, el uso generalizado del teléfono móvil se ha convertido en un instrumento que sirve para aliviar la conciencia del que hace esperar, hasta el punto de que muchos aparatos incluyen de serie el SMS* "llego tarde".

EXCUSAS POR MÓVIL
La mayoría reconoce que le ha cambiado el tiempo. La posibilidad de llamar o enviar un mensaje con la excusa de turno provoca mayor despreocupación con las citas de carácter social "porque saben que estoy llegando".

NOS PONE ENFERMOS
Los retrasos alteran la psicología y el ánimo. Estar mucho tiempo esperando es un riesgo para la salud, pero también sucede que cuando una persona es excesivamente puntual puede esconder un trastorno psíquico.

LAS MUJERES SON MÁS PUNTUALES QUE LOS HOMBRES
El presidente de la Comisión Nacional para la Racionalización de los Horarios afirma que las agendas son "machistas" y que las mujeres son más puntuales, no pierden tanto tiempo en reuniones innecesarias y son "más acotadas en el tiempo" porque tienen más ocupaciones que las relacionadas con el trabajo.

*Short Message Standard: término en inglés que ha pasado a otros idiomas, incluyendo el español.

¿CUÁL ES TU CRONOLOGÍA PERSONAL?

De sobremesa

Contesten estas preguntas en parejas o grupos de tres. Como siempre, cada estudiante leerá una parte de la pregunta a su grupo y todos contestarán. Usen las palabras, expresiones e ideas que anotaron para las secciones **Antes de hablar** y **Banco personal de palabras**.

¿QUÉ HICISTE EN EL AÑO...?

- Cada estudiante da dos fechas de su cronología y los miembros del grupo adivinan qué hizo esa persona en esos años.

- Después de adivinar el año y comprobar lo que hizo tu compañero/a, compara su respuesta con lo que tú hiciste ese mismo año.

- Discutan y háganse preguntas sobre el mejor año de sus vidas. ¿Hace cuántos años fue?

- Ahora comenten un evento importante en las noticias de ese año.

¿HACE CUÁNTO TIEMPO EMPEZASTE A... ?

Pregúntense cuánto tiempo hace que los miembros del grupo participaron en estas actividades por primera vez. Luego, según sus experiencias, decidan cuál es la edad típica para empezar a hacer estas cosas.

actividad	hace cuántos años lo hicieron tus compañeros	edad típica para empezar, según tus compañeros
manejar/conducir		
probar alcohol		
experimentar con tabaco		
trabajar (después de la escuela, durante el verano)		
recibir el primer beso		
empezar a estudiar español		
navegar en Internet		

MI MEJOR AMIGO/A, COMPAÑERO/A DE CUARTO, HERMANO/A

- Describe a tu mejor amigo/a. ¿Hace cuánto tiempo se conocieron? Describe con muchos detalles cómo se conocieron.

- En parejas o con tu grupo, hagan una lista de tres cosas que han hecho o nunca han hecho con sus amigos/as desde que se conocieron, hace una semana, hace seis meses.

- ¿Cómo han influido en sus vidas sus amigos? Es decir, ¿cómo han cambiado a causa de su amistad?

- ¿Hay una persona en sus vidas con quien ya no tienen amistad? ¿Cuándo fue la última vez que lo/a vieron o que hablaron? ¿Por qué cambiaron las cosas entre ustedes? ¿Qué pasó?

DOBLE VÍA

Contesten estas preguntas en grupos de cuatro. Como siempre, cada estudiante leerá una parte de la pregunta a su grupo y todos contestarán.

La puntualidad

Discutan con su grupo su definición de **puntualidad**.

- Enumeren los niveles de puntualidad aceptados en su cultura, dependiendo de la situación. Hagan una lista de casos de la vida diaria; deben indicar con cuántos minutos de antelación se presentas a una cita o a un evento y cuánto tiempo hay que esperar a una persona que va a llegar tarde; por último, digan si es necesario avisar por teléfono en caso de que vayan a llegar tarde.

- Expliquen, exploren y debatan este dato: Según un estudio publicado recientemente por el presidente de la Comisión Nacional para la Racionalización de los Horarios en España, las mujeres son más puntuales que los hombres, "no pierden tanto tiempo en reuniones innecesarias y son 'más acotadas en el tiempo' porque tienen más ocupaciones que las relacionadas con el trabajo". (*¡Qué!*, viernes 7 de noviembre 2008, p. 2)

© Associated Press

Las presidentas

- ¿Qué países hispanos tienen o han tenido líderes mujeres?

- ¿Creen que las mujeres son diferentes en su manera de gobernar? ¿En qué formas?

- ¿Qué opinan de esta declaración de Cristina Fernández de Kirchner, presidenta de la Argentina (2007–2011)? "[Las mujeres] tenemos aptitudes especiales, no mejores sino diferentes, de ser ciudadanas de lo privado y lo público y haber hecho las dos cosas bien".

- En una entrevista sobre la formación de su gabinete (*cabinet*), Michelle Bachelet, presidenta de Chile (2006–2010) afirmó que "el equilibrio de género es un principio profundo que, al mismo tiempo, es bastante simple. Es la petición de la mujer por compartir el poder. Es también su derecho". Dijo a continuación: "Espero que el balance de género que hemos establecido en el Gabinete contribuya a una más grande igualdad de acceso a todos los niveles de toma de decisión". ¿Cree el grupo que es importante mantener el balance de género y razas en todos los aspectos de gobierno?

Cristina Fernández de Kirchner (izquierda), Michelle Bachelet (derecha)

TALLER DE REDACCIÓN

Un centenar Escoge un tema a continuación y escribe un ensayo de 100 palabras.

1. Describe cómo llegó al poder una de las mujeres presidentas de Latinoamérica o una líder femenina importante del mundo hispano. Debes mencionar al menos tres pasos que esta persona dio para alcanzar esa posición política. Puedes consultar esta información en libros de referencia como *U.S. News and World Report*, periódicos como *The New York Times*, revistas como *Time Magazine* o publicaciones académicas específicas del tema como *Journal of Democracy*.

2. Investiga qué hora es en este momento en tres ciudades de distintos países hispanos*. Describe lo que debe estar haciendo en este momento un estudiante universitario en cada una de estas ciudades y compara sus actividades con lo que tú estás haciendo en este momento.

Para desarrollar Escribe un ensayo sobre el siguiente tema. Sigue las instrucciones de tu profesor sobre las fuentes que puedes usar.

Describe un evento importante en tu vida de hace mucho tiempo pero que aún tiene un impacto personal o profesional. La descripción del evento debe seguir una secuencia lógica; tienes que decidir si vas a presentarlo como causa y efecto o como una narración o descripción.

Visita el sitio web de *Doble vía* para planear una visita a Chile en www.cengage.com/hlc.

VIAJE

Hay gran variedad de empanadas en el mundo hispano. Aprende cómo se preparan empanadas de pino, las más populares de las empanadas chilenas, en la sección **¡A comer!** en www.cengage.com/hlc.

¡A COMER! pino = filling

carne, onions, raisins, olives, huevos

El grupo mexicano de rock Maná juntó sus talentos con los del merenguero dominicano Juan Luis Guerra en la canción "Bendita tu luz". Para conocer más sobre estos artistas y escuchar su música accede a la lista de reproducción de Heinle iTunes, en www.cengage.com/hlc.

MÚSICA

*Para calcular la hora, puedes consultar sitios en la red como "The World Clock Meeting Planner" en http://www.timeanddate .com/worldclock/meeting.html.

28

CAPÍTULO 3
LAS NAVIDADES HISPANAS

LA VIDA SECRETA DE LAS PALABRAS

Nascor

Esta palabra del latín que significa *nacer* nos da las raíces *nac, nat, nav, gna*, las que son esenciales en el desarrollo de por lo menos una decena de palabras en español e inglés. ¿Puedes adivinar algunas?

Las celebraciones

el día de Acción de Gracias
Thanksgiving Day

el día festivo
holiday

las medias
stockings

la mentira piadosa
white lie

la misa de gallo
midnight Mass

las Navidades
Christmastime

la Nochebuena
Christmas Eve

la Nochevieja
New Year's Eve

la novena, la posada
Christmas traditions, (Mexico and Central America)

la Pascua, las Pascuas, (easter)
la Navidad (passover)
Christmas religious feast.

el pesebre, la natividad, el belén
nativity scene

el villancico
Christmas carol

Acciones habituales

a veces
sometimes, at times

de vez en cuando
once in a while

frecuentemente, con frecuencia
frequently

generalmente
generally

muchas veces
many times, often

por lo general
in general, usually

siempre
always

todos los días
every day

Claves para la conversación

1. *súper:* Esta es una manera común de decir *really* o *very* en español.

   Estoy súper ocupado.   El pesebre del pueblo es súper bonito.

2. *re/requete:* También significa *really* o *very*, pero es de uso más regional en México y partes de Centroamérica.

   El pesebre del pueblo es rebonito.   Estoy requeteocupado.

Para aprender a evitar el sonido *schwa* cuando hablas en español, consulta www.cengage.com/hlc.

PRONUNCIEMOS CON CLARIDAD

¡NO CAIGAS EN EL POZO!

Ojo: Nombres colectivos en español como *mi familia* o *la gente* requieren una forma verbal del **singular** a pesar de que se trata de un grupo de personas.

En México la gente come tamales en las Navidades.

En México muchas personas comen tamales en las Navidades.

Todo el mundo es también un nombre singular, pero *todos* es plural. Recuerda que **todos** significa *all of,* así que no es necesario incluir una preposición en la primera oración que sigue.

Todos mis amigos comen allí.

Todo el mundo come allí.

HERRAMIENTA GRAMATICAL
EL PRETÉRITO Y EL IMPERFECTO

Los verbos del tiempo **pretérito** expresan el principio y el fin de un evento, mientras que los verbos del **imperfecto** expresan una acción que ya pasaba antes de comenzar otra acción que la interrumpe. El **imperfecto** es el tiempo verbal de la descripción en el pasado.

> Estaba hablando por teléfono.   (No se menciona ni el principio ni el fin.) *No mention neither the beginning nor the end*

> Ayer hablé por teléfono.   (Se trata de un evento concluido.) → *An event is completed*

Nuestra perspectiva y la manera en que hablamos de un evento forman la clave que nos ayuda a decidir si debemos usar el pretérito o el imperfecto. Si queremos presentar un evento como una **acción completada** en el pasado, usamos el **pretérito**. Si nos referimos a **un evento sin final específico**, como una descripción, usamos el **imperfecto**.

> —¿Qué tal la fiesta de anoche?
> —¡Estuvo buenísima!   *It's over!*
> (Es evidente que la fiesta ya terminó, así que usamos el pretérito.)

> —¿Pero qué hizo Mercedes cuando te vio con Vicky?
> —Pues... debo decir que la fiesta estaba buena, pero cuando llegó Mercedes, todo cambió.
> (La fiesta **iba** por buen camino (**imperfecto**) hasta el momento en que **llegó** (**pretérito**) Mercedes.)

1. **Acciones habituales:** Generalmente usamos el **imperfecto** para hablar de acciones habituales. *Habitual actions*

2. **Acciones repetidas pero no habituales:** Si hablas del pasado y de una acción realizada en un par de ocasiones, pero que **no** se trata de una acción habitual (un hábito), debes usar el **pretérito**.

> Cuando era niño, siempre celebrábamos el día de Acción de Gracias en casa de mi tía, pero en 2000 fuimos a la casa de mi abuela.

Usamos el pretérito si la fiesta no se celebró tampoco en la casa de la tía en 2001 y 2002.

> Cuando era niño, siempre celebrábamos el día de Acción de Gracias en casa de mi tía, pero en 2000, 2001 y 2002 fuimos a la casa de mi abuela.

Usamos el verbo **celebrábamos** (**imperfecto**) porque la celebración era una acción habitual. Usamos el verbo **fuimos** (**pretérito**) porque ir a la casa de la abuela no era una acción habitual—simplemente estamos narrando o contando una acción que se realizó unas pocas veces. Lee las oraciones que siguen. La primera narra una acción ya completada, que duró solamente un día. La segunda narra una acción que tuvo lugar veinte veces.

> Ayer tomé café todo el día. → *Completed action*

> En la última temporada Beckham marcó veinte goles. → *an action that took place 20 times*

Algunas expresiones que se usan con el pretérito son: **una vez, dos veces, el año/el mes pasado, en ese momento**, etc.
once   twice   last
At the time

Practiquemos

1. **Celebraciones** Carlos, un muchacho mexicano, describe las celebraciones en las que participaba con su familia cuando era niño. Cuenta su historia con frases completas que usan el pretérito o el imperfecto y las expresiones a continuación:

montar un pesebre	no participar en una ceremonia no cristiana
cantar villancicos	no recibir regalos en una media
asistir a la misa de gallo	¿...?

1. Cuando era niño, siempre _____.
2. Cuando era niño, dos o tres veces _____.
3. Cuando era niño, una vez _____.
4. Cuando era niño, generalmente _____.
5. Cuando era niño, nunca _____.

2. **Traduce:**

1. Last week I went to class every day.

   _____

2. When I was a kid, my neighbors used to celebrate Hanukkah (*Januká*).

   _____

3. When I attended high school, I worked at a Mexican restaurant.

   _____

4. Last year, during vacation, we got up late every day.

   _____

5. Christmas was great!

   _____

6. We were supposed to go to see my grandmother, but it snowed, so we couldn't go.

   _____

7. That's right, we tried but we couldn't.

   _____

8. I thought you were going to tell me something else.

   _____

9. How was the party?

   _____

10. Did you dance with her all night?

    _____

VENTANA A

...LAS CELEBRACIONES

ANTES DE HABLAR
Contesta con frases completas.

1. ¿Cuál es el día festivo más importante para tu familia? ¿Cómo lo celebraban cuando eras niño/a?

_____

_____

2. ¿Solías viajar ese día o llegaba la familia a tu casa? Si viajabas, ¿adónde ibas y cómo? ¿Cuánto duraba el viaje?

_____

_____

3. ¿Cómo ha cambiado esta celebración para ti, ahora que ya no eres niño/a?

_____

_____

4. Con la excepción de España, hace calor y aun es verano en casi todos los países hispanohablantes en diciembre. ¿Has visto una Navidad blanca? ¿Recuerdas un año (o más de un año) cuando nevó? ¿Nevó o llovió más de una vez? ¿Dónde estabas?

_____

_____

5. ¿Qué hiciste durante las últimas vacaciones de fin de año? ¿Visitaste a tu familia? ¿Fuiste a su casa más de una vez? ¿A dónde irás este año?

_____

_____

6. ¿Consideras la Navidad una fiesta religiosa, cultural o comercial o una mezcla de varios aspectos?

_____

7. Haz una lista de un sabor, un aroma, un objeto, una sensación, una persona y un sitio que asocias con las últimas semanas de diciembre.

_____

8. Pregúntale a un/a amigo/a hispano/a sobre una tradición navideña suya.

_____

_____

9. Investiga un sitio web como www.navidadlatina.com y apunta cuatro datos que aprendiste sobre las tradiciones navideñas en los países hispanos.

_____

_____

10. En una hoja aparte, escribe un párrafo corto describiendo lo que hiciste el año pasado durante las vacaciones de fin de año. Subraya los verbos que usas en el pretérito y el imperfecto.

Mira el video de este capítulo, que trata de las celebraciones en distintos países hispanos y cómo se diferencian de las celebraciones en Estados Unidos. Presta atención especial al contenido y la pronunciación precisa de las vocales de cada persona. Después, contesta las preguntas a continuación.

PARA VER

¿QUÉ HAS VISTO?

1. Describe detalladamente cuándo, cómo y con quiénes se celebra El Día de Reyes en Puerto Rico y en España.

2. ¿Cuáles son tres cosas que dice Diego sobre los regalos del Día de los Reyes Magos en España? Explica.

3. Apunta tres diferencias entre la Navidad en los Estados Unidos y en Chile, según Maca.

4. Según Diego, ¿por qué se debería adoptar una celebración de la Nochebuena como la de los países hispanos? ¿Estás de acuerdo?

5. Basándote sólo en la información en el video, ¿qué país se asocia con los siguientes objetos navideños —el Viejito Pascuero, los villancicos, las flores de Pascua?

LA LEYENDA DE LA FLOR DE PASCUA

Un símbolo de amor

Aunque no todo el mundo celebra la Navidad, como ya saben, la gran mayoría de los hispanos son católicos o cristianos (más del 90%) y, como en los Estados Unidos, la Navidad es una gran fiesta religiosa y cultural. La lectura a continuación cuenta la leyenda de uno de los símbolos más reconocidos de las Navidades, la flor de Pascua (poinsettia).

En los tiempos de mayor esplendor de la civilización maya, cuenta la leyenda que dos jóvenes de tribus enemigas se enamoraron contra los deseos de sus padres. Los jóvenes sostuvieron una relación secreta por mucho tiempo, hasta el día en que el padre de la chica se enteró por un espía que su hija se comunicaba con el enemigo. Como estaban a punto de salir a luchar en otra campaña, el padre se enfureció y acusó a la muchacha de traición. Le prohibió a su hija salir de su casa, y siendo guerrero se fue a la batalla. Todos los hombres habían ido a luchar, incluyendo el joven enamorado. La chica estaba cada vez más triste y le rogó a la diosa de la luna Ix Chel que la llevara con ella porque se moría de tristeza y amor. La diosa se conmovió y por eso la convirtió en un árbol pequeño de hojas verdes intensas y flores blancas.

Unas semanas después terminó la guerra, no hubo ganador, sólo heridos y muchos muertos. Por un milagro, el joven sobrevivió las duras batallas y regresó a buscar a su amada. En el mismo lugar donde la pareja solía verse no encontró nada sino el árbol de las flores blancas. Mientras el joven estaba frente al árbol tratando de entender lo que había pasado, una flecha lanzada por uno de sus enemigos le atravesó la espalda. El joven estaba herido mortalmente y al caer cerca del árbol, gotas de su sangre salpicaron (*splashed*) las flores. Las flores que antes eran blancas empezaron poco a poco a ponerse de un color rojo brillante, como si fueran el producto del amor de dos personas que por fin podían estar juntas juntas, para siempre.

Por su color y su forma de estrella o de cruz, la flor de Pascua ha llegado a estar asociada con la sangre de Jesucristo. Por eso, en las Navidades la Flor de Pascua está de adorno en muchas casas como un recuerdo del sacrificio de Jesús por el amor a los otros captado en su color rojo.

De sobremesa

Contesten estas preguntas en parejas o grupos de tres. Como siempre, cada estudiante leerá una parte de la pregunta a su grupo y todos contestarán. Usen las palabras, expresiones e ideas que anotaron para las secciones **Antes de hablar** y **Banco personal de palabras**.

TRADICIONES FAMILIARES

© Francis Roberts/Alamy

- ¿Tienen ustedes alguna tradición familiar asociada con las Navidades? ¿Participan en alguna actividad de servicio a la comunidad en estas fechas (comedor de beneficencia [*soup kitchen*], *Coats for Kids, Toys for Tots*, etc.)?

- Si su familia celebra la Navidad, ¿qué día y a qué hora abren sus regalos? ¿Cuántos regalos por persona es apropiado recibir? ¿Hay algún límite a la cantidad de dinero que cada persona debe gastar por un regalo?

- ¿Suele su familia asistir a la iglesia? ¿Qué opinan de las personas que sólo asisten a servicios religiosos en Pascua y las Navidades?

LAS NAVIDADES Y EL CONSUMO

- ¿Qué opinan del aspecto consumista de las Navidades?
  Consumer

© AFP / Getty Images

- ¿Creen que la Navidad es una fiesta demasiado comercial? ¿Por qué?

- ¿Cuál es la fecha apropiada para que las tiendas empiecen a mostrar sus productos navideños? ¿Antes del día de Acción de Gracias? ¿Después del 1° de diciembre? ¿Cuándo lo hicieron en su ciudad el año pasado?

EL MEJOR REGALO DE MI VIDA

- ¿Qué fue el mejor regalo de tu vida (en la Navidad o en otra ocasión)?

- Contesten estas preguntas una por una: ¿Quién te lo dio? ¿Cuándo? ¿Dónde? ¿Por qué? ¿Fue una sorpresa? ¿Fue algo que querías por mucho tiempo?

- Ahora narra y describe la escena a tus compañeros con todos los detalles.

DOBLE VÍA

 Contesten estas preguntas en grupos de cuatro. Como siempre, cada estudiante leerá una parte de la pregunta a su grupo y todos contestarán.

El día de los reyes magos

En España y en otros países hispanos como México, se da mucha importancia a la fiesta de la Epifanía, el 6 de enero. Por cierto, es este día en que muchos niños hispanos reciben sus regalos, y no el día de Navidad. ¿Qué pasó ese día según la historia bíblica?

- La noche del 5 de enero los niños en España y México dejan sus zapatos en la entrada de sus dormitorios y así reciben regalos de los tres reyes magos (Melchor, Gaspar y Baltasar). En los retratos de estos personajes, cada uno representa un grupo racial diferente (blanco, asiático, negro). ¿Qué piensan de su historia? ¿Saben cuáles son los regalos de cada rey y su significado? ¿Qué simboliza para ustedes la representación de distintas razas en estos personajes?

Tradiciones norteamericanas

Todos en Latinoamérica y España saben quién es Papá Noél (en Chile se llama el Viejito Pascuero) y lo que son los árboles de Navidad. Aunque no son tradiciones suyas, parece que muchos latinoamericanos ponen ahora un árbol en su casa, debido en parte a la influencia de la cultura estadounidense.

© iStockphoto

- ¿Conocen ustedes la historia de Papá Noel / Santa Claus? ¿Quién fue? ¿Cuáles son algunos símbolos asociados con este personaje? ¿Es una imagen cultural, religiosa o una creación comercial?

- ¿Cuántos años tenían cuando supieron que no existía Santa Claus? ¿Cuál fue su reacción? ¿A qué edad debe un niño enterarse de (*find out about*) la verdad de Papá Noél? ¿Es el mito (*myth*) de Santa Claus una mentira cruel o piadosa? ¿Se sintieron decepcionados/as? ¿Enojados/as?

- Si su familia celebra la Navidad, ¿qué tipo de árbol usa, natural o sintético? ¿O no usa ninguno? ¿Qué opinan de los árboles sintéticos? ¿Cómo son diferentes a los árboles naturales? ¿Tienen algún adorno "especial" para el árbol de Navidad de su familia?

- ¿De dónde vienen los árboles de Navidad? ¿Creen que es justo talar (*cut down*) millones de árboles cada año sólo por tenerlos en casa durante unos treinta días?

TALLER DE REDACCIÓN

Un centenar Escoge un tema a continuación y escribe un ensayo de 100 palabras.

1. En EE.UU. ha habido mucho debate sobre la inclusión de la expresión "Feliz Navidad" en la publicidad de tiendas y la presencia de árboles de Navidad en edificios gubernamentales. Mucha gente cree que es mejor emplear la expresión "Felices fiestas" porque es más genérica. ¿Qué opinas tú? ¿Te parece que estas costumbres crean una atmósfera exclusiva? Si no eres cristiano/a, ¿cómo reaccionas al ver estos símbolos? Para ti, ¿son culturales o religiosos? ¿Por qué?

2. Investiga en la red el calendario de fiestas y las estaciones del año en la Argentina / Chile. Aprende algunos datos sobre el tipo de actividades que realizan los estudiantes universitarios en general en verano. Describe cómo pasó las navidades un estudiante del Cono Sur, y cómo fue diferente de tus navidades el año pasado.

Para desarrollar Escribe un ensayo sobre el siguiente tema. Sigue las instrucciones de tu profesor sobre las fuentes que puedes usar.

Investiga en la red una de las tradiciones navideñas hispanas que no conoces. Describe cómo se podría adaptar esta tradición a la cultura estadounidense. Ejemplos de algunas tradiciones son: las posadas, el atole, el turrón, el lechón, el pescado, las piñatas, el Premio gordo, la rosca de Reyes, las castañas, una carta al Niño Dios, los villancicos, los fuegos artificiales, las piñatas, los aguinaldos.

Para aprender más sobre las posadas y otras tradiciones navideñas en San Antonio, Texas, visita el sitio web de *Doble vía* en www.cengage.com/hlc.

© iStockphoto

VIAJE

Aprende cómo se hace el atole, una bebida tradicional de Navidad, en la sección **¡A comer!** en www.cengage.com/hlc.

© Melba Photo Agency/Alamy

¡A COMER!

Para escuchar una versión muy original de un villancico, del grupo de rock mexicano Moderatto, accede la lista de reproducción de Heinle iTunes en www.cengage.com/hlc.

© Associated Press

MÚSICA

40

CAPÍTULO 4
CUESTIONES DE VIDA O MUERTE

HERRAMIENTAS LÉXICAS

LA VIDA SECRETA DE LAS PALABRAS

Velatorio, velar, vela

velatorio — 1. m. Acto de velar (a un difunto).

velar — 1. (Del latín *vigilāre*).

   1. tr. Hacer centinela o guardia por la noche.

   3. tr. Pasar la noche al cuidado de un difunto. (*DRAE*)

vela — Cilindro... de cera... que pueda encenderse y dar luz. (candela)

Expresiones y siglas que acompañan los obituarios

el ataúd
casket

la cremación
cremation

DEP = Descanse en paz
(Requiescat in Pace) del latín
Rest in peace

el/la difunto/a
the deceased

enterrar
to bury

el entierro
burial

fallecer (el fallecimiento)
to pass away (the passing away)

los funerales
funeral (service)

el luto
mourning

morir
to die / pass away

morirse (reflexive)
to die, in a sudden or
unexpected way

la pena: "Con profunda
pena informamos..."
sorrow, pain: "We deeply regret to
inform . . . "

el pésame
condolences, sympathy

QDDG = Que de Dios goce
May he/she rest with God

QEPD = Que en paz descanse
(Requiescat in Pace) del latín,
May he/she rest in peace

el velatorio, la velación
wake

Expresiones de pesar y compasión

compadecer
to feel bad for (someone)

consolar
to console

doler (*like* gustar)
to feel pain, hurt

echar de menos *a* . . .
to miss somebody/something

espeluznante
creepy

esperar
to hope

estar de duelo ~~Por...~~ to be in mourning for somebody	la lástima shame, pity; comfort, consolation	sentirse to feel something (takes an adjective)
extrañar (*like* gustar) to feel strange to someone; to miss somebody or something	molestar to bother	temer to fear
el grabado print (etching)	parecer (*like* gustar) to seem	tener miedo to be afraid
lamentable lamentable, regrettable	sentir to feel, to be sorry, to regret (takes a noun)	triste sad
lamentar to regret		

Claves para la conversación

No existe una traducción exacta de la expresión *to be close*. Se expresa esta idea en español con una expresión como **tener una relación íntima** o **tener una relación/amistad estrecha**. Para decir *we're close friends,* se dice **somos muy amigos/as**. También se puede decir que **somos una familia muy unida** para expresar *we're a closely knit family*. No se usa la palabra **cercano** para describir una relación, pero el verbo **acercar** significa *to bring people closer*.

Escucha y practica las semivocales en español en
www.cengage.com/hlc.

PRONUNCIEMOS CON CLARIDAD

¡NO CAIGAS EN EL POZO!

En muchas partes del mundo hispano no se dice **lo siento** al recibir noticias de una muerte. En su lugar se usan expresiones con un sentido religioso como "ay, Dios mío", o de tristeza como **qué triste, qué pena, mi más sincero pésame** o **le ofrezco mis sinceras condolencias**. Otras expresiones incluyen:

Lo/La acompaño en su dolor.   Rezo que el cielo lo/la reciba en paz.

Te acompaño en tu pena.   Que Dios lo/la tenga en su Gloria.

HERRAMIENTA GRAMAT...
EL MODO SUBJUNTIVO CON OPINIONE...

Cuando la cláusula principal de una oración contiene una opin... ...n, la acción que describe, que aparece en la cláusula secundaria, ...

> Me alegro | que estés aquí.

> cláusula principal | cláusula (subordinada)

Recuerda que el contexto y el tiempo verbal de la cláusula prin... ...al en la cláusula subordinada.

Una manera de visualizar esta construcción es imaginar que el subjuntivo es como **una mala relación**. En esta mala relación, hay una persona dominante (la cláusula principal) y una persona que depende de ella (dependiente, o sea la cláusula subordinada). Siempre que se le antoja, la cláusula principal cambia el **modo** de la cláusula subordinada, la cual está **sometida** (subordinada) a la cláusula principal.

Además del contexto, el otro elemento principal en este tipo de oración es el tiempo verbal. Analiza las claves para los tiempos verbales de las siguientes oraciones. Usamos el...

- *to express events in the present or the immediate future*
Presente del subjuntivo para expresar eventos en el presente o el futuro inmediato:

  > Me alegra que vengas esta noche a conocer a mis padres.

- *to speak of events that began in the past and still continue in this*
Presente perfecto del subjuntivo para hablar de eventos que comenzaron en el pasado y que aún continúan en el presente:

  > Tú no viniste la semana pasada, pero me alegra que hayas venido hoy.

- *to express completed events in the pas*
Pretérito imperfecto del subjuntivo para expresar eventos completados en el pasado:

  > Sentí mucho que no vinieras.
  > Sentía mucho que no vinieras.

Sin importar el tiempo verbal, es la *emoción* la que sirve de "detonador" (o señal) para cambiar de modo, del indicativo al subjuntivo. *Regardless of the tense, it is the emotion which serves as a "trigger" or "signal" to change modes, indicative of the subjunctive.*

Por lo general, y como en otros usos del subjuntivo, empleamos el **infinitivo del verbo** en la cláusula subordinada cuando no hay cambio de sujeto:

  > Tengo miedo de ahogarme.
  > (yo)   (yo)

  > Tengo miedo de que ella se ahogue.
  > (yo)   (ella)

usually, as in other uses of the subjunctive, we use the infinitive of the verb in the subordinate clause where no change of subject.

(handwritten top margin)
☆ Weirdo ☆
- Wish
- Emotion
- Impersonal Expressions
- Requests
- Doubt

Aquí tienes una lista corta de expresiones de emoción que se asocian con el subjuntivo:

Detesto que...
Es bueno / malo / *had* (handwritten)
   mejor que...
Es horrible que...
Es increíble que...
Es lógico que...
Es triste que... *sad*
Es una lástima que...
Mas vale que = better that (handwritten)

Espero que...
Lamento que...
Me alegra que... *happy*
Me alegro de que...
Me enoja que... *angers*
Me molesta que...
Me sorprende que...
(Me) Temo que...
desilusiona – disappoint (handwritten)
emociona – thrill
encanta – delights

Molesta que... *bothers*
(No) Me gusta que... *pleases*
¡Qué extraño que...!
Siento que... *regret*
Tengo miedo (de) que...
Parece mentira que...
desear = "to desire" (handwritten)
espera = "to hope"
necesitar = "to need"
querer = "to want"

Practiquemos

1. **Preguntas personales** Contesta con frases completas y con las formas apropiadas del subjuntivo.

   1. Piensa en las noticias recientes. ¿Qué es algo que te molesta?

   2. Las personas que tienen una vida pública (los gobernantes, los ricos y los famosos) siempre reciben mucha atención cuando cometen un error. ¿Cuál es una decisión mala que una persona famosa ha tomado recientemente? ¿Lo lamenta?

   3. ¿Cómo ha manejado esta persona esa situación? Di una cosa que te sorprende, otra que temes y una cosa que esperas de esta persona.

      ~ Me sorprende que fulano/a (*so-and-so*) / Temo que zutano/a (*so-and-so*) / Espero que mengano/a (*so-and-so*)

      "conocer" (handwritten)
      "Buscar" – look for"

   4. Escribe tres quejas que tienes sobre tu universidad.

      Me enoja que / Me molesta que / Siento que

   5. Escribe tres quejas que (tenías) sobre tu escuela secundaria. *had* (handwritten)

      Me enojaba que / Me molestaba que / Sentía que

      Past Subjunctive (handwritten, left margin)

   6. Explica algo que **hace** tu compañero/a de cuarto o tu mejor amigo/a que te **molesta**. *= present* (handwritten)

   7. Explica algo que **hacía** tu compañero/a de cuarto del año pasado o tu mejor amigo/a que te **molestaba**. *esmuería Imperfect* (handwritten)

2. **Los cambios de sujeto** Cuando el sujeto de ambas cláusulas es el mismo, se debe usar el infinitivo del verbo, no el subjuntivo. Ten esto en cuenta cuando traduzcas las siguientes oraciones.

   1. It bothers me that he is here.
   2. It bothers me to be here.
   3. He wants me to go. *to leave* (handwritten)
   4. He wants to go.
   5. I am sorry that you arrived late.
   6. I am sorry that I arrived late.

VENTANA A

...LOS RITUALES DE LA MUERTE

ANTES DE HABLAR

Contesta con frases completas.

1. ¿Has tenido una mascota que haya muerto? _____ Sí _____ No ¿Cuántas?

2. ¿Qué tipo de mascota era/n? ¿Cómo se llamaba/n?

_____

_____

3. ¿Buscaste otra mascota? ¿Cuánto tiempo esperaste antes de buscarla?

_____

4. ¿Qué opinas de la disección en las clases de biología? ¿La has hecho? ¿Crees que es apropiada para estudiantes jóvenes?

_____

5. Describe una obra de arte que demuestre la muerte de una manera muy emocional.

_____

6. ¿Qué es *Memorial Day* en los Estados Unidos? ¿A quién se recuerda este día?

_____

_____

7. ¿Qué opinas de películas o programas en la tele que muestran la muerte de personas reales? ¿Te atraen estos programas, aunque sea un poquitín?

_____

_____

8. ¿Qué emociones te provocan las películas de terror? ¿Cuál es tu película de terror o de monstruos favorita?

_____

_____

9. ¿Has asistido a un velorio? ¿A una ceremonia funeraria? ¿Qué tipo de ropa es la apropiada en estos contextos?

_____

_____

10. Después vas a escribir en clase el obituario de un personaje ficticio (literario, de los dibujos animados o _comics_, de la tele, cine, música, etc.) y debes comenzar a prepararte. En el obituario vas a inventar una muerte fuera de lo común para este personaje. Inventarás además otras cosas fantásticas que este personaje hizo. Usarás cinco palabras o expresiones del vocabulario nuevo. Por último, piensa en el contenido de su testamento.

_____

_____

En el video de este capítulo algunos hispanos dan sus opiniones sobre la muerte y el Día de los Muertos en México y Guatemala. Presta atención especial al contenido y la pronunciación de las semivocales. Después, contesta las preguntas a continuación.

PARA VER

¿QUÉ HAS VISTO?

Prepárate para ver el video y lee primero estas preguntas. Contesta las preguntas después de ver el video.

1. Resume las opiniones de Juan Carlos y Lily sobre la muerte tal y como la describen en su primera escena.

2. ¿Cómo reaccionan algunos de los entrevistados a la idea de celebrar la muerte con alegría? ¿Estás de acuerdo con ellos?

3. En México, según Lily ¿cuál es el propósito de acompañar el ataúd hasta el último momento del entierro?

4. ¿Cómo definen Lily y Winnie estos objetos asociados con el día de los Muertos en México y Guatemala —los barriletes, la flor de cempasúchil, el panteón, las flores de los muertos?

5. Escribe un breve resumen de la opinión de Winnie del último clip. ¿Estás de acuerdo?

LECTURA
SOMOS UN PAÍS DE COSTUMBRES

por Ana Lucía Blas

Lee este artículo acerca de las costumbres del día de los Muertos en Guatemala. Busca las ideas principales para hablar sobre ellas en clase.

Los guatemaltecos son "muy costumbristas", dice el historiador Héctor Gaitán. Prueba de ello es que en el país se conservan tradiciones que datan de la época precolombina.

Sin embargo, agrega que algunas han comenzado a perderse, por la influencia de la televisión y el alto costo de la vida. Gaitán habla sobre los orígenes y las tradiciones de la conmemoración de los días de los Santos y de los Santos Difuntos, el 1 y 2 de noviembre.

¿Qué tradiciones se relacionan con esa fecha?

Hay una costumbre sumamente importante que data de la época prehispánica y que se da únicamente entre las castas indígenas y es la famosa *cabecera**, la cual consiste en dejar comida y bebidas alcohólicas en los sepulcros. Grave tomb

Asimismo, los guatemaltecos preparan el 1 de noviembre el fiambre (*cold cuts*), aunque éste tiene una raíz eminentemente hispana, si tomamos en cuenta las carnes con que se prepara.

¿Qué otras tradiciones fueron heredadas de los españoles?

El llevar flores a las tumbas, por ejemplo, es una costumbre que data de la época colonial.

¿Y el *Halloween*?

Es una aberración que no tiene nada que ver con las tradiciones guatemaltecas, es una costumbre anglosajona. Los guatemaltecos copiamos con facilidad elementos que no se relacionan con nuestra historia. Este es un defecto muy hispanoamericano, aunque se marca más en México y Centroamérica, quizá por su cercanía con Estados Unidos.

Barriletes: Faros para las ánimas

En Santiago Sacatepéquez son tradicionales los barriletes (*kites*) de colores, elaborados con papel de china. Antes de pegar el papel, se lleva la estructura del barrilete ante las tumbas de los antepasados de esa familia, para cargarlos con energía positiva, explica el historiador Celso Lara.

En las mañanas del 1 y 2 de noviembre se vuelan los barriletes para mostrar a las ánimas (*souls*) de los ancestros, el camino a casa. Se tiene la creencia de que en esos días pueden visitar la tierra. "Son una especie de faros para las almas que vienen del otro mundo", dice Lara.

*cabecera = literalmente *"headboard"*, se refiere a la costumbre de reunirse alrededor de la tumba del ser querido, como si estuvieran alrededor de su cama.

Adaptado de: Ana Lucía Blas, entrevista "Somos un país de costumbres" publicada el 30 de octubre de 2005 en Prensa Libre y Prensa Libre.com. Used with permission.

De sobremesa

Contesten estas preguntas en parejas o grupos de tres. Como siempre, cada estudiante leerá una parte de la pregunta a su grupo y todos contestarán. Usen las palabras, expresiones e ideas que anotaron para las secciones **Antes de hablar** y **Banco personal de palabras**.

LA MUERTE DE UNA MASCOTA

- ¿Ha muerto alguna mascota suya? ¿Cómo se llamaba? ¿Cómo murió?
- ¿Cuántos años tenían cuando murió su mascota? ¿Cuál fue su reacción?
- ¿Buscaron otra mascota? ¿Cuándo?
- ¿Qué opinan de los cementerios para mascotas?

RITOS Y CEREMONIAS ASOCIADAS CON LA MUERTE

- ¿Sabían que la cremación no es común en los países de Latinoamérica? Allí la mayoría prefiere enterrar a sus muertos. En algunos países como España la cremación es ahora más común. ¿Cuál de los dos prefieren ustedes: el entierro o la cremación? ¿Por qué?
- ¿Qué opinan de los velatorios? ¿Para quién/quiénes es bueno/malo asistir a los velatorios?
- ¿Piensan que los velatorios son más para apoyar a las familias o para hacer homenaje al difunto?
- ¿Han pronunciado una elegía en un funeral? ¿Cómo era?

DONACIÓN O VENTA DE ÓRGANOS

- ¿Ha considerado alguno de ustedes la donación de sus órganos? ¿Por qué sí o no?
- ¿Piensan que es bueno recibir órganos de otra persona? ¿Es bueno para el destinatario? ¿Es bueno para el donante?
- ¿Se debe pagar dinero por un órgano?
- ¿Qué opinan de la disección en las clases de biología? ¿En las facultades de medicina?

LOS BARRILETES

- Miren la foto en la página 40. Hablen de la simbología de la tradición de los barriletes de Guatemala. Piensen en todos los aspectos del barrilete: su tamaño, quién los construye, cuándo, por qué, cómo se usan, qué pasa después de volar, el papel que hace el presente, pasado y futuro en la ceremonia.
- ¿En qué sentido son los barriletes una metáfora de la vida?
- Ahora busquen fotos y videos de los barriletes en la red.

DOBLE VÍA

Contesten estas preguntas en grupos de cuatro. Como siempre, cada estudiante leerá una parte de la pregunta a su grupo y todos contestarán.

Visiones de la muerte

Analicen estos dos grabados sobre la muerte.

- Primero enfóquense en el uso de color y en todos los objetos en las obras.
- Ahora describan la escena. ¿Qué pasa? ¿Qué emociones inspiran las figuras?
- Pongan títulos a las obras.
- ¿Qué representan los bailes? ¿Qué mensaje social conllevan?
- Finalmente, ¿quién creó estos grabados? ¿Cuándo?

Public domain

Public domain

Altar de muertos

En México y algunas partes de los Estados Unidos y Centroamérica el día de los Muertos o día de los Difuntos es una celebración que mezcla tradiciones cristianas e indígenas para recordar a los antepasados de uno. Se suele crear altares con aspectos representativos de los cuatro elementos (aire, fuego, tierra y agua) y artículos preferidos del difunto.

© Danita Delimont/Alamy

© Charles Cecil/Alamy

- Comparen estos altares. Incluyan ejemplos de contrastes.
- ¿Qué cosas simbólicas pondrían ustedes en un altar de muertos para uno de sus antepasados? ¿Qué dejarían fuera? ¿Qué les gustaría que pusieran en un altar para ustedes?

TALLER DE REDACCIÓN

Un centenar Escoge un tema a continuación y escribe un ensayo de 100 palabras.

1. Piensa en un personaje famoso —real o ficticio. Escribe un obituario para esa persona que mencione dónde y cómo murió. Si se trata de un personaje ficticio, inventa una muerte fuera de lo común y apropiada para este personaje y algunos logros (*achievements*) suyos fantásticos.

2. Escribe una carta a un miembro de tu familia que ya murió y a quien recuerdas todavía con mucho cariño.

Para desarrollar Escribe un ensayo sobre el siguiente tema. Sigue las instrucciones de tu profesor sobre las fuentes que puedes usar.

Escribe con tus propias palabras una breve definición de la muerte. ¿Cuándo empieza? ¿Hay una vida después de la muerte? Considera los aspectos físicos, mentales, espirituales de la muerte. En base a tu definición de la muerte escribe un ensayo a favor o en contra de las medidas de preservación de la vida. ¿Crees que es justo mantener viva a una persona sin la posibilidad de que vuelva a su estado anterior? ¿Quieres que a ti te lo hagan? ¿Lo harías por un familiar?

Para visitar Pátzcuaro, México, consulta www.cengage.com/hlc.

VIAJE

Aprende a hacer torrejas, una comida mexicana típica de Semana Santa, en la sección **¡A comer!** en www.cengage.com/hlc.

¡A COMER!

El tema de la muerte ha servido de inspiración en muchas canciones. Escucha al grupo La Pulquería, a Ozomatli y al cantante Juanes, en la lista de reproducción de Heinle iTunes, en www.cengage.com/hlc.

MÚSICA

CAPÍTULO 5
ARTEFACTOS DE LA NIÑEZ

HERRAMIENTAS LÉXICAS

LA VIDA SECRETA DE LAS PALABRAS

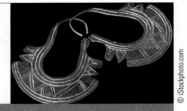

Facere

Las palabras a continuación tienen una relación etimológica con el verbo *facere* del latín. *Facere* es el verbo que nos da **hacer: artefacto** (Del lat. *arte factus*, hecho con arte); **beneficio** (hacer bien); **eficaz** (tener la capacidad de poder hacer algo); **fácil** (hecho sin mucho esfuerzo); **hecho** (< *facto*, algo llevado a cabo); **satisfacción** (< *satis* [bastante] + *facere* [hacer]).

Travesuras

castigar
to punish (someone)

el castigo corporal
corporal punishment

causar problemas
to make trouble

darle palmadas (en el trasero)
to spank

"jalar las orejas" (*idiom, not meant literally*)
to reprimand, lay down the law

llamar la atención
to reprimand, speak sternly to someone

meterse en un lío, meterse en problemas
to get in(to) trouble

regañar (México, Centroamérica)
to scold

retar (Chile, Argentina)
to scold

travieso/a
naughty, mischievous

la zurra, la paliza (México)
a spanking

Juguetes y pasatiempos

el animal de felpa / de peluche
stuffed animal

el cumpleaños / el cumple
birthday

los dibujos animados
cartoons, animated series (on TV)

los juegos de salón
board games

mimar
to spoil

el recuerdo
memory, memento

la temporada
season (for a sport or television series)

la tira cómica / la historieta
cartoon, comic strip (in print)

Claves para la conversación

Estas tres expresiones muy comunes requieren el uso del subjuntivo:

1. **sea lo que sea** *whatever happens*

2. **que yo sepa, no** *not that I know of*

3. **puede que** + subjuntivo (**Puede que venga, no sé...**) *may or might*

Consulta la sección **Pronunciemos con claridad** de este capítulo en nuestro sitio web para aprender más sobre el enlace entre las palabras en español en www.cengage.com/hlc.

PRONUNCIEMOS CON CLARIDAD

¡NO CAIGAS EN EL POZO!

Decir *to have a good time* o *to have fun* en español puede ser un poco problemático. En lugar de tratar de traducir exactamente estas expresiones usa el vocabulario a continuación.

divertirse *to have fun, have a good time*

pasarlo bien *to have fun, have a good time*

divertido/a *fun* (La fiesta de anoche fue divertida.) (¡No se usa con el verbo **tener**!)

HERRAMIENTA GRAMATICAL
EL SUBJUNTIVO CON ANTECEDENTES QUE NO EXISTEN O QUE SON HIPOTÉTICOS

Indicative mood is used to talk about things that exist.
Se usa el modo **indicativo** para hablar de cosas que **existen**.

Hay un vuelo que sale a las 10:00. *There is a flight leaving at 10:00*

Uno de los usos principales del modo **subjuntivo** es describir cosas que puede que existan o no, en otras palabras, "antecedentes que no existen o que son hipotéticos". Estos antecedentes, u objetos, son por lo general del mundo de nuestros sueños, necesidades o deseos. Son cosas que creemos que nos gustaría tener **si existieran**. Ejemplos:

Señor, quiero un vuelo que salga a las 9:00 de la mañana.
Sir, I'd like a flight that leaves at 9:00 A.M. (There may or may not be a flight at that time.)

El vuelo que sale a las nueve de la mañana, **puede que exista o no**. Es un objeto (antecedente) hipotético y por lo tanto debemos describirlo con el modo subjuntivo. El modo subjuntivo describe todo un mundo hipotético, lleno de cosas que puede que también coincidan con cosas y situaciones que existen en nuestra propia realidad. El agente de viajes del ejemplo arriba puede decirle al viajero que sólo hay vuelos que salen a las ocho o a las diez de la mañana. Por esta razón la situación se expresa en el modo subjuntivo y no en el indicativo.

Veamos este ejemplo.

Viajero: Quiero un vuelo que salga a las nueve. *subject*
Agente: No hay ningún vuelo que salga a las nueve pero sí tenemos uno que sale a las diez. *present indicative*

Tomamos en cuenta las mismas consideraciones cuando hablamos de eventos del **pasado**.

En la escuela primaria yo siempre quería tener maestros que fueran simpáticos. *Past Subjunctive*
pero:
reality → En la escuela primaria yo siempre tenía maestros que eran antipáticos. *Imperfect*

De niño siempre buscaba amigos que fueran populares. *subjunctive*
reality → En la escuela secundaria siempre tenía amigos que eran populares. *Imperfect*

En estos casos, se usa el imperfecto del subjuntivo para hablar de personas, cosas o situaciones que deseábamos o necesitábamos, y el imperfecto del indicativo para hablar de lo que existía/existió de verdad. Algunas palabras que se asocian con este uso del subjuntivo son: **algo, nada, todo, todos, todo el mundo, alguien, nadie, siempre, algún/alguno/a y ningún/ninguno/a.**

www.eleanspanishlanguage.com

☆ imperfect subjunctive ☆

Practiquemos

quiciera

1. **Preguntas personales**

buscaba

   1. Describe a un amigo ideal. *Busco a un amigo que…*

   2. ¿Qué cualidades buscas en un novio o una novia? ¿Cómo quieres que sea esta persona?

   3. Cuando tenías unos trece o catorce años, ¿cómo querías que fuera tu novio/a ideal? *Quería que…*

   4. ¿Tienes novio o novia? _____ Sí _____ No ¿Cómo es? (Descríbelo/la con tres adjetivos.) ¿Es diferente esta persona a la que pensabas que querías conocer? ¿En qué aspectos?

   5. ¿Eres aficionado/a una serie de televisión? ¿Cómo deseas o esperas que termine esta temporada de tu programa favorito?

   6. Los niños suelen empezar a participar en grupos o proyectos y cambiar de idea después de una manera repentina. ¿Dejaste de participar en algún grupo porque creías que iba a ser diferente? ¿Cómo querías que fuera?

   7. ¿Qué planes tienen tus padres para sus hijos (para ti y tus hermanos)? ¿Cómo quieren que ustedes sean? ¿Qué quieren que estudien?

   8. ¿Cómo es diferente tu plan de vida a los planes que tienen tus padres para ti?

   9. Llama por teléfono a tus padres y abuelos y hazles estas preguntas. Si no es posible llamarlos, habla con un/a amigo/a mayor que tú. ¿Qué cosas querían sus padres para él/ella? ¿Qué hizo con su vida?

2. **¡Digo que no!** Responde a las preguntas de forma negativa. Usa oraciones completas.

   1. ¿Sueles hacer ejercicio con alguien?

   2. ¿Compras muchas cosas de los anuncios clasificados?

   3. ¿Tienes algún juguete de tu niñez en tu habitación?

   4. ¿Tienes algunos álbumes de fotos contigo?

   5. ¿Es verdad que nadie vino a tu fiesta de cumpleaños el año pasado?

© Robert Fried/Alamy

Los padrinos son una parte muy importante de muchas familias hispanas.

VENTANA A

...LAS EXPECTATIVAS

ANTES DE HABLAR

Contesta con frases completas.

1. ¿Conoces a alguien que viva todavía en la misma casa donde nació y creció?

_____

2. Describe con muchos detalles la foto mental que tienes cuando piensas en tu vida a los seis años. ¿Dónde estás? ¿Con quién?

_____

_____

_____

3. Describe un evento cómico que tuviste cuando eras niño. En clase vas a intercambiar esta historia con tus compañeros.

_____

_____

4. ¿Tienes hijos? ¿Los quieres tener algún día? ¿Por qué?

_____

_____

5. ¿Cuál es el número ideal de hijos en una familia? Si quieres tener hijos, ¿cómo quieres que sean? Si no los quieres tener, imagina que tuvieras que ser niñera por unos días. ¿Cómo es el niño ideal?

_____

_____

6. ¿Qué quieres que te regalen para tu cumple? ¡Incluye las características del objeto!

_____

_____

7. Escribe un anuncio clasificado para un objeto que tenías cuando eras niño/a pero que ya no tienes. Describe todos los detalles. Algunas ideas son objetos deportivos, coches, estampillas, tarjetas de béisbol, música, DVD, ropa, etc.

Busco _____

_____

_____

_____

Mira el video sobre los dibujos animados que se ven en algunos países hispanos. Presta atención especial al contenido y el enlace entre las palabras. Después, contesta las preguntas a continuación.

PARA VER

¿QUÉ HAS VISTO?

Prepárate para ver el video y lee primero estas preguntas. Contesta las preguntas después de ver el video.

1. Menciona dos dibujos animados que veían las entrevistadas cuando eran pequeñas.

2. ¿Conoces los dibujos animados que mencionan las dos chicas? ¿Cómo se llaman esos programas en inglés? ¿Cómo crees que sean diferentes en español?

3. ¿Qué hizo Ela después de ver un episodio de la Pantera Rosa?

4. Según Andrea, ¿cuál es una ventaja y una desventaja de los dibujos animados de hoy? ¿Estás de acuerdo con ella?

5. ¿Qué era algo que te molestaba o que no te gustaba de un dibujo animado que tú veías cuando eras pequeño/a? Usa tu imaginación y crea nuevas aventuras para ese personaje.

LECTURA

ANUNCIOS CLASIFICADOS

Lee estos anuncios clasificados de cosas o servicios que la gente busca. Analiza las expresiones que se usan en sus anuncios. Prepárate para hablar en clase sobre las cosas o situaciones que queremos encontrar o volver a encontrar en la vida.

Mensajero (Temporero)

Se busca candidato que esté disponible para trabajar los jueves y los viernes en el horario de 8:00 p.m. Salario $8.00 Millaje $25.00 diarios.

REQUISITOS

* Mínimo cuarto año de Escuela Superior * Licencia de Conducir Vigente * Licencia de Auto * Resumé * Record Choferil * Certificación Seguro del Auto (Empresa privada o Seguro Compulsorio) Interesados llamar a Leonor al (787) 666-4444 a la mayor brevedad.

Busco compañera que sea amable y simpática

Tengo 30 años. Soy fuerte, nada de gordo, peso 87kg, mido 195 cm., vivo solo, soy soltero y no me importa de qué país sea. Gracias. Mi correo es soy1234@emilio.com. Vivo en Zacatecas y la invito para que nos comuniquemos una temporada y si nos llevamos bien, pues, mejor.

Cantante de música rock

Busco cantante que toque guitarra eléctrica y acústica para rock. Debe tocar guitarras acústica y eléctrica, conocer el rock en español, debe tener entre 25 a 32 años de edad. Necesito que sea responsable y que tenga actitud profesional.

Buscamos dos compañeros de apartamento
Barrio: Escalón (San Salvador)

Es un duplex con patio individual, bastante nuevo, tiene una buena situación, dos baños, cocina, lavadero, 4 habitaciones.

Preferiblemente gente estudiante que no fume, no beba alcohol ni use drogas.

Interesados llamar a 2938-3834.

De sobremesa

 Contesten estas preguntas en parejas o grupos de tres. Como siempre, cada estudiante leerá una parte de la pregunta a su grupo y todos contestarán. Usen las palabras, expresiones e ideas que anotaron para las secciones **Antes de hablar** y **Banco personal de palabras**.

CONSEJO DE ADMINISTRACIÓN DE SU UNIVERSIDAD

Uds. son miembros del consejo de administración (*trustees*) de su universidad y tienen que escribir un documento que explique su visión para el futuro de la universidad. ¿Cómo quieren que sea? Hagan una lista de dos cambios visionarios para el campus, los estudiantes, los profesores y los edificios, y un monumento que represente la identidad universitaria.

campus	
estudiantes	
profesores	
edificios	
monumento	

SUS JUGUETES FAVORITOS

- ¿Qué recuerdan de sus juguetes favoritos cuando eran niños/as? Cuando tenían menos de cinco años, ¿cuál era su juguete preferido?

- Qué tipos de juegos preferían: ¿videojuegos, juegos de salón, otros?

- Hablen sobre los anuncios clasificados del objeto de su niñez que escribieron para la sección **Antes de hablar**. ¿De quién es o era el objeto que describen?

ACCIDENTES Y CASTIGOS

- Describan un accidente que podría parecer cómico y que no fue grave (*serious*), que tuvieron de niño/a. ¿Introdujeron alguna vez algo en su nariz? ¿Se tragaron una moneda o un botón? ¿Rompieron algún objeto decorativo, una obra de arte o una ventana en su casa? ¿Qué pasó?

- Describan alguna travesura (*prank*) que hicieron cuando eran niños/as que hasta ahora no se lo han contado a nadie. ¿Hay algo que hicieron que no era cómico en aquel entonces pero que sí les parece cómico ahora?

- ¿Cómo los castigaban sus padres por sus "delitos menores"? ¿Se acuerdan de una instancia específica en que los castigaron o por la que tuvieron que faltar a algún evento especial? ¿Fue un buen castigo?

- ¿Están de acuerdo con los castigos "corporales"? ¿Por qué?

DOBLE VÍA

Contesten estas preguntas en grupos de cuatro. Como siempre, cada estudiante leerá una parte de la pregunta a su grupo y todos contestarán.

Expectativas en la familia hispana

La familia hispana tradicional va más allá del núcleo familiar, es decir, la familia no consiste solamente de los padres y los hijos, sino también de otros familiares como los abuelos y los tíos y primos, así como otras personas que "se convierten" en miembros de la familia a través de relaciones como el compadrazgo. En muchas familias hispanas, el padre es el jefe de familia y la madre es la responsable del hogar. Además, algunos hispanos creen que la familia tiene la responsabilidad moral de ayudar a miembros que tengan problemas económicos, de desempleo, de salud o de otro tipo.

- ¿Cómo se compara la estructura de sus familias con la de una familia hispana tradicional? ¿Conocen o tienen una relación íntima con miembros de su familia "extendida"? ¿Hay parientes suyos que no han conocido o que han visto sólo unas pocas veces? ¿Quiénes son?

- En el mundo hispano, ser padrino o madrina (*godfather or godmother*) es un gran honor por el que se convierte en miembro de la familia extendida. En México y otros países se habla de "compadres" quienes deben tomar el lugar de los padres, en caso de que falten, para cuidar de los ahijados (*godchildren*) como si fueran suyos. ¿Conocen a alguien que haya sido criado por "tutores" en lugar de padres? ¿Qué aspectos considerarían al elegir al tutor de sus hijos?

- ¿Quiénes son sus parientes preferidos? Es decir, si tuvieran que vivir con un miembro de su familia, ¿a quién escogerían? ¿Hay un estudiante del grupo que viva con su familia extendida?

Los uniformes escolares

En muchos países hispanos los chicos deben usar uniformes escolares, aunque a muchos no les gusten, y algunos hasta los odien.

- ¿Están Uds. de acuerdo con el uso de uniformes? ¿Creen que debería haber un límite, por ejemplo usar uniformes solamente en las escuelas primarias?

- Con el grupo escriban una lista de ventajas (*advantages*) del uso de los uniformes y las posibles desventajas (*disadvantages*). Prepárense para un debate. ¡OJO! Su profesor/a organizará los grupos para el debate, así que no sabrán de qué lado estarán, a favor o en contra de los uniformes.

© Barry Lewis/Alamy

- Hablen con su grupo sobre las excepciones al código de vestuario. Ahora escriban dos listas, una de las prendas de vestir (*items of clothing*) que deben permitirse y otra lista de las prendas de vestir que no se deben permitir. Por ejemplo, pueden mencionar gorras, lentes, pañuelos, etc. Compartan sus listas con el resto de la clase y traten de hacer una lista con la que todos estén de acuerdo.

TALLER DE REDACCIÓN

Un centenar Escoge un tema a continuación y escribe un ensayo de 100 palabras.

1. ¿Cuál crees que sea el regalo perfecto para una persona especial en tu vida? Piensa en lo que él/ella quiere, aunque puede que no exista ese regalo.

2. Piensa en tres objetos que simbolizan algo importante de tu vida de cuando tenías de seis a ocho años, y que representan un evento o a una persona en particular. Descríbelos con muchos detalles y explica el significado personal que tienen para ti.

Para desarrollar Escribe un ensayo sobre el siguiente tema. Sigue las instrucciones de tu profesor sobre las fuentes que puedes usar.

Investiga en la red una tira cómica de un país hispano y compárala con una de los Estados Unidos. No escojas una tira cómica traducida al español. Puedes comparar los personajes, los temas tratados o el lenguaje usado. Algunos ejemplos: "Mafalda" (Argentina), "Condorito" (Venezuela), "Los Supermachos" (u otra tira) de Rius (México), "Astérix" (Francia, España) y "Zipe y Zape" (España).

Para aprender más sobre Suchitoto, El Salvador, consulta www.cengage.com/hlc.

VIAJE

© iStockphoto

La receta para hacer pupusas, la comida salvadoreña más típica, se encuentra en la sección **¡A comer!** en www.cengage.com/hlc.

¡A COMER!

© Tatiana Seeligman

Para conocer la música del rockero argentino Miguel Mateos y escuchar su canción "Cuando seas grande", visita www.cengage.com/hlc.

MÚSICA

Courtesy of Miguel Mateos

Mi presente

¿Cuál es el aspecto más importante de tu vida? ¿Los estudios? ¿Tus relaciones con tus amigos, tu familia o tu novio o novia? ¿Los deportes, la música, el arte u otro interés? ¿Por qué?

———————————

¿Te es importante organizar tu tiempo? ¿Qué haces para mantener el equilibrio entre los estudios y los pasatiempos? ¿Comes y duermes bien? ¿Te queda suficiente tiempo para hacer ejercicio o deportes? ¿Por qué sí o por qué no?

———————————

¿Crees que al graduarte va a cambiar tu rutina diaria? ¿Qué aspectos de tu vida piensas cambiar al terminar tus estudios y cuáles son los que prefieres mantener?

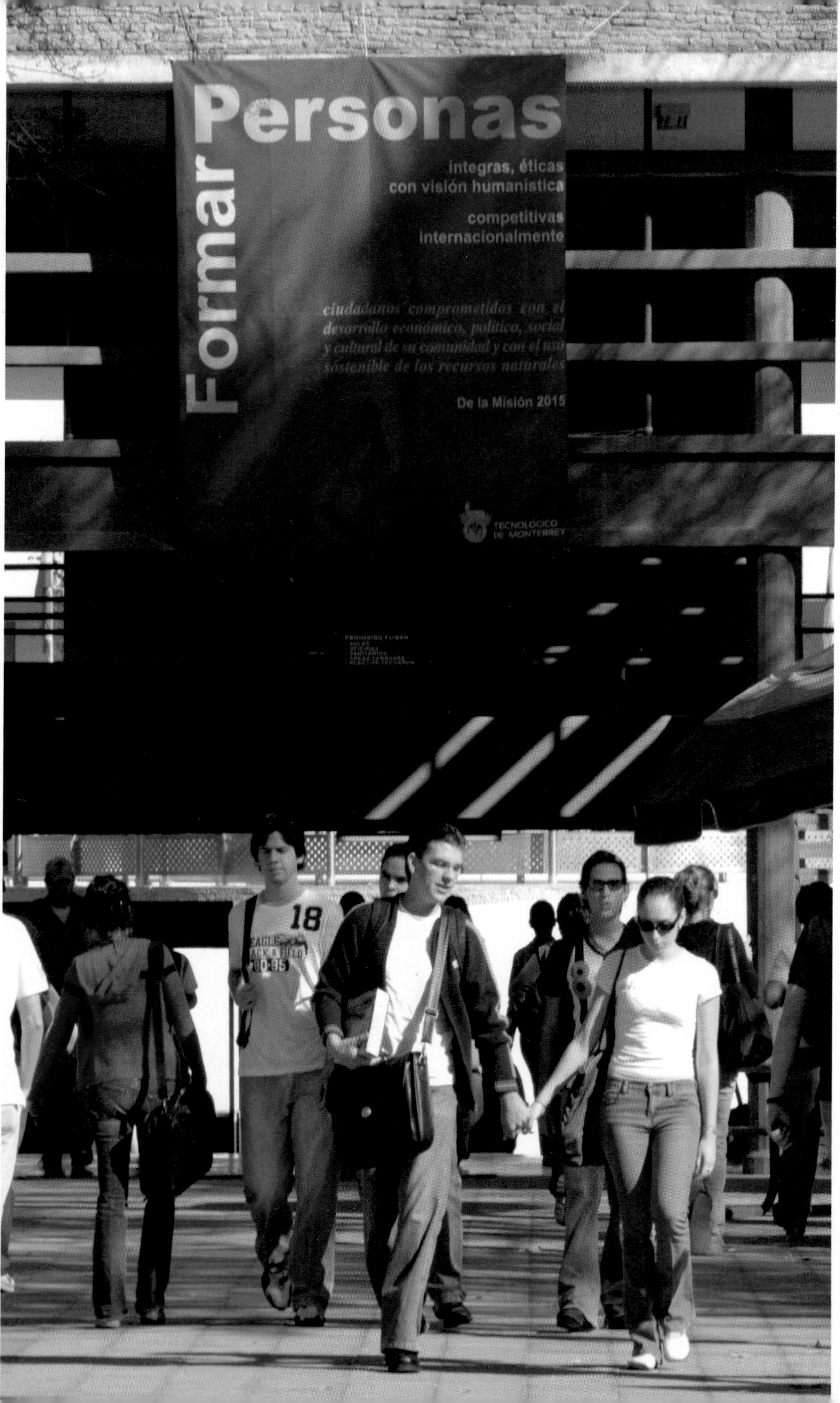

© Danita Delimont/Alamy

CAPÍTULO 6

LO QUE ESTUDIO Y POR QUÉ

Los pronombres relativos *que, el/la/los/las que, lo que y quien*
El sonido de la *rr*

HERRAMIENTAS 68–71

La educación en el mundo hispano

LECTURA 74

La cultura universitaria hispana
El calendario universitario 🌐
Especializaciones y carreras

CULTURA 76

Salamanca, España

VIAJE 77

Tortilla de patatas

¡A COMER! 77

El grupo Aterciopelados (Colombia)

MÚSICA 77

HERRAMIENTAS LÉXICAS

LA VIDA SECRETA DE LAS PALABRAS

© iStockphoto

Educar, capacitar y *currículum vitae*

Educación (del latín *educare*, "guiar", y *educere*, "extraer") = el proceso, que da como resultado una serie de habilidades, conocimientos, actitudes y valores adquiridos, produciendo cambios de carácter social, intelectual, emocional, en una persona. (*DRAE*)

Capacitar = Hacer a alguien apto, habilitarlo para algo. (*DRAE*)

En español se dice **currículum** o **currículum vitae** en vez de **résumé** para identificar el documento que presenta la educación y los logros de un estudiante. ¿Puedes adivinar qué significan las palabras **currículum vitae**?

Niveles escolares

el bachillerato (Central America)
high school

el colegio (Chile, Argentina)
high school

el doctorado
doctorate, Ph.D.

la escuela primaria
elementary school

la escuela secundaria (U.S.)
high school

la licenciatura
Bachelor's degree

la maestría
Master's degree

la preparatoria ("la prepa") (Mexico)
high school

La vida universitaria

la cátedra
lecture; endowed chair

la clase en línea
online class

las clases nocturnas
night classes

el/la compañero/a de cuarto / de habitación
roommate

el currículum
range of courses

el curso a distancia
distance learning

la especialización, la carrera
major

la especialización secundaria
minor

la facultad
college or school within a university, e.g., the College of Arts and Sciences

el instituto tecnológico
community college

la matrícula
tuition

matricularse (a una clase, en un curso) to register (for a class)	el ramo branch (of studies); subject (Chile)	sin declarar, sin decidir (U.S.) undeclared, undecided
el profesorado the faculty	la residencia estudiantil dormitory	

película

Claves para la conversación

Hay varias maneras de expresar *why?* y *because*:

¿Por qué lo hiciste?   Why did you do it?   Porque sí.   Because I felt like it.

La razón por la que... o, simplemente, **por** = *The reason why. . .*

Mis padres son la razón por la que estoy aquí.   My parents are the reason that I came here.
Tu eres la razón por la que vine.   o ➡   Vine por ti.

Para empezar una respuesta con la expresión *Because*. . . se puede decir **desde que, puesto que, visto que** o **como**.

Puesto que no hay mucha gente aquí hoy...   Because (Since) there are not many people here . . .
Visto que no hay mucha gente aquí hoy...   Because (Since) there are not many people here . . .

Suele usarse **por** o **a causa de** para expresar la razón por la que alguien hizo algo.

Llegó con prisa por la lluvia.   He got here in a rush because of the rain.
Llegó con prisa a causa de la lluvia.   He got here in a rush because of the rain.

Escucha y practica la **rr**, uno de los sonidos más característicos del español, en **Pronunciemos con claridad** en www.cengage.com/hlc.

PRONUNCIEMOS CON CLARIDAD

¡NO CAIGAS EN EL POZO!

Para expresar *whom, to whom, with whom*, etc., se usa una preposición seguida por el pronombre **quien**. Es aceptable en inglés terminar una frase con una preposición, como *the man you came with,* pero no se da el caso en español. En español se dice:

El hombre con quien viniste.

The man you came with. ➡ *The man with whom you came.*

HERRAMIENTA GRAMATICAL
LOS PRONOMBRES RELATIVOS *QUE,*
EL/LA/LOS/LAS QUE, LO QUE Y *QUIEN*

Los pronombres relativos establecen la relación entre una frase descriptiva y su antecedente. Considera este ejemplo:

> El que tienes es excelente.

> The one you have is excellent.
> The one that you have is excellent.

Por lo general, el pronombre relativo es el sujeto de una cláusula relativa.

El hombre murió ayer.	El hombre | que escribió el libro | murió ayer.
	| cláusula relativa |
The man died yesterday.	The man | who wrote the book | died yesterday.
	| relative clause |

En el ejemplo anterior, la cláusula relativa funciona como un adjetivo que describe **al hombre**.

En este capítulo estudiamos solamente los pronombres y adverbios relativos que se usan más frecuentemente.

I. *QUE* vs. *QUIEN*

Los estudiantes se confunden a veces cuando tienen que decidir entre **que** o **quien** en oraciones como las siguientes:

> The man that / who lives next door to me is a professor.

Por lo general, el pronombre **que** se usa para expresar *that* y **quien** representa *who*. Sin embargo, **que** también puede significar *who*. Para determinar qué pronombre relativo se debe usar, hay que saber si la cláusula relativa es restrictiva o no. Las cláusulas restrictivas se refieren a sujetos específicos:

> En mi universidad, los profesores que no dan mucha tarea son mis favoritos.

Si se omite la cláusula relativa, se cambia por completo el significado de la oración. La cláusula limita el significado del antecedente **los profesores,** pues **no todos** son mis favoritos, **solamente** los que no dan mucha tarea.

Las cláusulas no restrictivas dan datos extra sobre el antecedente:

> En mi universidad, los profesores, **quienes no dan mucha tarea**, son buenos.

Ahora, considera los ejemplos a continuación:

| **Cláusula restrictiva,** | **que** | El hombre que vive en la casa de al lado es profesor. |
| **Cláusula no restrictiva,** | **quien** | El hombre, quien vive en la casa de al lado, es profesor. |

La cláusula introducida por **quien** no da información esencial y por eso está separada del resto de la oración, entre comas (no es restrictiva). La información introducida por el pronombre relativo *que* es imprescindible para que la oración tenga sentido. Si se omite, cambia el sentido de la oración. Una vez determinada la clase de cláusula, si es restrictiva o no, decidimos si hay que usar el pronombre **que** o **quien**. Tratándose de una cláusula **restrictiva,** se usa el pronombre **que**. Tratándose de una cláusula **no restrictiva,** se usa el pronombre **quien** y encerramos toda la cláusula entre comas.

II. *EL QUE, LA QUE, LOS QUE, LAS QUE*

Los pronombres **el que, la que, los que** y **las que** significan *the one that* (o *the one who*) y *the ones that* (o *the ones who*). Funcionan también como pronombres relativos. En los ejemplos que siguen se usan cláusulas especificativas (restrictivas).

> De todos sus libros, **el que** has escogido es el mejor.
> *Of all his books, the one that you have chosen is the best.*

> Ninguno de **los que** están en la mesa es bueno.
> *None of the ones that are on the table are good.*

III. *LO QUE*

Lo que es neutro y se usa para referirse a un antecedente que es una idea o un grupo de ideas, es decir, algo abstracto. No se trata de un antecedente masculino o femenino, sino neutro.

> Eso es **lo que** decía.
> *That's what I was saying.*

Lo que puede encabezar (*start*) una oración.

> **Lo que** pasa en mi universidad pasa en todas.
> *What's happening at my college is happening at all colleges.*

Practiquemos

1. **¿Restrictiva o no?** Indica primero si la cláusula relativa es restrictiva o no restrictiva. Luego usa **que, quien** o **quienes** para completar la oración.

Restrictiva _____ No restrictiva ___✓___

El Dr. Martí es el profesor ____*que*____ da muy buenas notas a todo el mundo.

Restrictiva ___✓___ No restrictiva _____

Los profesores ____*que*____ saben lo que hacen son buenos.

Restrictiva _____ No restrictiva ___✓___

El profesor Rosales, ____*quien*____ da clase a las 10, es muy bromista.

Restrictiva ___✓___ No restrictiva _____

Los profesores ____*que*____ fuman son malos modelos de conducta.

Restrictiva _____ No restrictiva ___✓___

Esos dos profesores, ____*quienes*____ fuman mucho, son los mejores de la facultad.

2. **Traducción de frases** Usa las expresiones **el que, la que, los que, las que, lo que.**

1. I don't understand *what* he is saying.

   No entiendo lo que dice

2. Profesora Gómez is *the one that* you're looking for.

   Profesora Gómez es el que

3. *What* you need to do is ask more questions in class.

   El que necesitas hacer es lo que pedes mas preguntas en clase.

4. The house in *which* she lives is near campus.

   _____

5. Those students, *the ones* in profesora Gómez's class, are lucky.

   _____

6. My professor, *the one who* is from Spain, is excellent.

   _____

7. Here's the list of the packages *that* he brought.

   _____

8. Of all the dorms on campus, we live in *the one that* has the worst heating.

   _____

9. The Dehesa campus, *which* is located outside of Madrid, is the most important one.

   The Dehesa Campus, el que se situó afuera de Madrid, es el mas importante.

10. That poem is *the reason why* I decided to major in Spanish.

   _____

VENTANA A

...LAS CARRERAS

ANTES DE HABLAR

1. ¿Cuál es tu especialización?

2. ¿Hace cuánto tiempo que sabes que quieres estudiar lo que estudias?

3. ¿Siempre sacas buenas notas en las clases que te gustan? _____ Sí _____ No ¿Por qué?

4. ¿Cuáles son algunas razones por las que las personas prefieren asistir a escuelas privadas? ¿Conoces a alguien que asistió a una escuela secundaria privada? ¿Por qué tomó esa decisión? ¿Te parece mejor asistir a una escuela secundaria pública? ¿Por qué sí o por qué no?

5. ¿A cuántas universidades enviaste solicitudes antes de decidir asistir a esta? ¿Cuáles fueron tus tres primeras selecciones? Escribe sus nombres a continuación. ¿Son universidades privadas o públicas? Para cada universidad en tu lista, indica por escrito las razones por las que querías asistir (localidad, tradición familiar, finanzas, motivos personales, etc.).

6. ¿Cuáles son los tres motivos principales para sacar buenas notas en tus clases? Escríbelos en orden de importancia.

Mira el video de este capítulo. Algunos hispanohablantes discuten la ventaja de ser bilingüe para ciertas carreras. Presta atención especial al contenido y a la forma en que pronuncian la **rr**. Después contesta las preguntas a continuación.

PARA VER

¿QUÉ HAS VISTO?

Lee primero estas preguntas. Contesta las preguntas después de ver el video.

1. Según Carlos y Maddie, ¿en qué profesiones puede ser un gran beneficio saber inglés y español?

2. Lily cree que "los que tienen dos idiomas siempre tienen una ventaja competitiva". Explica por qué y usa ejemplos del video.

3. Entre los amigos de Maddie y Carlos, ¿cuáles son algunas razones por su interés en el español? ¿Por qué te interesa a ti?

4. Según Lily, ¿cuáles son las ventajas de los cursos en línea?

5. Maddie recomienda escuchar la música en otro idioma que queramos aprender. Explica sus razones y si estás de acuerdo con ella. ¿Qué cosas haces tú para aprender el español?

LECTURA

La educación en el mundo hispano

Lee acerca de la educación en el mundo hispano y cómo se compara con otros sistemas educativos. Identifica las ideas principales para discutirlas en clase.

El sistema educativo en el mundo hispano se divide generalmente en escuela primaria (del 1° al 9° grado), secundaria (el colegio, la preparatoria o el bachillerato, del 10° al 12° grado) y los estudios superiores (universidad y posgrado).

Los estudios universitarios pueden durar de cuatro a cinco años. Existe también la opción de seguir estudios en institutos tecnológicos, donde se preparan a los estudiantes para un trabajo especializado (por ejemplo, programador de computadoras, enfermero o asistente legal). Estos estudiantes suelen recibir su "título técnico" al fin de dos años.

Al graduarse un estudiante de secundaria ya habrá completado una serie de cursos de "conocimientos generales" como física, química, biología y filosofía, por lo que no es necesario tomar estos cursos en la universidad. Los estudiantes que optan por seguir estudios universitarios suelen escoger su especialización al hacer su solicitud. No se conoce el concepto (estadounidense) de estar "sin decidir" (*undeclared*). El programa de estudios de cada carrera ya está establecido, es decir, existe poca flexibilidad para incorporar los intereses particulares de los estudiantes en los requisitos de la carrera. Esta falta de flexibilidad permite al estudiante mantener una expectativa de las habilidades que vaya adquiriendo.

En España y Latinoamérica por lo general no hay el equivalente a los *liberal arts colleges* que se estilan (*that are very common*) en los Estados Unidos. Sí que hay universidades grandes y pequeñas, privadas y públicas, religiosas y laicas, pero, salvo (*except*) las grandes universidades como la Universidad Autónoma Nacional de México y la Universidad San Marcos de Lima, Perú, la gran mayoría se especializan en unas pocas carreras. Los profesores suelen dar su cátedra y los estudiantes toman sus apuntes sin hacerle preguntas al profesor y menos, dedicarse a discusiones en grupo en el salón de clase. La evaluación (*grading*) depende de la memorización de las explicaciones de los profesores. Tratándose incluso de aplicaciones prácticas, éstas reflejan solamente los métodos presentados en clase.

El servicio social, que puede completarse antes o hasta después de graduarse de la universidad, debe estar relacionado con la especialización. Es un requisito de graduación tan importante como la tesis, la cual también es un requisito en todas las carreras universitarias.

1° primero(s)   4° cuarto   7° séptimo   10° décimo
2° segundo   5° quinto   8° octavo   11° undécimo
3° tercero   6° sexto   9° noveno   12° duodécimo

De sobremesa

 Contesten estas preguntas en parejas o grupos de tres. Como siempre, cada estudiante leerá una parte de la pregunta a su grupo y todos contestarán. Usen las palabras, expresiones e ideas que anotaron para las secciones **Antes de hablar** y **Banco personal de palabras**.

TU ESPECIALIZACIÓN

- ¿Por qué optaron por estudiar lo que estudian? ¿Creen que su especialización les va a ayudar después de graduarse?

- ¿Hay más hombres o mujeres en sus especializaciones? ¿Por qué creen que es así?

- Describan el momento en que escogieron su carrera. ¿Tuvieron una epifanía? ¿Han cambiado de idea muchas veces? ¿Cuántas? ¿Creen que todavía van a cambiar de idea muchas veces? ¿Qué estudiarían?

- ¿Qué hacen los que se especializan en español después de graduarse? ¿Hay un/a amigo/a o conocido/a suyo que utilice el español en su carrera? Expliquen lo que hace.

CAPACITACIÓN vs. EDUCACIÓN

- Repasen las definiciones de las palabras *educar* y *capacitar*. ¿En qué difieren? ¿Cómo se define "una buena educación"?

- ¿Por qué escogieron la universidad a la que asisten? ¿Cómo son diferentes los *liberal arts colleges* a las universidades? ¿Cómo son diferentes a los institutos técnicos?

- Las estadísticas indican que los estadounidenses cambian de carrera varias veces antes de jubilarse. Tomando en cuenta esta tendencia, ¿creen que es buena idea escoger y prepararse para una carrera en particular a los 17 ó 18 años (como se hace en algunos países hispanos)?

- ¿En qué se parecen la decisión de elegir una carrera universitaria a los 17 años y elegir la pareja para casarse a los 17 años? Expliquen su punto de vista.

OTRA CARRERA

- Escojan una carrera diferente a la que estudian. ¿Qué cursos o materias deberían incluirse en un programa de estudios de esa carrera?

- Ahora hablen con su grupo sobre las materias más importantes que se deben incluir al nivel de educación secundaria.

- Comparen su modelo con los de los otros grupos. ¿En qué difieren los modelos? ¿En qué se parecen? ¿Qué cosas no tomó en cuenta el grupo al elaborar su modelo?

DOBLE VÍA

Contesten estas preguntas en grupos de cuatro. Como siempre, cada estudiante leerá una parte de la pregunta a su grupo y todos contestarán.

La educación en el mundo hispano y en los Estados Unidos

¿Cuáles son los requisitos para graduarse en su carrera? En muchos países de Latinoamérica los estudiantes universitarios deben escribir una tesis que refleje la suma de su experiencia en la universidad. Si tienen que escribir una tesis para graduarse, ¿ya saben cuál es el tema sobre el que van a escribir? Si tuvieran que escribir una tesis, ¿qué tema escogerían? ¿Creen que una tesis es un buen requisito para graduarse? ¿Por qué? ¿O preferirían mejor otro tipo de requisito, como el *Service Learning* (trabajo comunitario y académico, parecido al servicio social de las universidades latinoamericanas)?

Comparaciones

¿Existen estos elementos típicos del sistema universitario estadounidense en las universidades de los países hispanos? ¿Qué opina el grupo? Clasifiquen cada elemento como **típico** de los dos / **depende** del país / **inexistente**.

- fraternidades / hermandades
- ceremonias de graduación
- universidades de artes liberales
- deportes interuniversitarios
- clases muy grandes

- residencias
- laboratorios de computación
- Internet inalámbrico
- préstamos para la matrícula
- notas A–F

Ahora comparen en su grupo la experiencia de la vida en una universidad que no tenga estos elementos.

© AFP/Getty Images

TALLER DE REDACCIÓN

Un centenar Escoge un tema a continuación y escribe un ensayo de 100 palabras.

1. Ya hablamos del requisito de un año de servicio social (servicio comunitario voluntario) para graduarse en muchas universidades hispanas. ¿Qué harías si tuvieras que cumplir con un proyecto similar en los Estados Unidos? ¿Qué harías si fueras estudiante en un país hispano que tiene ese requisito?

2. ¿Qué te motiva a sacar buenas notas? ¿Cuáles serían las consecuencias si sacaras malas notas? Usa los motivos de tu lista de **Antes de hablar** para completar tu respuesta.

Para desarrollar Escribe un ensayo sobre el siguiente tema. Sigue las instrucciones de tu profesor sobre las fuentes que puedes consultar.

Investiga en la red una universidad hispana a la que te gustaría asistir. Escribe un ensayo en el que tratas de convencer a tus padres o al decano de tu facultad para que te permitan estudiar en esa universidad. Desarrolla una lista de argumentos que apoyan tus ideas. Preséntalos en orden de importancia.

Investiga Salamanca, una de las ciudades universitarias más importantes de Europa, en www.cengage.com/hlc.

VIAJE

Para descargar una receta para la tortilla de patatas (*potato*, en España), ver un video que muestra su preparación y comentar en línea esta tapa española tradicional, sigue los enlaces en www.cengage.com/hlc.

¡A COMER!

El grupo Aterciopelados de Colombia toca música rock con influencias de todo tipo, desde la música folklórica sudamericana hasta el reggae caribeño. Para conocer este grupo y sus canciones, sigue los enlaces en www.cengage.com/hlc.

MÚSICA

CAPÍTULO 7
¿TE INTERESA LA BUENA SALUD?

HERRAMIENTAS LÉXICAS

LA VIDA SECRETA DE LAS PALABRAS

¿Qué tienen en común las palabras *desayuno* y *breakfast*?

La palabra **almuerzo** resulta muy interesante porque representa una combinación del artículo **al,** del árabe, con el nombre **morsus** (*bite*), del latín. Por eso, **almuerzo** significa *Let's go grab a bite!* Su uso varía de un país a otro; por ejemplo, en España, México y otros países las tres comidas principales son **el desayuno, la comida** y **la cena.** En estos países, **almorzar** significa comer algo entre el desayuno y la comida. En Colombia y otros países, sin embargo, se usa **almuerzo** para la comida principal del día, que se come entre mediodía y las dos de la tarde. Existen muchísimas expresiones coloquiales para lo que se come entre las comidas principales: **tentempié** (< *tente en pie* o sea, *to keep you on your feet*), **bocadillo** (México, Centroamérica), **merienda** (Argentina), **piscolabis** (México, España), **aperitivo, refrigerio,** etc.

La salud física

adelgazar,
perder peso
to lose weight

disminuir
to reduce or cut back
(not to lose weight)

ejercitar
to train (not to do exercise)

engordar
to gain weight; to be fattening

ganar(le) (al), darle una paliza
a (en sentido metafórico)
to win; to give a beating
(metaphorically speaking)

ganar peso, aumentar
de peso
to gain weight

perjudicar la salud
to be bad for your health

pesarse
to weigh (yourself)

saludable
healthy (for food)

sano/a
healthy (for a person)

tener hambre
to be hungry

tener sobrepeso
to be overweight

La vida saludable

acumular
to accumulate

alimentar(se)
to feed (oneself); to nurture
(oneself)

chistoso/a (México),
gracioso/a
funny

chuche, chuchería (México), golosina snack	importar to matter (*like* gustar)	medida measure, measurement

fresco/a
fresh (as in food, vegetables, or fruits); new; cool

Claves para la conversación

Aquí hay dos maneras para expresar los mandatos de forma indirecta:

1. **que** + *subjuntivo*

   dámelo = ¡que me lo des!
   no me preguntes tanto = ¡que no me preguntes tanto!

2. el presente de la forma interrogativa

   ¿Me pasas el pan?   ¿Me da un café?
   Pass the bread, please.   May I have a coffee?

Escucha y practica la **r**, un sonido clave del español en www.cengage.com/hlc.

PRONUNCIEMOS CON CLARIDAD

¡NO CAIGAS EN EL POZO!

Para evitar la cacofonía de los sonidos de la **y** con la **i**, se cambia la **y** (*and*) delante de una palabra que empieza con **i** o **hi** y en su lugar se escribe **e**.

Por razones parecidas hay que cambiar **o** (que significa *or*) por **u** delante de las palabras que empiezan con **o** y **ho**.

Ejemplos:

   Mis amigas se llaman Josefa **e** Isabel.

   Uno **u** otro...

   Aquel caballero **e** hidalgo noble...

   ¿Muerte **u** honor?

HERRAMIENTA GRAMATICAL
EL MODO IMPERATIVO: LOS MANDATOS INFORMALES (MANDATOS CON *TÚ*)

MANDATOS AFIRMATIVOS

Para los verbos regulares se usa la conjugación de la tercera persona singular en el presente indicativo. ¡No uses la forma de la segunda persona (**tú**) aquí!

hablar ➡ habla   comer ➡ come   vivir ➡ vive

Hay ocho mandatos afirmativos irregulares: **di, haz, pon, sal, sé, ten, ve, ven.**

MANDATOS NEGATIVOS (MANDATOS CON *NO*)

Los mandatos informales tienen una conjugación para la forma **afirmativa** y otra para la forma **negativa** (en contraste con los mandatos formales, que tienen una sola conjugación para ambas formas, la afirmativa y la negativa).

Para los mandatos negativos se usa la conjugación de **tú** del subjuntivo, precedida por **no**.

hablar ➡ no hables   comer ➡ no comas   vivir ➡ no vivas

En los mandatos negativos no hay formas irregulares, solamente verbos que ya son irregulares en el subjuntivo. Practica con varios verbos para recordar sus conjugaciones. Recuerda que los mandatos afirmativos no llevan **s,** pero los negativos sí llevan **s.**

di ⬌ no digas   haz ⬌ no hagas   ¡Háblame! ⬌ ¡No me hables!

REGLAS PARA LOS PRONOMBRES

Forma una sola palabra que consiste en el mandato afirmativo seguido por el/los pronombre/s.

Dámelo.   Pregúntame más.

En los mandatos negativos la palabra **no** y los pronombres **preceden** el verbo.

No me lo des.   No me preguntes tanto.

Cuando se incorporan pronombres en un mandato, se agregan sílabas a la forma del verbo. Muchas veces estas sílabas adicionales hacen que cambie el acento de la palabra y resulta necesario incluir una tilde para mantener el acento original del verbo.

<u>da</u> ➡ dame		Se mantiene el acento original.
<u>da</u> ➡ dámelo		Lleva tilde para mantener el acento original.
pregunta ➡ pregúntame más		Lleva tilde.
pregunta ➡ pregúntamelo		Lleva tilde.

En España se usa **vosotros** para expresar el plural de **tú**. En América Latina se usa **Uds.** para dirigirse a un grupo de dos o más personas, sin importar si se usa **tú, usted** o **vos** con cada persona en forma individual.

Practiquemos

1. **¿Qué deben hacer?** En clase vamos a decirles a nuestros compañeros qué es lo que deben hacer. Escribe cinco combinaciones de mandatos informales para un/a compañero/a de clase. Usa verbos relacionados con actividades físicas y/o acciones cómicas. ¡Sé creativo! Toma en cuenta la personalidad y talentos de tu compañero/a. Incluye pronombres cada vez que sea posible.

nombre de tu compañero/a	mandato afirmativo	mandato negativo

2. **Consejos para la cafetería universitaria** Completa estas sugerencias para comer de manera más saludable en las cafeterías universitarias.

Mientras comas, _____ y _____ si todavía tienes hambre.
                     (hacer una pausa)   (preguntarte)

_____ la tentación de servirte otro plato pero no _____ platos enormes en
(Evitar)   (servirte)

anticipación de no poder comer más. Todos los días _____ de dejar un bocado de
                                                           (tratar)

comida en tu plato. No _____ refrescos con azúcar. _____ agua y _____
                          (beber)   (tomar)   (agregar)

leche a tu café, no _____ crema. _____ ensaladas y _____ que
                       (ponerle)   (Comer)   (acordarte)

los aderezos frecuentemente tienen tanta grasa como una hamburguesa.

VENTANA A

...LA MEJOR FORMA DE ESTAR EN FORMA

ANTES DE HABLAR

1. ¿Te consideras una persona sana?_____ Sí _____ No ¿Por qué?

_____

2. ¿Por qué crees que todavía hay personas que fuman (cerca del 20% de los habitantes de los Estados Unidos) cuando existe tanta evidencia de que fumar perjudica la salud? Escribe tres razones.

Las autoridades sanitarias advierten:
fumar puede ser causa de una muerte lenta y dolorosa

_____

_____

3. ¿Es necesario tener siempre una razón para hacer o no hacer algo?
_____ Sí
_____ No ¿Por qué?

_____

4. Además de por motivos de hambre, ¿por qué comemos lo que comemos? ¿Qué diferencia hay entre comer un solo trozo de pizza y comer diez?

_____

5. ¿Qué le dirías a una niña de 10 años (que no es gorda) si te dijera que ella cree que es gorda?

_____

6. ¿Con qué frecuencia te pesas? ¿Por qué?

_____

7. Haz una lista de cinco acciones muy saludables que haces con frecuencia.

_____

8. Haz una lista de tres acciones que podrías hacer para mejorar tu salud. ¿Por qué no las haces?

_____

9. ¿Con qué frecuencia haces ejercicio?

_____

10. ¿Crees que es justo concederle demasiada importancia a la apariencia física de los demás? ¿Lo haces tú? ¿Lo hacen tus profesores?

11. ¿Qué opinas de productos que prometen saciar el hambre, o ayudar a controlar el deseo de tomar alcohol o fumar?

12. ¿Usarías un producto como este? ¿Crees que estos productos son eficaces?

Mira el video sobre las maneras de llevar una vida más sana y qué se considera la comida saludable según varios individuos. Presta atención especial al contenido y la pronunciación de la letra *r*. Después, contesta las preguntas a continuación.

PARA VER

¿QUÉ HAS VISTO?
Lee primero estas preguntas. Contesta las preguntas después de ver el video.

1. Según Juan Carlos y Claudia, ¿qué significa ser una persona saludable?

2. ¿Quién de los entrevistados se pesa? ¿En qué circunstancias? ¿Estás de acuerdo con esa rutina?

3. ¿Qué opinan Claudia y Raquel sobre pesarse? ¿Te sorprende su opinión?

4. Compara la siesta en México, España y Venezuela, según la explican los entrevistados. ¿Pueden dormirla en los Estados Unidos Juan Carlos y Claudia? ¿Por qué?

5. En el último clip, ¿quién ofrece los mejores consejos para que la gente tenga una vida más sana? ¿Por qué?

LECTURA

LA SIESTA: ¿YA NO SE TOMA?

Sólo un 16% de los españoles duerme la siesta todos los días

Lee este artículo sobre la siesta y busca las ideas principales para hablar de ellas en clase.

MADRID — EFE El mito de la siesta española ha quedado desterrado *(dismissed)*, ya que sólo un 16% de la población de este país practica esta sana costumbre a diario. Un estudio sobre el sueño, realizado entre más de 3.000 españoles mayores de 18 años por la Fundación de Educación para la Salud del Hospital Clínico San Carlos (Fundadeps) y la Asociación Española de la Cama (Asocama), ha revelado la extinción de este deporte nacional que se mantiene, no obstante, como reclamo para los turistas.

La mayoría de esos pocos que gozan de un ligero sueñecito después de comer —un 72%— se conforma con recostarse en el sillón, mientras que un 27% confiesa que se mete en la cama y aún practica la tradicional y envidiable siesta "con pijama, Padrenuestro y orinal".

El análisis desvela que el 58,6% de los españoles nunca sestea, el 22% sólo en ocasiones y el 3,2% se adormece tras el almuerzo únicamente los fines de semana.

La siesta es el producto estrella entre los hombres mayores de 45 años, aunque, en general, son las mujeres quienes tienen más dificultades para conciliar el sueño.

Son muchos, hasta un 32%, los españoles que se levantan cansados y sin energía o con dolores musculares, una cifra que aumenta progresivamente a medida que crecen los años del colchón.

Aragón y Madrid, las regiones donde mejor se duerme

Curiosamente, pese al estrés que caracteriza a la capital, Madrid es la segunda región de España donde más rápido se duerme la gente, sólo precedida por Aragón.

Una vez dormidos, la mitad del país asegura mantener el sueño toda la noche mientras que la otra mitad afirma despertarse por lo menos una vez, un 21% sin motivo aparente.

Respecto al número de horas, los españoles dormimos alrededor de siete [incluyendo el tiempo de la siesta, si se practica], algo más los fines de semana, aunque los más jóvenes llegan hasta las ocho horas y media.

"Sólo un 16% de los españoles duerme la siesta todos los días," EFE, 1/22/2009. As found on www.elmundo.es. Used with permission.

De sobremesa

Contesten estas preguntas en parejas o grupos de tres. Como siempre, cada estudiante leerá una parte de la pregunta a su grupo y todos contestarán. Usen las palabras, expresiones e ideas que anotaron para las secciones **Antes de hablar** y **Banco personal de palabras**.

¿CUÁL ES TU NEUROSIS?

Una persona de su clase es un famoso psicólogo/a, experto de la interpretación de sueños. Otra persona es su asistente, encargado/a de terapias de recuperación. El resto de la clase va a ser pacientes que han tenido sueños muy extraños esta semana.

- Inventen un sueño original que se enfoque en partes del cuerpo humano (barba, frente, mano, maquillaje, ojos, orejas, piernas, pelo, pies, uñas). El psicólogo va a interpretar su sueño basado en los símbolos persistentes. Busquen la explicación de los símbolos en el sitio web del libro.

- Después de que el psicólogo les dé su diagnóstico, tendrán que hablar con su asistente, quien les dará algunas recomendaciones para ayudarles a recuperar su equilibrio emocional.

PORCIONES

Emparejen cada comida con el objeto que representa su porción "oficial".

tamaño de la porción	comida
1. una baraja de naipes	a. una fruta
2. un disco de hockey	b. 1,5 onzas de queso
3. tres dados	c. aderezo
4. un huevo grande	d. muffin
5. una pelota de tenis	e. carne
6. una pelota de golf	f. bagel

- Ahora bien, ¿qué recuerdan acerca de la pirámide de la alimentación? Emparejen el número de porciones recomendadas por día con el grupo alimenticio.

grupo alimenticio	número de porciones al día
1. panes, cereales	a. menos de una
2. vegetales	b. de dos a tres
3. frutas	c. de dos a cuatro
4. carnes, pescados, huevos	d. de tres a cinco
5. grasas y/o dulces	e. de seis a once

- ¿Comían de manera saludable cuando eran niños/as? ¿Por qué es difícil comer bien cuando están en la universidad?

DOBLE VÍA

Contesten estas preguntas en grupos de cuatro. Como siempre, cada estudiante leerá una parte de la pregunta a su grupo y todos contestarán.

¿Beneficios de la siesta?

Con su grupo elaboren un programa de salud para un tipo de persona específico. Deben incluir recomendaciones que promueven el equilibrio entre las actividades físicas, el descanso y la alimentación. Su instructor va a asignar el tipo de persona a quien este programa debe ir dirigido.

¿Beneficios del ejercicio?

Analicen la conexión entre una cultura en movimiento y el sobrepeso. Si las personas siempre están en movimiento (en el tráfico, al mudarse de un estado a otro por el trabajo, etc.), ¿por qué no queman esas calorías extras? ¿Qué recomendaciones tiene el grupo?

¡Súper engórdame!

Discutan estas cifras del sitio web de la película
Súper engórdame (*Super Size Me*):

- Los estadounidenses comen el 40% de sus comidas fuera de la casa.

- Según el *Culinary Institute of America*, los estadounidenses comen el 19% de sus comidas *en sus coches*.

- Cada día uno de cada cuatro estadounidenses visita un restaurante de comida rápida.

- 46 millones de personas —más que la población de España— comen en McDonald's todos los días.

- **Las papas fritas** son la legumbre más consumida en los Estados Unidos.

- En los EE.UU. se come la carne de más de **1.000.000** de animales por hora.

- McDonald's distribuye más juguetes cada año que Toys R Us.

- Los expertos en la nutrición recomiendan no comer comida rápida más de una vez por mes.

haz tu menú GRANDE (patatas y bebida de tamaño grande)

TALLER DE REDACCIÓN

Un centenar Escoge un tema a continuación y escribe un ensayo de 100 palabras.

1. Tu mejor amigo te ha pedido un consejo sobre qué actividad es mejor para reducir el estrés. Haz tu recomendación.

2. *"La salud física (no) afecta la salud mental"*. Escribe un ensayo de 100 palabras o menos en apoyo de una de estas opiniones. Incluye ejemplos específicos, de tu propia experiencia.

Para desarrollar Escribe un ensayo sobre el siguiente tema. Sigue las instrucciones de tu profesor sobre las fuentes que puedes usar.

En las culturas hispanas suelen usarse términos físicos para expresar sentimientos cariñosos o apodos que describen o nombran aspectos físicos de la otra persona. En la cultura estadounidense, sin embargo, algunas de esas expresiones se tomarían por insultos. Investiga ejemplos de estas expresiones en la red o la biblioteca y en tu ensayo describe el contexto en que se usan. Luego, compara ese contexto con el de tus amigos y familia y explica en qué circunstancias podrías usar esos términos o no.

Para organizar un viaje a Andalucía, en el sur de España, consulta www.cengage.com/hlc.

VIAJE

© iStockPhoto.com/gioadventures

Aprende a preparar salmorejo, una variación deliciosa y fácil de gazpacho, la sopa española clásica y muy saludable, en www.cengage.com/hlc.

¡A COMER!

© iStockPhoto.com/annfoto

Mercedes Sosa y Atahualpa Yupanqui se destacaron como los más importantes intérpretes de música folclórica argentina del siglo XX. Para conocer su música, visita www.cengage.com/hlc.

MÚSICA

© Rosa Prouser/Reuters/Corbis

CAPÍTULO 8
CULTURA MÓVIL

HERRAMIENTAS LÉXICAS

LA VIDA SECRETA DE LAS PALABRAS

© Sean Prior/Shutterstock

Comunicación y movimiento

Muchas palabras en español tienen sus raíces en verbos de movimiento del latín. Algunas conexiones son obvias: **transportar, transporte** y **portátil,** por ejemplo, tienen su origen en *portare* (*to carry*); **mover, móvil** y **conmover** ("mover" en forma emocional) son de *movere* (*to move*). Otras, sin embargo, puede que te sorprendan: **reportar** y **reporte,** son de *re +portare;* **traducir** y *to translate* se derivan de *traducere* en latín, es decir, "**mover de un sitio a otro**".

Para usar un teléfono inteligente

la batería
battery

el celular / el móvil (España)
cellphone, mobile phone

la clave (de acceso)
password, PIN

la cobertura
coverage

colgar(le)
to hang up (on someone)

el contestador / la contestadora (automático/a)
answering machine

la contraseña
password, secret word

el correo electrónico / el correo / el email
email, electronic mail

dejar un mensaje
to leave a message

devolver una llamada
to return a phone call

el dispositivo manos libres
hands-free unit

escuchar a hurtadillas
to eavesdrop

la factura
bill

inalámbrico/a
wireless

la línea fija
land line

llamar por teléfono
to call someone on the phone

sonar (el teléfono)
to ring

el tapiz de fondo
wallpaper (on cellphone screen)

hay gato encerrado = scam

Courtney

otro coche
≠ un otro coche

Para narrar en estilo indirecto

afirmar to confirm; to declare	**decir** to say, tell	**lamentar, lamentarse** to regret, complain, grumble
comunicarse to communicate (with someone)	**exclamar** to exclaim	**replicar** to retort; to reply
confirmar to confirm; to declare	**gritar** to yell, shout	**responder** to answer; to respond
contestar to answer; to reply	**insistir** to insist, stress	

Claves para la conversación

1. Para contestar el teléfono:

¿Aló? ¿Sí? (Centro y Sur América)   Hello?
Diga. / Bueno. (España, México)   Hello?
Buenos días. Buenas tardes / noches.

¿Quién es?   Who is it?
¿Quién habla?   Who is it?
¿Con quién desea / quiere hablar?

2. Para llamar:

Hola, soy… / Habla…   Hi / Hello, it's…

¿Qué tal? ¿Cómo estás?

3. Para colgar/terminar una conversación:

Bueno. (México)   Bye.
Bueno. / Venga. / Vale, adiós. (España)
Un beso. / Chau (Chaucito, Chaíto).
Adiós. (más formal)
Nos vemos. / Hasta luego. / Hasta pronto.

Practica la pronunciación de una de las letras más importantes para los angloparlantes, la **d,** en **Pronunciemos con claridad** en www.cengage.com/hlc.

PRONUNCIEMOS CON CLARIDAD

Lo tengo en la punta de la lengua
= tip off the tongue

HERRAMIENTA GRAMATICAL
DISCURSO INDIRECTO EN EL PRESENTE

Cuando se informa sobre lo que otra persona dice, el "reportaje" (*report*) se introduce con expresiones como "**Dice que...**" o "**Explica que...**". Los verbos que dan el reportaje lo dan en el presente o el pasado. Se puede informar sobre una acción de uno mismo o una acción de otra persona.

Presente (discurso directo):

"Hablo catalán".
"I speak Catalan."

Dice que **+ presente (discurso indirecto):**

Dice que habla catalán.
She says (that) she speaks Catalan.

Presente del subjuntivo (discurso directo):

"Espero que tú aprendas catalán".
"I hope you learn Catalan."

Dice que **+ presente subjuntivo (discurso indirecto):**

Dice que espera que yo aprenda catalán.
She says (that) she hopes I learn Catalan.

Pretérito (discurso directo):

"Estudié catalán anoche".
"I studied Catalan last night."

Dice que **+ pretérito (discurso indirecto):**

Dice que estudió catalán anoche.
She says (that) she studied Catalan last night.

Imperfecto (discurso directo):

"Hablaba catalán cuando era niña".
"I spoke Catalan when I was a child."

Dice que **+ imperfecto (discurso indirecto):**

Dice que hablaba catalán cuando era niña.
She says (that) she spoke Catalan when she was a child.

DISCURSO INDIRECTO EN EL PASADO

Cuando se trata de informar sobre lo que alguien **dijo (informó) en el pasado,** se usan expresiones como "**Dijo que**" o "**Explicó que**". Los verbos que dan el reportaje pueden usarse en el presente o en el pasado. El tiempo del verbo depende del contexto: se usa el **presente** para informar de una acción que ocurrió al poco tiempo antes de informar sobre ella (por ejemplo, el mismo día, hacía unas horas, etc.). Se usa el **imperfecto** para informar sobre una acción que empezó antes de informar sobre ella y que seguía en el pasado (por ejemplo, una acción que empezó el día anterior o la semana anterior). Las oraciones que siguen pueden servir de ejemplos.

Presente (discurso directo):

"Hablo catalán".
"I speak Catalan."

Dijo que **+ presente (discurso indirecto):**

Dijo que habla catalán.
She said (that) she speaks Catalan.

Presente (discurso directo):

"Hablo catalán".
"I speak Catalan."

Dijo que **+ imperfecto (discurso indirecto):**

Dijo que hablaba catalán.
She said (that) she used to speak Catalan.

Presente (discurso directo):	*Dijo que* + imperfecto del subjuntivo (discurso indirecto):
"Espero que aprendas catalán".	Dijo que esperaba que yo aprendiera catalán.
"I hope you learn Catalan."	She said (that) she hoped I would learn Catalan.

Si la oración reportada está en el pasado, generalmente se debe conservar el tiempo verbal, lo mismo que ocurre con otros tiempos, como el futuro y el presente perfecto. Sin embargo, el tiempo verbal que se use para reportar la acción del pasado depende muchas veces de la intención del hablante.

Pretérito (discurso directo):	*Dijo que* + pretérito (discurso indirecto):
"Estudié catalán anoche".	"Dijo que estudió catalán anoche. (una acción acabada)
"I studied Catalan last night."	She said (that) she studied Catalan last night.

Pluscuamperfecto (discurso directo):	*Dijo que* + pluscuamperfecto (discurso indirecto):
"Había estudiado catalán".	Dijo que había estudiado catalán.
"I had studied Catalan."	She said (that) she had studied Catalan.

Imperfecto (discurso directo):	*Dijo que* + imperfecto (discurso indirecto):
"Hablaba catalán cuando era niña".	Dijo que hablaba catalán cuando era niña.
"I used to speak Catalan when I was a child."	She said (that) she used to speak Catalan when she was a child.

¡NO CAIGAS EN EL POZO!

Para indicar *each other* en español, se usa la forma reflexiva del verbo, por ejemplo: **Nos llamamos anoche.** Usa la forma reflexiva sólo con verbos que describen una acción **recíproca** (por ejemplo, **escribir, ver, llamar, hablar,** etc.). Para tener más énfasis, se usa el verbo en su forma reflexiva más la expresión **(el) uno al otro: Nos odiamos (el) uno al otro,** es decir, —¡en verdad, nos odiamos / nos odiamos profundamente!

Practiquemos

1. **¿Qué dicen/dijeron?** Repite lo que dicen/dijeron estas personas.

   1. Margaret Thatcher dice: "Ya no **existe** la sociedad. Sólo **hay** hombres y mujeres y familias".

      Thatcher dice que ya _____

   2. Fidel Castro dice: "Si me **consideran** un mito, **es** mérito de los Estados Unidos".

      Castro dice que si _____

   3. Louisa May Alcott escribió: "El debate **es** masculino; la conversación **es** femenina".

      Alcott escribió que el _____

   4. Pablo Neruda escribió: "**Es** tan corto el amor y tan largo el olvido".

      Neruda escribió que _____

   5. Diego Maradona (futbolista) contó: "Yo **crecí** en un barrio privado de Buenos Aires... Privado de agua, de luz y de teléfono..." (de su libro *Dijo Diego*, 2004)

      Maradona contó que él _____

   6. Shakira dijo: "**Voy** a dejar que mi guitarra **diga** todo lo que yo no **sé** decir".

      Shakira dijo que _____

2. **¡Basta con los textos!** Tu compañero/a te escribe demasiados textos (mensajes de texto). Acabas de salir de clase y ves que él/ella te había mandado cinco textos. Explícaselos a un/a compañero/a de clase.

   1. No fui a clase, ¿y tú?

      Me preguntó si yo _____

   2. No quería faltar a clase, pero bueno...

      Dijo que _____

   3. Ya tengo hambre. ¿Quieres almorzar a las 11:30?

      Dijo que _____

   4. Pregúntale a tu amigo/a si quiere comer con nosotros.

      Me pidió que yo te _____

   5. Quiero que me acompañes a la fiesta esta noche.

      Me pidió que _____

VENTANA A

...LA VIDA MÓVIL

ANTES DE HABLAR

1. ¿Te consideras una persona que depende del teléfono? _____ Sí _____ No
2. ¿Cuándo fue la última vez que hablaste por teléfono? ¿Ayer? ¿Hoy?
3. ¿Cuántas veces por día hablas por teléfono?
4. ¿A quién llamas con más frecuencia?
5. ¿En qué circunstancias prefieres hacer llamadas en vez de enviar mensajes de texto?
6. ¿Cuántas veces por día revisas tu teléfono para ver si te ha llamado alguien?
7. Apunta los tres lugares donde usas el teléfono con más frecuencia.
8. ¿Crees que llevar celular es una necesidad o simplemente es conveniente? ¿Por qué?
9. ¿Usas tu teléfono para escuchar música o prefieres un reproductor de música digital? ¿Por qué?
10. Ahora llama a uno de tus compañeros de clase por teléfono. Dile algo cómico y escribe algo cómico que él o ella te dijo.

En este video vamos a escuchar algunas opiniones sobre los teléfonos celulares. Presta atención especial al contenido y la pronunciación de la letra **d**. Después, contesta las preguntas a continuación.

PARA VER

¿QUÉ HAS VISTO?

Prepárate para ver el video y lee primero estas preguntas. Contesta las preguntas después de ver el video.

1. ¿Qué piensa decirle Claudia a Ela cuando le devuelva la llamada?
2. ¿Son muy populares los teléfonos celulares en Guatemala y en México? Contesta solamente en base a lo que se dice en el video.
3. Compara tus hábitos para devolver las llamadas con los de Claudia o Winnie. ¿Depende de la persona?
4. Enumera las ventajas de mandar mensajes de texto, según explican los entrevistados.
5. ¿Cierto? o ¿Falso? Según el video, la preferencia entre mensajes de texto y llamadas no depende de la edad de la persona. ¿Qué prefieres tú? ¿Tus amigos?

LECTURA
EL CELULAR Y EL COCHE: ¿UNA COMBINACIÓN LETAL?

En muchos países hispanos los teléfonos celulares son muy populares, especialmente en los lugares donde la telefonía de línea fija no se ha establecido o se va a tardar en establecerse. En lugar de depender del celular, se puede comunicar con correos eléctronicos (por computadora) o usar los teléfonos públicos, que siguen siendo muy populares en los países latinoamericanos.

Los críticos del teléfono móvil han montado muchos argumentos en su contra. Primero, que el móvil o celular distrae a los conductores de coches; segundo, que algunos usuarios (*users*) de celulares no siguen buenos modales cuando hablan; y por último, que hay posibles daños a la salud de la persona por culpa de las radiaciones electromagnéticas del teléfono celular.

Los críticos del celular sostienen que para mantener un ambiente de honestidad académica, debe estar prohibido el uso de celulares en escuelas y universidades para evitar que los estudiantes copien unos a los otros en los exámenes. Pero sobre todo, la razón principal por la que muchas personas oponen al uso del celular es por los peligros a la seguridad personal de usarlo mientras se maneja. En años recientes se ha instituido en las leyes de tránsito (*highway laws*) de muchos países penas y multas (*penalties and fines*) por el uso del celular cuando se maneja. Por ejemplo, en Colombia la multa por esta infracción es de 248,000 pesos (aproximadamente

125 dólares), y en España puede llegar hasta los 300 euros (unos 400 dólares).

El uso del teléfono celular en los países hispanos se concentra casi exclusivamente en el pago por adelantado (pre-pago). Es mucho más fácil obtener un celular que un teléfono de línea fija, y el sistema de pre-pago ha contribuido a que el número de clientes de celulares aumente en un 200% o 300% en menos de diez años a partir de su lanzamiento al mercado. En total, se calcula que los clientes en los países hispanos tienen una mayor preferencia por el servicio de pre-pago; en algunas regiones este número ha llegado a más del 80% de todos los usuarios.

El correo electrónico, o "emilio", se puso de moda (*in style, en vogue*) rápidamente en los países hispanos. El lenguaje de los hispanos en los emilios continúa evolucionando, desde el uso de las mismas reglas de redacción de las cartas tradicionales (un lenguaje que suena artificial, con mensajes largos) hasta la imitación de un lenguaje tipo telegráfico, en parte porque no hace mucho tiempo, antes del correo electrónico o los textos, los telegramas constituían la manera más rápida y segura de enviar un mensaje. Existe una serie de expresiones tipo atajo (*shortcuts*) además de iniciales o siglas populares para escribir mensajes electrónicos. En la red puedes encontrar muchos sitios que tienen listas de los atajos, iniciales y siglas más comunes.

De sobremesa

Contesten estas preguntas en parejas o grupos de tres. Como siempre, cada estudiante leerá una parte de la pregunta a su grupo y todos contestarán. Usen las palabras, expresiones e ideas que anotaron para las secciones **Antes de hablar** y **Banco personal de palabras**.

TU CELULAR

Hagan esta encuesta en parejas. Después, un estudiante debe hacer un informe sobre las respuestas de su compañero/a.

¿Qué plan o contrato tienes?	
¿Cuántos minutos te ofrece tu contrato?	
¿Envías textos?	
¿Quién paga tu factura de teléfono?	
¿Cuánto es al mes? ¿Crees que cuesta demasiado?	
¿Tienes noches o fines de semana gratis?	
¿Sueles sobrepasar el límite de tus minutos?	
¿Cuánto ha sido tu cuenta más grande? (¡Di la verdad!)	
¿Qué tal es la cobertura de tu compañía?	
¿Has destruido / perdido un teléfono? ¿Cómo?	
¿Usas un plan de pre-pago? ¿Por qué?	
¿Les envías textos a tus padres?	
¿Tienes un teléfono de línea fija en casa?	
¿Crees que es necesario tener dos teléfonos —uno móvil y otro de línea fija en casa? ¿Por qué?	

SU IDENTIDAD ELECTRÓNICA

- ¿Cómo suele la gente elegir su nombre de usuario para el correo electrónico? ¿Cómo lo eligieron Uds.? ¿Tienen Uds. más de una cuenta? ¿Cuántas cuentas tienen? ¿Tienen más de un nombre de usuario? ¿Lo(s) inventaron o se lo(s) asignaron?

- ¿Creen que la gente cambia sus contraseñas con frecuencia?

- ¿Tienen miedo del robo de la identidad? ¿Conocen a alguna víctima de este crimen? ¿Se defienden contra el robo de identidad o no creen que sea necesario? ¿Cómo se defienden?

DOBLE VÍA

Contesten estas preguntas en grupos de cuatro. Cada estudiante leerá una parte de la pregunta a su grupo y todos contestarán.

Vida móvil

Piensen en lo que leyeron en la sección **Lectura** y comparen las circunstancias del uso del teléfono celular entre su ciudad y los países hispanos.

- Si tú fueras un estudiante promedio en un país latinoamericano, ¿cómo justificarías el usar tu teléfono celular con un miembro de tu familia? ¿con un profesor de tu universidad? ¿con tu jefe en el trabajo? En parejas, hagan una dramatización (*role play*).
- ¿Qué opinan de usar el móvil en el coche? ¿Es tan peligroso como dicen? Si pudieran escribir una ley que cobrara una multa por el uso del móvil mientras se maneja, ¿se parecería a la ley de Colombia o de España? ¿En que podría diferenciarse? ¿Dependería de la edad del conductor?
- Con tu grupo escriban una ley contra el uso del celular en el coche y hagan una lista de multas y castigos por la primera infracción, por la segunda, etc.

La energía

Con su grupo hagan un inventario de sus efectos (cosas) personales y traten de determinar de dónde proceden. ¿Creen que habría sido posible la producción de esos objetos personales sin el petróleo?

- ¿Cuánto cuesta un galón de gasolina en su ciudad? Investiguen en la red el costo de la gasolina en varios lugares de los EE.UU. y el mundo hispano.
- ¿Qué países hispanos producen petróleo?
- ¿Por qué se cree que los coches japoneses suelen gastar menos combustible?
- ¿Qué saben del gasoil (diesel)? ¿Cómo es diferente a la gasolina? ¿Se usa en muchas marcas y modelos de camión? ¿Por qué?
- ¿Cómo creen que iremos de un sitio a otro en unos cincuenta o cien años?

¿Qué ruedas prefieres?

En muchos países del mundo los coches suelen ser más pequeños, de transmisión manual. No hay tantas camionetas ni SUV. Otras alternativas de transporte, como las motos, son más populares.

- ¿Es importante el tamaño del vehículo para ustedes? ¿En qué circunstancias? ¿Han manejado una moto? ¿Les gustaría hacerlo? ¿Cuáles son las ventajas y desventajas de las motos?
- Aunque se fabrican muchos coches en países hispanos hay una sola "marca hispana". ¿Saben cuál es? ¿Saben qué marca de coches es la más popular en México? Ahora piensen en modelos de coches estadounidenses que llevan nombres en español. ¿Qué imagen creen que los fabricantes de coches desean proyectar con esos nombres?
- Describan el coche ideal para un estudiante universitario, con todos sus atributos.
- ¿Usan el transporte público? Den dos ventajas y dos desventajas del transporte público (metro, autobús, tranvía, etc.) en general y compárenlo con tener un vehículo propio.

TALLER DE REDACCIÓN

Un centenar Escoge un tema a continuación y escribe un ensayo de 100 palabras.

1. Intercambia dos o tres mensajes electrónicos en español con un compañero de tu clase. Escribe un resumen de la conversación. Al entregar tu ensayo, debes incluir los mensajes originales.

2. Escribe cinco preguntas para un/a compañero/a de clase sobre su uso del celular o reproductor de música. Llama a ese/a compañero/a y trata de tener la conversación en español por completo. Después de terminar de hablar, escribe un resumen de lo que dijo él o ella.

Para desarrollar Escribe un ensayo sobre el siguiente tema. Sigue las instrucciones de tu profesor sobre las fuentes que puedes consultar.

Investiga la popularidad de sitios sociales (como Facebook o MySpace) en la red. Describe al usuario típico y da ejemplos de usarios atípicos de estos sitios. Da ejemplos de cada uno (usuario típico o atípico), y explica cómo estos sitios (no) responden a las necesidades de un individuo.

Para investigar Madrid, la capital española, sigue los enlaces en www.cengage.com/hlc.

VIAJE

Aprende a hacer pintxos y bocadillos al estilo español en la sección **¡A comer!** en www.cengage.com/hlc.

¡A COMER!

Los Hermanos Rosario es un grupo dominicano con un tipo especial de merengue. Visita www.cengage.com/hlc para aprender más sobre este grupo y escuchar su canción "Aló".

MÚSICA

CAPÍTULO 9
MIS METAS PERSONALES

HERRAMIENTAS LÉXICAS

LA VIDA SECRETA DE LAS PALABRAS

Emancipación y *emancipar*

¿Puedes adivinar la raíz etimológica de la palabra **emancipación**? Es la misma que contribuyó a formar **manual, manipular** y **manuscrito.**

Para establecer las metas

alcanzar/cumplir/lograr metas
to achieve goals

arrepentirse (de)
to regret

cometer errores
to make mistakes

correr riesgos
to take risks

hacer realidad (mis) metas
to achieve (my) goals

llegar a ser (con el tiempo)
to (eventually) become

ocurrir
to happen, come to pass

pasar
to happen, come to pass; to spend (time)

planear / hacer planes
to plan

tomar decisiones
to make decisions

vivir al máximo
to live life to the fullest

Para alcanzar las metas

alcanzable
reachable, within reach

a corto plazo
short-term

la emancipación de los jóvenes
freedom from parents, leaving the nest

emancipado/a
living on one's own

la expectativa
uncertainty

la incertidumbre
expectation

a largo plazo
long-term

motivado/a por sí mismo/a, automotivado/a
self-motivated

el objetivo
objective

la persona que persigue sus metas
goal-oriented person

por casualidad
by chance

realista (m/f)
realistic

Claves para la conversación

Hay varias expresiones para decir *whatever* en español.

sea lo que sea	whatever may happen
hagas lo que hagas	whatever you do, no matter what you do
pase lo que pase	whatever happens
lo que tú digas / Ud. diga	whatever you say
como quieras / quiera	whatever you want
¡No tengo ni idea (de lo que es)!	Whatever that is!

Aprende a pronunciar los diptongos **ia, ie, io** e **iu** en www.cengage.com/hlc.

PRONUNCIEMOS CON CLARIDAD

Se da cuenta que la rueda es mejor.

© Cengage Learning

¡NO CAIGAS EN EL POZO!

Cuando hablas de tus metas, ten cuidado con estos cognados falsos.

Cognado falso	Significado en inglés	Otras expresiones	Significado en inglés
actualmente	*currently*	en efecto, en realidad	*actually*
el gol; meter un gol	*goal (in sports, soccer); to score a goal*	meta	*personal or professional goal*
realizar	*to achieve (a dream, vision, goal)*	darse cuenta de (que)	*to realize that; to become aware of*
suceder	*to happen*	tener éxito	*to succeed*

HERRAMIENTA GRAMATICAL
PARA HABLAR DEL FUTURO: EL TIEMPO FUTURO DEL INDICATIVO Y EL PRESENTE DEL MODO SUBJUNTIVO

Se usan los siguientes tiempos verbales para expresar el futuro. Emplear estas formas expresa la certidumbre de que los eventos descritos sí van a ocurrir.

- **Ir** + **a** + infinitivo (**ir** se conjuga en el tiempo presente):

  Mañana voy a comer comida mexicana con Julia.
  Tomorrow **I am going to eat** Mexican food with Julia.

- El tiempo futuro del indicativo:

  Mañana comeré comida mexicana con Julia.
  Tomorrow **I will eat** Mexican food with Julia.

EL FUTURO CON EL SUBJUNTIVO

Otra manera de expresar el futuro es hablar de acciones que están pendientes, es decir, acciones que tendrán lugar pero que aún no han ocurrido. Cuando estas acciones aparecen en la cláusula subordinada de una oración, es decir, que siguen una **conjunción de tiempo con el sentido de futuro,** hay que usar el subjuntivo.

Cuando salga esta noche, voy a comer con Julia.
When **I go out** tonight, **I am going to eat** with Julia.

En esta oración, la acción de salir — **salga** — está pendiente. Sigue una **conjunción de tiempo con el sentido de futuro** y por eso se expresa con el **subjuntivo.**

Aquí hay unas conjunciones de tiempo que a menudo, pero no siempre, se usan en el sentido de futuro: **antes de que** (*before*), **cuando** (*when*), **en cuanto** (*as soon as*), **después de que** (*after*), **hasta que** (*until*), **tan pronto como** (*as soon as*).

Voy a comer con Julia cuando ella salga de clase.
I am going to eat with Julia **when she gets out** of class.

Se usa el subjuntivo después de estas conjunciones, siempre y cuando la oración lleve el sentido de **futuro.** No se usa el subjuntivo para expresar acciones habituales.

> Siempre como con Julia después de que ella sale de clase.
> I always eat with Julia **when she gets out** of class.
> (acción habitual: no se usa el subjuntivo)

Tampoco se usa el subjuntivo para expresar una acción completada o habitual en el pasado.

> Siempre comía con Julia después de que salía de clase.
> I always used to eat with Julia **after she got out** of class.
> (acción habitual en el pasado: no se usa el subjuntivo)

¡Ojo! Debido al sentido de futuro de las acciones, si la oración se expresa en el pasado, hay que usar el subjuntivo para hablar de las **acciones pendientes**, aún si el evento presentado en la cláusula subordinada ya ocurrió. En este caso, se usa el pasado del subjuntivo en la cláusula dependiente.

> De niño, mi padre quería ser ingeniero cuando fuera adulto.
>
> When he was a child, my father wanted to be an engineer **when he grew up.**

ANTES DE, DESPUÉS DE, HASTA vs. ANTES DE QUE, DESPUÉS DE QUE, HASTA QUE

Se usa el infinitivo del verbo con **antes de, después de** y **hasta** si no hay un cambio de sujeto. De esta manera cumplen la función de preposición.

> Julia comió conmigo después de salir de clase.
>
> Julia ate with me **after leaving** class.

> Antes de comer conmigo, Julia llamó a su amiga Pati.
>
> **Before eating** with me, Julia called her friend Pati.

Antes de que, después de que y **hasta que** son conjunciones que introducen una cláusula subordinada en la que hay que usar el subjuntivo.

> Hazlo hasta que lo termines.
>
> Do it until you finish it *(or Do it until it is done)*.

 # Practiquemos

1. **Preguntas personales** Contesta las preguntas con frases completas.

   1. ¿Qué **vas a hacer** después de la próxima clase de español?
   2. ¿Dónde **celebrarás** el Cuatro de Julio este verano?
   3. ¿En qué año **vas a graduarte** de la universidad?
   4. ¿Quieres tener una fiesta **cuando te gradúes**?
   5. Cuando tengas el cheque de tu primer trabajo, ¿qué regalo **te comprarás**? Si ya tuviste tu primer trabajo, ¿en qué querías gastarte el dinero que **ganaras**?
   6. ¿Qué harás **en cuanto empiece** el verano?
   7. ¿**Tomarás** un año de vacaciones **después de graduarte**?
   8. Escribe una lista de cosas que quieres hacer **antes de que te gradúes**.

2. **A revisar** Completa las siguientes oraciones con la forma correcta del futuro del verbo en paréntesis.

   1. Mi hermano _____ (tener) una fiesta muy grande este fin de semana.
   2. Sofía y yo _____ (salir) muy temprano para llegar a tiempo.
   3. Los estudiantes le _____ (pedir) a la profesora cancelar la clase del martes.
   4. Espero que el próximo otoño _____ (florecer) ya las gardenias.
   5. La investigación va muy bien. ¿Cuándo se _____ (conocer) los resultados?

VENTANA A
...METAS PERSONALES

ANTES DE HABLAR

1. ¿Eres una persona que prefiere establecer metas? _____ Sí _____ No ¿En qué sentido?

2. Apunta dos aspectos positivos y dos aspectos negativos de establecer y escribir metas.

_____

_____

3. Se dice que una de las características principales de la *Generación del Milenio,* o *Generación Y* (las personas nacidas después de 1982) es que usan en forma consistente las metas para organizar sus vidas. ¿Estás de acuerdo con esta descripción?

_____

• ¿Tienes metas establecidas? _____ Sí _____ No

• ¿Las tienes por escrito? _____ Sí _____ No

Los expertos dicen que es importante tener metas muy específicas y apuntarlas de una manera afirmativa, por ejemplo: "Este año ***pasaré*** más tiempo con mis abuelos".

Escribe cinco de tus metas personales más importantes y después, en la tabla a continuación, escribe un √ junto a la(s) categoría(s) a las que pertenecen.

• _____

• _____

• _____

• _____

• _____

salud física	☐	hijos	☐	fama	☐
peso	☐	familia	☐	vida espiritual	☐
ejercicio/deportes	☐	dinero	☐	tiempo/estrés/organización	☐
carácter	☐	trabajo/carrera	☐	salud mental	☐
vida social/amigos	☐	vida académica	☐	otro	☐
matrimonio	☐	notas	☐		

4. ¿Son privadas tus metas o las compartes con los demás? ¿Con quién(es)? ¿Quién(es) te anima(n) o te motiva(n) a alcanzar tus metas?

_____

_____

5. Ahora completa cada frase para crear cuatro metas nuevas para el futuro:

- **En cuanto termine** este semestre de español, **voy a** _____.
- Antes de graduarme, _____.
- Me casaré **cuando** _____.
- Antes de morir, _____.

El video de este capítulo presenta las metas personales de algunos individuos. Presta atención especial al contenido y la pronunciación de los diptongos. Después, contesta las preguntas a continuación.

PARA VER

¿QUÉ HAS VISTO?

Prepárate para ver el video y lee primero estas preguntas. Contesta las preguntas después de ver el video.

1. Aún si no conoces los lugares que se mencionan, ¿con cuál de las tres metas personales de viajes te identificas más? ¿Por qué?

2. Describe las metas profesionales de Diego y Pablo. ¿Adónde tendrás que ir tú por tu carrera?

3. De las opciones que se presentan, ¿cuál te parece la mejor terna (_group of three_) de lugares del mundo que todos deben conocer y por qué? ¿A dónde irás tú cuando tengas la oportunidad?

4. ¿Estás de acuerdo en todo lo que dice Connie sobre viajar y "vivir al máximo"? ¿En algunas cosas solamente? Explica tu respuesta.

5. Pablo opina que "quizás cuando uno está en su lugar no está tan dispuesto a lo nuevo". ¿Estás de acuerdo con su opinión? Da un ejemplo de tu propia experiencia.

Una declaración de visiones personales

por Barrie Pearson y Neil Thomas

Una declaración de visiones personales es una descripción escrita del estilo de vida que le gustaría estar disfrutando en un momento dado en el futuro. Imaginarse y figurarse repetidamente en la mente el estilo de vida que desea, le ayudará de forma considerable a conseguir que así ocurra. "Repetidamente" es una palabra muy influyente, porque tiene que recordar y ensayar mentalmente su visión con frecuencia. Sería ideal que lo hiciera todos los días.

Las escalas temporales son fundamentales porque:

- En un año pueden cambiar material-mente algunos aspectos de su vida.

- En tres años puede conseguir algunas mejoras y éxitos sustanciales para su vida.

- Entre cinco y diez años puede transformar su estilo de vida más allá de sus sueños más ambiciosos, lograr una riqueza, satisfacción y felicidad, y sentirse seguro de que podrá afrontar cualquier situación que le depare la vida.

Su arma más poderosa para lograrlo es su subconsciente. Éste "localizará y seguirá" su visión personal y, sin lugar a dudas, le conducirá hacia la realización de su visión.

Con un poco de suerte, en este momento estará apasionado con la creencia y el compromiso de que su visión se hará realidad. El paso siguiente para lograr que sea así es escribir su declaración de visiones personales del modo siguiente:

- A corto plazo: a un año.

- A medio plazo: a tres años.

- A largo plazo: entre cinco y diez años.

"PIEDRAS DE TOQUE": HÁBITOS Y RASGOS DE LOS TRIUNFADORES

Carrera

- Ser adicto a los resultados y no al trabajo.

- Pensar y hablar con estrategia.

Salud

- Seguir una dieta saludable.

- Considerar importante practicar ejercicio.

- Marcharse de vacaciones y desconectar.

Relaciones

- Darse cuenta de que las relaciones idóneas necesitan tiempo y una comunicación sincera.

- Dar siempre las gracias al instante.

Imagen y apariencia

- Vestirse para reflejar su imagen y para conseguir sus aspiraciones futuras.

- Prestar atención a la voz.

Fragmento de Thorogood de Londres, trad. Barrie Pearson y Neil Thomas, *Yo. S.A. Encamine su vida hacia el éxito.* Editorial Amat, Barcelona, 2004, pp. 151, 161-162. Used with permission.

De sobremesa

Contesten estas preguntas en parejas o grupos de tres. Como siempre, cada estudiante leerá una parte de la pregunta a su grupo y todos contestarán. Usen las palabras, expresiones e ideas que anotaron para las secciones **Antes de hablar** y **Banco personal de palabras**.

NUESTRAS METAS POR CATEGORÍA

En la sección **Antes de hablar** organizaste tus metas por categorías. Ahora un miembro de tu grupo va a apuntar las categorías de las metas más importantes de todos los miembros del grupo. Consulten la lista de la página 108. Después, toda la clase va a compartir esta información.

- ¿Qué categorías son las más importantes para la clase? ¿Por qué? ¿En qué categoría están las metas del grupo?

- De acuerdo con sus metas, ¿qué criterio usarían para medir sus éxitos? ¿El salario? ¿Reconocimiento profesional/personal? ¿Fama? ¿Premios? ¿Posesiones materiales, como casas y coches?

PREDICCIONES PARA UN COMPAÑERO DE CLASE

- En una hoja aparte haz una tabla de predicciones de un día, un año, cinco años y veinte años para uno de tus compañeros. Para hacer las predicciones, piensa en lo que sabes de él/ella en clase. Puedes usar categorías como: el trabajo, el matrimonio, la vivienda, la vida académica, la fama, la vida social, etc. Cuando termines, comparte con tu grupo tu lista de predicciones. El grupo va a responder a las predicciones y decir si están de acuerdo o no. Prepárate para apoyar tus ideas.

UN AÑO LIBRE

Has decidido dedicar un año a hacer algo diferente antes de continuar con tus planes para el futuro o en vez de volver a la universidad el año que viene. ¿Dónde vivirás? ¿A qué te dedicarás? Cada miembro del grupo va a completar cada una de las frases:

- En cuanto **termine** el año académico, la primera cosa que **haré** es...

- **Haré** estas tres cosas que no puedo hacer mientras estoy en la universidad... Volveré a la universidad cuando...

- Ahora tu grupo va a combinar las respuestas y presentar a la clase un plan modelo para pasar un año libre después de la graduación.

DOBLE VÍA

Contesten estas preguntas en grupos de cuatro. Como siempre, cada estudiante leerá una parte de la pregunta a su grupo y todos contestarán.

Metas lingüísticas

- ¿Cuáles son sus metas lingüísticas? ¿Qué les gustaría hacer con el español cuando se gradúen?

- Revisen las características de los niveles de aptitud de lenguaje del ACTFL (disponible en la red, *ACTFL Proficiency Guidelines*). Según muchos entrevistadores de OPI (Entrevista de Aptitud Oral, por sus siglas en inglés), los tres cuartos de los estudiantes que se especializan en español y participan en un programa de estudios en el extranjero terminan su carrera a un nivel Avanzado (Bajo) o Intermedio (Alto) del idioma. El otro cuarto suele distribuirse entre Avanzado (alto) e Intermedio (Medio/Bajo). ¿Dónde te encuentras tú en esta escala de niveles de acuerdo a las características de aptitud del ACTFL? ¿Qué nivel de aptitud de lenguaje crees que necesitas para tu carrera?

© Culture/Alamy/RF

La emancipación de los jóvenes hispanos

- ¿Piensan volver a vivir con su familia después de graduarse? En su grupo social, ¿cómo se ve a los que vuelven a vivir en casa después de graduarse? Expliquen las ventajas y desventajas de volver a vivir en casa.

- El diario *20 minutos* (2 de noviembre 2006) cita un estudio hecho por el Consejo de la Juventud de España (CJE) en el que "sólo una de cada diez personas de entre 18 y 24 años está emancipada frente a un 42,4% de las de entre 25 y 29 y se supera la mitad de jóvenes emancipados al llegar a la edad de 30 y 34 años". Es muy común también que los abuelos vivan con su familia en lugar de vivir en una casa para ancianos. ¿Qué porcentaje de estadounidenses de entre 18 y 24 años vive con sus padres? ¿Por qué se crée que los jóvenes españoles suelen vivir en casa?

- ¿Creen que en España hay más hombres o mujeres que se han emancipado entre las personas entre 18 y 34 años? ¿Cómo es diferente una sociedad en la que los jóvenes viven en casa hasta los 30 años, a la sociedad estadounidense en la que generalmente los universitarios salen de la casa de sus padres a los 17 ó 18 años para no volver?

TALLER DE REDACCIÓN

Un centenar Escoge un tema a continuación y escribe un ensayo de 100 palabras.

1. Esta mañana te has levantado "con el pie derecho" y sabes que será un día perfecto. Planea lo que vas a hacer hoy a diferentes horas del día, con quién(es) y adónde irás, lo que no harás porque es un día fantástico y lo que habrás hecho para las diez de la mañana, la una de la tarde, las cinco de la tarde y las diez de la noche.

2. Ve un episodio de una telenovela hispana y toma notas sobre los personajes, sus nombres y sus papeles en la historia. Describe brevemente lo que viste en este episodio y escribe tus predicciones de los eventos del siguiente episodio.

Para desarrollar Escribe un ensayo sobre el siguiente tema. Sigue las instrucciones de tu profesor sobre las fuentes que puedes consultar.

Investiga un poco más en la red sobre las expectativas de la familia hispana y la estructura de la "unidad familiar" hispana. Describe a tu propia familia, sus expectativas y su estructura, en contraste con la familia hispana "tradicional". Habla sobre las expectativas que tienes para tu propia familia futura o para la siguiente generación de jóvenes en este país.

Para investigar destinos fascinantes del Perú, sigue los enlaces en www.cengage.com/hlc.

VIAJE

© Dario Diament/Shutterstock

Para descargar una receta de ceviche, ver un video que muestra su preparación y comentar en línea sobre este plato peruano, patrimonio cultural de la humanidad según la UNESCO, sigue los enlaces en www.cengage.com/hlc.

¡A COMER!

© R.J. Lerich/Shutterstock

El grupo Café Tacvba tomó su nombre de un famoso restaurante (el Café Tacuba) en el centro histórico de México, D.F. Para aprender más sobre este grupo y escuchar su música, visita www.cengage.com/hlc.

MÚSICA

© Associated Press

114

CAPÍTULO 10
MI SER CREATIVO

LA VIDA SECRETA DE LAS PALABRAS

Con permiso de Pontificia Universidad Católica del Perú.

Plagiar < del latín *plagiāre*

1. Copiar en lo sustancial obras ajenas, dándolas como propias.
2. Entre los antiguos romanos, comprar a un hombre libre sabiendo que lo era y retenerlo en servidumbre.
3. Entre los antiguos romanos, utilizar un siervo ajeno como si fuera propio.
4. Secuestrar a alguien para obtener rescate por su libertad. (*DRAE*)

Objetos de arte

el arte, las artes art, arts	**el cuadro, la pintura** painting	**el retrato** portrait
el boceto sketch	**la naturaleza ~~muerte~~ muerta** still life	**el sujeto** subject (of a painting)
el bodegón still life	**la pintura** painting (subject)	

Para hablar del arte

el caballete easel (art)	**el lienzo** canvas (on which the artist paints)	**se ve** one can see…
claro/a (adj. with colors) light (*un azul claro*)	**la luz** light	**el símbolo** symbol
el diseño design, pattern	**notable** outstanding, noteworthy	**sin lugar a dudas** undoubtedly, without a doubt
el fondo backdrop	**novedoso/a** novel, original	**la sombra** shadow, shade
el/la infante/a son/daughter of a king, but not heir to the throne	**oscuro/a** dark (adj. with colors) (*un verde oscuro*)	**tratar (de); tratarse de** to be about

Verbos con preposiciones

acabar de	contar con	quejarse de
acordarse de	enamorarse de	soñar con
casarse con	estar de acuerdo con	tratar de
confiar en	insistir en	
consentir en	pensar en	

Claves para la conversación

El uso del verbo **fijar** es muy común para indicar algo o llamar la atención de alguien.

1. **¡Fíjate!** or **¡Fíjense!** literalmente significa *Fix your attention on this / Check this out! / Consider this....* Es sinónimo de **¡Mira!** o **¡Miren!**

2. **No fijarse (No me fijé)...** significa no prestar atención o no darse cuenta de algo (*I didn't realize*). **No te fijes** quiere decir **No le pongas atención** a eso (*Never you mind that*).

    —¿Era atractiva la chica?
    —No me fijé, mi amor. ¡Ni siquiera la miré!

    Por favor no te fijes en los errores de ortografía.

Aprende a pronunciar los diptongos **ua, ue, uo** y **ui** en www.cengage.com/hlc.

PRONUNCIEMOS CON CLARIDAD

¡NO CAIGAS EN EL POZO!

a vs. **en**

Uno de los errores más comunes con las preposiciones tiene que ver con la confusión entre **a** y **en**. Se usa **a** para expresar *at* cuando se habla de la hora. En casi todas las otras situaciones se usa **en**.

Last night we saw the murals at the museum. = Anoche vimos los murales **en** el museo.

We saw them at nine o'clock. = Los vimos **a** las nueve.

HERRAMIENTA GRAMATICAL
PREPOSICIONES Y ADVERBIOS DE LUGAR

Las preposiciones describen una relación entre las cosas.

> El libro está encima de la mesa.
> The book is on top of the table.

Hay muchas preposiciones en español y puede que sea un poco difícil llegar a dominar su uso. A continuación están las preposiciones de lugar o posición. Hay que tomar en cuenta que mientras algunas preposiciones se expresan con sólo una palabra (por ejemplo, **en**), otras usan dos o tres palabras (**dentro de, al lado de**).

al lado de next to	dentro de inside of	frente a in front of, opposite
alrededor de around	detrás de behind	fuera de outside (of)
bajo below, under	en in, on	junto a next to
cerca de near	encima de on top of	lejos de far from
debajo de underneath	enfrente de in front of	sobre on top of
delante de in front of	entre between	tras behind

Los adverbios de lugar describen un verbo y contestan la pregunta **¿dónde?** en una oración.

abajo below or downstairs, down there	alrededor around	encima on top
	atrás behind, backwards	enfrente in front
	cerca close, close by	lejos far
adentro/dentro inside	debajo under	
afuera/fuera outside	delante in front	

¿Dónde está Marina?

Está fuera de la casa. (preposición porque se menciona **casa**)

Está afuera. (adverbio que modifica el verbo **está**)

 Practiquemos

1. **Traducciones** Traduce al español, con atención particular a las preposiciones.

   1. The man she painted a portrait of.

   _____

   2. We had so much fun at the exhibit.

   _____

   3. I love the paintings he talked about.

   _____

   4. What is that sculpture made of?

   _____

2. Análisis Estudia "Las Meninas" de Velázquez y contesta con frases completas.

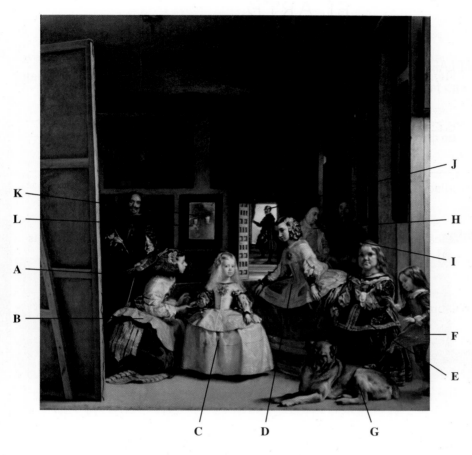

A. Velázquez (el artista)
B. primera Menina (María Agustina Sarmiento)
C. la Infanta María Margarita
D. segunda Menina (Isabel de Velasco)
E. enana (Maribárbola)
F. enano (Nicolás Pertusato)

G. el perro (mastín)
H. la monja
I. el cura
J. José Nieto
K. el rey Felipe IV
L. la reina Mariana de Austria

1. ¿Dónde está la infanta Margarita (C)?
2. ¿Dónde se encuentran los retratos de los reyes (K y L)?
3. ¿Dónde están los reyes mismos?
4. Usa al perro para fijar tu perspectiva. ¿Dónde tiene el pie Nicolás Pertusato (F)?
5. ¿Dónde están la monja (H) y el cura (I)? ¿Y José Nieto (J)?
6. ¿Está dentro de la sala José Nieto (J), la figura al fondo? _____ Sí _____ No
7. ¿Por dónde entra la luz en el cuadro?

2. Análisis Estudia "Las Meninas" de Velázquez y contesta con frases completas.

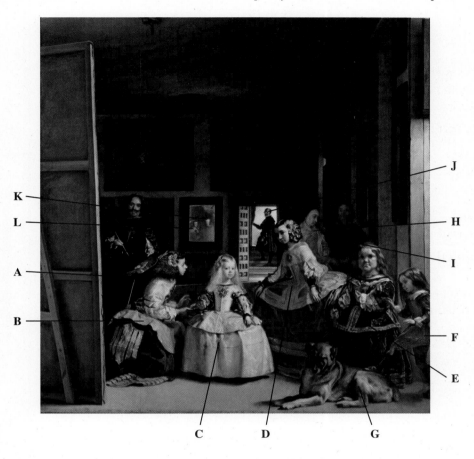

A. Velázquez (el artista)

B. primera Menina (María Agustina Sarmiento)

C. la Infanta María Margarita

D. segunda Menina (Isabel de Velasco)

E. enana (Maribárbola)

F. enano (Nicolás Pertusato)

G. el perro (mastín)

H. la monja

I. el cura

J. José Nieto

K. el rey Felipe IV

L. la reina Mariana de Austria

1. ¿Dónde está la infanta Margarita (C)?
2. ¿Dónde se encuentran los retratos de los reyes (K y L)?
3. ¿Dónde están los reyes mismos?
4. Usa al perro para fijar tu perspectiva. ¿Dónde tiene el pie Nicolás Pertusato (F)?
5. ¿Dónde están la monja (H) y el cura (I)? ¿Y José Nieto (J)?
6. ¿Está dentro de la sala José Nieto (J), la figura al fondo? _____ Sí _____ No
7. ¿Por dónde entra la luz en el cuadro?

VENTANA A
...EL ARTE

ANTES DE HABLAR

1. ¿Cuál es tu cuadro favorito?

_____

2. ¿Prefieres obras de arte que representen la realidad u obras de arte más abstractas?

_____

3. ¿Has visto o estudiado "Las Meninas"? ¿Dónde? ¿Cuándo?

_____

4. ¿Quién es Pablo Picasso? ¿De dónde es? ¿Dónde vivió? Investiga en la red y comparte tus hallazgos (_findings_) con tu grupo.

_____

5. Escribe cinco palabras que se pueden asociar con Picasso.

_____

6. ¿Qué es "Guernica"? ¿Qué sabes de la historia de "Guernica"?

_____

_____

7. ¿Qué es el cubismo? Busca ejemplos como el cuadro "Mujer ante el espejo" de Picasso y escribe tu propia definición de este tipo de arte.

_____

_____

EL PLAGIO (_PLAGIARISM_)

1. Escribe dos definiciones de plagio: una para el contexto académico y otra definición del plagio artístico.

_____

2. Haz una lista de cinco cosas que se pueden hacer para que un estudiante o un artista evite cometer el plagio.

_____

_____

3. Investiga en sitios como YouTube "homenajes" a músicos famosos, en los que personas comunes y corrientes imitan a sus artistas favoritos. ¿Es esto plagio?

_____

_____

_____

4. Investiga en sitios como YouTube ejemplos de "refritos de canciones" (canciones que se habían interpretado antes, pero que salen ahora con "nuevo" estilo y "nuevo" cantante). ¿Es esto plagio?

_____

_____

_____

El video de este capítulo trata de las preferencias en el arte de algunos individuos. Presta atención especial al contenido y la pronunciación de los diptongos. Después, contesta las preguntas a continuación.

PARA VER

¿QUÉ HAS VISTO?

1. ¿Cuáles son algunas razones por las que a Connie le gusta la fotografía? ¿Qué tienes tú en común con su opinión?

2. En base a lo que Juan Carlos dice sobre decorar y de sus gustos en el arte, ¿qué consejos le darías para decorar una habitación de su casa? Enfócate en la ubicación de los muebles y de pósters u objetos de arte.

3. ¿A quién prefiere Connie, a Picasso o a Dalí? Explica dos razones principales de su preferencia.

4. Según Juan Carlos, ¿qué tienen en común Picasso y Dalí más que nada? ¿Qué lograron?

5. Connie y Juan Carlos mencionan a sus artistas favoritos. Describe la obra de uno de estos artistas, basándote únicamente en lo que se dice en el video.

DIEGO DE VELÁZQUEZ Y PABLO PICASSO

Dos pintores de buena onda

Lee sobre estos pintores españoles famosos e identifica las ideas principales para hablar sobre ellas en clase.

DIEGO DE VELÁZQUEZ (1599-1660) era el pintor oficial de la corte de uno de los reyes más notables del Siglo de Oro español (*Spain's Golden Age*), Felipe IV (1621-1665). Se puede afirmar, sin lugar a dudas, que su cuadro "Las Meninas" (1656) (*The Maids of Honor*) es una de las obras más importantes de la pintura mundial. En cuanto a su carrera artística, a Velázquez se le considera el mejor artista del barroco español (siglos XVII y XVIII). Su período como retratista (*portrait painter*) estuvo influido por el trabajo de los italianos de principios del siglo XVII. En su etapa "juvenil" (y por "juvenil" no se quiere decir "inferior") Velázquez escogió sujetos de la vida diaria y no de la nobleza para crear obras de un gran realismo y, como algunos opinan, de mucha emoción. Esas obras con personajes de la vida diaria forman un contraste con las que pintó más tarde, y que son quizás las mejor conocidas de Velázquez: sus retratos de la corte aristócrata. En estos retratos de la aristocracia, Velázquez logra revelar una perspicacia sicológica profunda. Sus retratos de príncipes y damas de la corte representan la cumbre de su carrera artística.

"Las Meninas" iba a ser un simple retrato de la familia del rey Felipe IV. Sin embargo, llegó a representar lo que el pintor italiano Luca Giordano llamó la "teología de la pintura" por la perspectiva original que adoptó Velázquez. Técnicamente y en términos de su composición, es una de las obras maestras más reverenciadas por artistas de todo el mundo.

PABLO RUIZ PICASSO (1881-1973) es el más famoso de los admiradores de la obra maestra de Velázquez. En 1957 Picasso pintó una serie de 58 pinturas y bocetos inspirados por el cuadro "Las Meninas". El artista que revolucionó el mundo de la pintura con una serie de aspectos novedosos y completamente originales sorprendió a muchos críticos al crear una serie de versiones de "Las Meninas" basada en la tradición artística europea. La mayoría de los críticos concuerdan en que se trata de una espléndida reinterpretación del tema de Velázquez y que Picasso se aproxima a la creación de su obra tanto en busca de la inocencia inalcanzable como en un análisis riguroso del potencial del arte. Sin embargo, en las palabras de Picasso mismo, lo que él ha logrado es crear su propia obra de arte, muy suya en cuanto a la perspectiva y realización técnica.

De sobremesa

Contesten estas preguntas en parejas o grupos de tres. Como siempre, cada estudiante leerá una parte de la pregunta a su grupo y todos contestarán. Usen las palabras, expresiones e ideas que anotaron para las secciones **Antes de hablar** y **Banco personal de palabras**.

BODEGONES

Paso 1. Estudiante A:
Describe para un/a compañero/a la ubicación exacta de todos los objetos (jarra, frutas, plato, vaso, rosa) en este cuadro.

Paso 2. Estudiante B:
Dibuja otro bodegón, sin mostrarlo a tu compañero/a, con los mismos objetos en sitios nuevos. Describe este bodegón a tu compañero/a para que lo dibuje.

Vocabulario útil: cuadros (*squares*), en el fondo (*in the background*), se ve (*you see*)

© Cengage Learning

MI ARTE

- ¿Qué pósters u otra forma de arte tienen en su residencia? ¿Tienen un cuadro preferido? ¿Cuál? ¿Por qué les gusta?

- ¿Prefieren obras de arte que representen la realidad u obras de arte más abstractas?

- ¿Van a museos? ¿Buscan obras de arte en la red?

- ¿Dibujan? ¿Pintan? ¿Crean otras formas de arte?

CUESTIÓN ÉTICA: ¿POSAR DESNUDO/A?

Necesitas dinero. Estás desesperado/a. No tienes tiempo para conseguir un trabajo, ni siquiera de tiempo parcial. Te encuentras en el edificio de arte y ves un anuncio que dice SE NECESITAN MODELOS PARA LA CLASE DE ARTE 451. El trabajo consiste en posar desnudo/a para estudiantes de dibujo y escultura, y paga $50 por cada sesión de 2 horas. ¿Lo harías? ¿Por qué sí o no?

- ¿Lo harías si los estudiantes no fueran de tu universidad?

- ¿Lo harías si pudieras llevar traje de baño o ropa interior?

- ¿En qué circunstancias lo harías? ¿Cuánto te tendrían que pagar?

DOBLE VÍA

Contesten estas preguntas en grupos de cuatro. Como siempre, cada estudiante leerá una parte de la pregunta a su grupo y todos contestarán.

Pastiche vs. plagio

En general se dice que el "pastiche" es una manera de "restaurar" un monumento o edificio a su estado "original". Llevado a un extremo, al pastiche se le considera una estrategia artística de imitación respetuosa de la obra de otro artista. ¿Cuál es el límite del pastiche? En otras palabras, ¿cuándo se convierte el homenaje en plagio y la restauración en explotación? ¿Cómo se explica, por ejemplo, el valor artístico de este cuadro del colombiano Fernando Botero?

© Fernando Botero, courtesy of the Marlborough Gallery, NY

Els castells

En Cataluña existen grupos llamados **castellets**, una palabra del catalán para los atletas que hacen pirámides humanas. Estudien la foto y, a pesar de lo poco que sepan del fenómeno, comenten sobre la composición del grupo de **castellets.** ¿Quiénes son los participantes? ¿Cómo son? ¿Cómo se visten? ¿Por qué?

- Usen preposiciones para describir la ubicación de los distintos participantes del grupo.

- Tomando todos estos elementos en cuenta. ¿Qué simboliza el proceso de construir un **castell**?

- Dato interesante: ¡el récord para un **castell pilar** formado por una persona parada en los hombros de otra es de ocho pisos!

TALLER DE REDACCIÓN

Un centenar Escoge un tema a continuación y escribe un ensayo de 100 palabras.

1. En el mundo hispano, el tatuaje tiene muchos significados, además del puramente decorativo, pues puede ser el símbolo de una promesa que uno hace a Dios o a una persona querida. En cien palabras explica si el tatuaje es una forma de arte o no. ¿Qué piensas del uso de símbolos religiosos (la Virgen de Guadalupe, la cruz) o políticos (la bandera de un país) en un tatuaje?

2. El arte no tiene que ser un objeto. Puede ser también una representación de teatro o una interpretación musical, y a veces los artistas ponen a prueba los límites de la definición de arte. Piensa en un artista contemporáneo (músico, cantante, actor, etc.) que recientemente haya montado una exhibición publicitaria. Decide si lo que hizo el artista se trata de arte, de un truco de publicidad o de algo más.

Para desarrollar Escribe un ensayo sobre el siguiente tema. Sigue las instrucciones de tu profesor sobre las fuentes que puedes usar.

Para ti, ¿qué valor tiene el arte? Describe las características que debe reunir un objeto para que valga la pena el precio que se paga por él. Da un ejemplo específico de un tipo de arte, investiga en la Red un ejemplo y averigua cuánto vale. Ahora escoge un tipo distinto de arte, como las artesanías o el arte de reciclado (hecho exclusivamente con materiales de desecho y/o reciclado) y da un ejemplo en particular. ¿Cambian tus ideas según el tipo de arte bajo consideración?

Para descubrir más sobre la ciudad de Barcelona, sigue los enlaces en www.cengage.com/hlc.

VIAJE

Para descargar una receta de **pa amb tomàquet** —pan con tomate— ver un video que muestra su preparación y comentar en línea sobre este platillo catalán, sigue los enlaces en www.cengage.com/hlc.

¡A COMER!

Para conocer la música de Mariana Ochoa y descubrir lo que son los "refritos" que no se comen, visita www.cengage.com/hlc.

MÚSICA

UNIDAD 3

Mi ambiente

¿Te gusta ir a la playa? ¿Qué haces allí?
_____

¿Te importan las marcas de los productos que usas?
_____

¿Perteneces a la generación del milenio?
_____

¿Cuáles son las experiencias más intensas que has tenido?
_____

¿De dónde viene el café que se vende en tu café favorito?
_____

¿Sabes cómo se prepara el chocolate?

CAPÍTULO 11

MI MAR

HERRAMIENTAS LÉXICAS

LA VIDA SECRETA DE LAS PALABRAS

Ars amandi (el arte del amor)

Aquí se presentan los verbos en español que expresan *to like* y *to love* en contextos diferentes. Sólo los verbos que se indican con un asterisco (*) son verbos que se conjugan como **gustar**. ¿Qué términos se asocian con el amor romántico en la lista a continuación?

© JStan/Shutterstock

verbo	traducción	para gente	para cosas	contexto
agradar*	to like; to enjoy	√	√	personas, actividades, características (de personalidad)
amar	to love	√		Dios, familia, sentido romántico
apreciar	to esteem; to be fond of	√		conocidos, amigos, familia
caer bien/mal	to (not) get along with / (not) like	√	√	amigos, conocidos (*acquaintances*); comida (*to agree or disagree with you*)
encantar*	to love		√	cosas, actividades (por lo general no se usa con personas)
fascinar*	to (really) love; to be obsessed by		√	cosas, temas (no muy común con personas)
gustar (mucho)*	to like (a lot); to enjoy	√	√	actividades, entretenimiento, personas (como sinónimo de "agradar" pero también con sentido romántico)
intrigar*	to be intrigued by	√	√	cosas, temas; personas
llevarse bien/mal	to get along with / like	√		amigos, familia
querer	to love	√		romántico; con amigos y familia

Mi mar

alquilar to rent	la bahía bay	bañarse to go swimming (bathe)
la arena sand	el balneario ocean resort	bañarse desnudo/a skinny dip

el bikini/biquini bikini	**las gafas (los lentes) de sol** sunglasses	**los rayos UV** UV rays
el bloqueador solar sunblock	**la marea (alta, baja)** (low, high) tide	**la resaca** riptide
broncearse to get a tan	**la ola** wave	**el/la salvavidas** lifeguard
caluroso/a warm, hot (a hot day)	**los pantalones cortos; los shorts** shorts	**surfear, hacer surf/surfing** to surf
las corrientes currents	**peligroso/a** dangerous	**la temporada** season (sports, weather)
la estación season of the year	**la pleamar** high tide	**tomar el sol** to sunbathe

Claves para la conversación

En cada idioma hay expresiones como *Darn it!* o *Shoot!* que se parecen mucho a otras expresiones más fuertes pero que no son ofensivas. En español se dice **¡Jolín! ¡Caramba! ¡Caray!** u **¡Ostras!** (literalmente: *Oysters!*) para expresar lo que sería *No way!* o *Whoa!* o *Darn it!* en inglés.

Practica la pronunciación de los diptongos **ai** y **au** en www.cengage.com/hlc.

PRONUNCIEMOS CON CLARIDAD

¡NO CAIGAS EN EL POZO!

Para expresar *I like it* se dice **me gusta.** No es necesario agregar un pronombre para expresar *it*. Hay otros verbos, además de **gustar**, que siguen este mismo patrón:

Les encantó. = *It "enchanted" them. They loved it.*

Te gusta. = *It pleases you. You like it.*

Nos fastidia. = *It bothers us.*

HERRAMIENTA GRAMATICAL
OTROS VERBOS COMO *GUSTAR*

El verbo **gustar** suele ser uno de los primeros verbos que se aprende en español. Sin embargo, su formación (y la de otros verbos similares) tiene sus bemoles (*is tricky*) incluso para estudiantes de nivel intermedio. Verbos similares a **gustar** son aquellos en los que un objeto indirecto funciona como si fuera sujeto. Si necesitas repasar las definiciones y funciones de los objetos directos e indirectos, consulta la página 180.

LOS PRONOMBRES
En inglés:

Subject	Verb	Direct object
I	like	pizza.

En español:

Indirect object pronoun	Verb	Direct object
Me	gusta	la pizza.

(Pizza is pleasing to me.)

En la oración en español, **gustar** concuerda con el sustantivo **pizza**, no con el "yo" entendido. La persona que siente afición por la pizza funciona como el objeto indirecto y se le sustituye con un pronombre de objeto indirecto (**me, te, le, nos, les**). También se usan los pronombres nominales —**a mí, a ti, a él, a ella, a Ud., a nosotros, a nosotras, a ellos, a ellas** o **a Uds.**—cuando se quiere enfatizar o aclarar el objeto:

> **A él** le gustan los Bravos, pero **a mí** me gustan los Filis.

LAS FORMAS VERBALES
Hay un malentendido con respecto a **gustar**, se suele creer que este verbo sólo tiene dos formas: *gusta* o *gustan*. No es cierto. Sí que es cierto que la forma de la tercera persona tanto singular como plural de **gustar** (cualquier tiempo verbal) es la más común, pero *gustar* y otros verbos similares se usan con todas las personas verbales.

> No le gustamos.
> He doesn't like us. (We are not pleasing to him.)

> Nos fascinaste a todos con tu discurso sobre el origen del universo.
> We were (all) fascinated by your discourse on the origins of the universe.

Cuando el antecedente es hipotético, se usa el subjuntivo del verbo **gustar**.

> Busco a alguien a quien le guste nadar.
> I'm looking for someone who likes to swim.

Practiquemos

1. **¿Te gusta?** Traduce las siguientes oraciones al español.

1. I like you.

A mi me gusta

2. I love swimming.

A mi me encanta nadar

3. I love you, Grandma.

Te amo, abuela

4. I love you. (romantic)

Te amo / Te quiero.

5. My girlfriend doesn't get along with my roommate.

Mi novia no se lleva con mi compañero de cuarto

6. I love the beach!

A mi me encanta la playa

7. He said, "Mom loves us."

Él dijó que "mamá nos ama"

8. I'm the type of person who loves to spend all day in the sun.

Estoy el tipo de persona a la que le fascina a pasar todo el día en el sol

2. **¡Me encanta!** Busca en la red dos cuadros sobre la playa del pintor español Joaquín Sorolla. Da tu opinión sobre dos de estos cuadros usando los verbos como **gustar**.

_____

_____

Ahora escribe tres preguntas usando los verbos como **gustar** para conocer la opinión de un/a compañero/a de clase.

1. _____

2. _____

3. _____

VENTANA A

...LA VIDA PLAYERA

ANTES DE HABLAR

1. Cuando eras niño/a, ¿pasabas muchas vacaciones en familia? ¿Te gustaba ir a la playa con tu familia?

_____

2. ¿Qué tipo de traje de baño prefieres ponerte? (bikini, traje de baño completo, camiseta y shorts, etc.) ¿Por qué?

_____

3. ¿Qué actividades en la playa te fastidian de otras personas? ¿Qué es lo que hacen las otras personas en la playa que te fastidia? (Me fastidia que...)

_____

4. ¿Te molesta que la gente lleve tanga (*thongs*) en la playa?

_____

5. En las playas de Europa no es raro que las mujeres anden *topless* si quieren, pero en Latinoamérica esta costumbre es casi inexistente. ¿Qué opinas tú de esta costumbre?

_____

_____

6. ¿Has alquilado un apartamento o una casa en la playa? ¿Dónde? ¿Cuándo?

_____

7. ¿Adónde vas de vacaciones? ¿Escoges un destino o tipo de actividad diferente si vas con tu familia?

_____

_____

8. Piensa en la(s) playa(s) que has visitado, y haz una lista de cinco características de tu sitio favorito. ¿Cómo es diferente esa playa a las demás? Si no conoces el mar, describe cinco aspectos de la playa que te intrigan.

_____

_____

9. ¿Tienes alguna actividad de playa preferida? ¿Cuál es?

_____

10. Investiga estos sitios o países en la red y escribe una hoja de datos sobre cada uno.

Marbella

País: _____

Bordea este mar: _____

¿Por qué es famoso? _____

El Malecón (de la Habana)

País: _____

Bordea este mar: _____

Dos sitios cercanos de interés: _____

Parque Nacional Manuel Antonio

País: _____

Bordea este mar: _____

¿Por qué es famoso? _____

El video de este capítulo trata sobre algunas playas y actividades favoritas en el mundo hispano. Presta atención especial al contenido, al uso de los verbos como **gustar** y la pronunciación de los diptongos **ai** y **au**. Después, contesta las preguntas a continuación.

PARA VER

¿QUÉ HAS VISTO?

Prepárate para ver el video y lee primero estas preguntas. Contesta las preguntas después de ver el video.

1. Escribe una lista de las playas mencionadas por los entrevistados. ¿Dónde están y por qué son especiales?

2. Si planearas un viaje para uno de los entrevistados, ¿adónde lo llevarías, a la playa o a una piscina? Explica tu respuesta, basándote en las entrevistas.

3. ¿Qué le dirías a Andrew para convencerlo de que es peligroso tomar demasiado sol? Usa ejemplos de lo que dicen los otros entrevistados.

4. Escribe una breve descripción de Los Roque y Reserva de Corvovado.

5. ¿Cuál es el trabajo más fácil que mencionan los entrevistados? ¿El más gratificante (*rewarding*)?

LECTURA

La ley de zona marítimo terrestre

Lee este artículo acerca de la ley de zona marítimo terrestre en Costa Rica e identifica las ideas principales para hablar sobre ellas en clase.

Según la ley de zona marítimo terrestre, en Costa Rica todas las playas son públicas. Es decir, es ilegal comprar o vender terrenos que bordean el mar sin permiso del gobierno. Estudia estos artículos de la ley:

- **Artículo 1.** "La zona marítimo terrestre constituye parte del patrimonio nacional, pertenece al Estado y es inalienable e imprescriptible. Su protección, así como la de sus recursos naturales, es obligación del Estado, de sus instituciones y de todos los habitantes del país. Su uso y aprovechamiento están sujetos a las disposiciones de esta ley".

- **Artículo 9.** "La zona marítimo terrestre es la franja de doscientos metros de ancho a todo lo largo de los litorales Atlántico y Pacífico de la República, cualquiera que sea su naturaleza, medidos horizontalmente a partir de la línea de la pleamar ordinaria y los terrenos y rocas que deje el mar en descubierto en la marea baja".

- **Artículo 10.** "La zona marítimo terrestre se compone de dos secciones: la Zona Pública, que es la faja *(strip)* de cincuenta metros de ancho a contar de la pleamar ordinaria y las áreas que quedan al descubierto durante la marea baja; y la Zona Restringida, constituida por la franja *(strip)* de los ciento cincuenta metros restantes o por los demás terrenos, en casos de islas".

- **Artículo 12.** "En la zona marítimo terrestre es prohibido, sin la debida autorización legal, explotar la flora y fauna existentes, deslindar con cercas *(fences)*, carriles o en cualquier otra forma, levantar edificaciones o instalaciones, cortar árboles, extraer productos o realizar cualquier otro tipo de desarrollo, actividad u ocupación".

—¿Cuál es el animal más perezoso del mundo?
—No lo sé.
—El pez.
—¿Por qué? ¿Qué hace?
—Nada.

De sobremesa

Contesten estas preguntas en parejas o grupos de tres. Como siempre, cada estudiante leerá una parte de la pregunta a su grupo y todos contestarán. Usen las palabras, expresiones e ideas que anotaron para las secciones **Antes de hablar** y **Banco personal de palabras**.

EL VERANO

- ¿Qué suelen hacer durante el verano? ¿Viajan con la familia?

- ¿Tiene su familia un lugar preferido de playa, cerca de un lago o en las montañas? ¿Alquilan una casa? ¿Van de campamento? ¿Se quedan siempre en el mismo lugar?

- Si su familia tiene la tradición de pasar las vacaciones en un lugar en particular, ¿por qué van allí? ¿Iban a un sitio diferente cuando Uds. eran niños/as?

- ¿Cuánto dinero creen que la típica familia estadounidense (de cuatro personas) gasta en sus vacaciones de verano?

EL SOL

- ¿Qué hacen para protegerse del sol? ¿Usan bloqueador? ¿De qué SPF? ¿Qué marca prefieren?

- ¿Llevan ropa especial en la playa? ¿Se bañan con ropa que les protege del sol?

- ¿Qué saben del cáncer de la piel? ¿Les preocupa?

EL MAR

- ¿Hay alguien en el grupo que no haya visto el mar? ¿Hay alguien a quien no le guste?

- ¿Cuántos miembros del grupo han nadado en el Océano Atlántico, el Pacífico, el Mar Mediterráneo, el Caribe, el Golfo de México, uno de los Grandes Lagos? ¿En qué otros mares o lagos grandes han nadado?

- ¿Cómo es diferente nadar en el mar a nadar en una piscina? ¿Cómo es diferente nadar en un lago a nadar en el mar? ¿Cuál prefieren? ¿Por qué?

- ¿Han visto llover en la playa? ¿Nevar en la playa? ¿Qué hacen si van a la playa y el tiempo no se presta para nadar?

DOBLE VÍA

Contesta estas preguntas en grupos de cuatro. Como siempre, cada estudiante leerá una parte de la pregunta a su grupo y todos contestarán.

Trabajar durante el verano

- El fenómeno de trabajar durante el verano sólo se observa en países con muchas posibilidades de trabajo. ¿Trabajan algunos de Uds. durante el verano? ¿Dónde? ¿Qué hacen? ¿En qué fechas trabajan generalmente?

- En algunos países hispanos se ofrece una opción de trabajo de vacaciones a los jóvenes pero sin compensación. Por ejemplo, en México, D.F., jóvenes de preparatoria (*high school*) realizan labores ecológicas, turísticas y sociales durante las vacaciones. Reciben a cambio una beca para sus estudios y una credencial para transporte gratuito. Si la mayoría de estudiantes universitarios latinoamericanos no consiguen trabajo en las vacaciones, ¿cómo creen que este fenómeno afecta la dinámica familiar?

- ¿Cuáles son las ventajas y desventajas de tener que trabajar en el verano? ¿Cuál les parece el mejor trabajo de verano? ¿El peor?

- ¿Trabajarían algunos de Uds. sin paga? ¿Qué tipo de trabajo harían? Aparte del dinero, ¿qué tipo de compensación aceptarían por su trabajo? ¿Cuánto tiempo estarían dispuestos a dedicar a este trabajo por semana? ¿Por temporada?

© Torrecilla/epa/Corbis

Contaminación del océano

"Cepille sus dientes con el mejor dentífrico. Después enjuague (*rinse*) su boca con desechos (*waste*) industriales".

- ¿Qué es el "desecho industrial" al que se refiere? ¿Por qué les importa a ustedes el buen manejo de los recursos naturales?

- ¿Tienen conocimiento de algunos de los problemas de contaminación de los océanos en el mundo? En su grupo hagan una lista de las causas más comunes de contaminación. ¿Cuál piensan Uds. que es el problema más grave o el que influye más en el deterioro del ecosistema marítimo?

- ¿Quiénes creen que son los responsables del problema que acaban de identificar? ¿Existe una solución práctica?

- En 2002 un barco de petróleo llamado el *Prestige* se hundió en el Atlántico y derramó unas 63.000 toneladas de petróleo crudo en la costa de Portugal, España y Francia. Este derrame produjo una marea negra que mató o contaminó a gran parte de la vida marítima en estas zonas que viven de la pesca. ¿Conocen de un desastre ecológico similar que haya ocurrido recientemente? ¿Cúales son las consecuencias a largo plazo de este tipo de desastre ecológico? ¿Cómo se pueden evitar?

TALLER DE REDACCIÓN

Un centenar Escoge un tema a continuación y escribe un ensayo de 100 palabras.

1. **Leyes de protección**. Da tu opinión sobre la ley de zona marítimo terrestre de Costa Rica, desde la perspectiva de una de las personas en la lista a continuación. Es decir, si tú fueras una de estas personas, ¿apoyarías o no esta ley?

   un turista   un ambientalista   un pescador
   un promotor inmobiliario   un político

2. **¿Cómo es tu mar?** Imagina que tienes que escribir un artículo para un periódico que leen estudiantes hispanos. Es probable que algunos de tus lectores no conozcan los océanos (Atlántico y Pácifico) y tampoco el Mar Mediterráneo, ni siquiera un río o lago grande. Describe una masa (*body*) de agua con atención especial al uso de imágenes visuales y sonoras (de sonido) para que tus lectores lo puedan visualizar.

   Para desarrollar Escribe un ensayo sobre el siguiente tema. Sigue las instrucciones de tu profesor sobre las fuentes que puedes consultar.

   Investiga los principales países hispanos que exportan pescado y mariscos a países industrializados como los Estados Unidos, Canadá y Europa. Elige uno en particular para comparar los siguientes aspectos entre el país exportador y el importador: (1) los hábitos de consumo (pescado y mariscos) y (2) las prácticas de pesca.

Para investigar Costa Rica, un país con algunas de las mejores playas en el mundo, una vida ecológica muy rica y muchas oportunidades para el ecoturismo, sigue los enlaces en www.cengage.com/hlc.

VIAJE

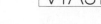

Para aprender a preparar gallo pinto, el plato típico de arroz y frijoles de Costa Rica, visita la sección **¡A comer!** en www.cengage.com/hlc.

¡A COMER!

Escucha los sonidos del mar de La Coruña y averigua por qué esta región española se mereció el título de "La ciudad con el sonido del mar más hermoso del mundo", al acceder la lista de reproducción de Heinle iTunes, en www.cengage.com/hlc.

MÚSICA

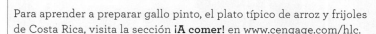

CAPÍTULO 12
CULTURA DE CONSUMO

HERRAMIENTAS LÉXICAS

LA VIDA SECRETA DE LAS PALABRAS

Regatear < recatear < recatar

La palabra **regatear** viene de la raíz latina *recatar*. Existen muchas palabras en español que tienen esta raíz en común.

regatear (< recatear)

1. Debatir el precio de algo puesto en venta.

2. Revender, vender al por menor los comestibles que se han comprado al por mayor.

recatear (< recatar) Dicho del comprador y del vendedor: Discutir el precio de algo.

recatar (del latín recaptāre, (re + captāre, *coger*)) Encubrir u ocultar lo que no se quiere que se vea o se sepa.

rescatar (del latín recaptāre, *recoger*) Recobrar por precio o por fuerza lo que el enemigo ha cogido... cualquier cosa que pasó a mano ajena. (*DRAE*)

De compras

el almacén
department store

el cartel, el póster
poster

el centro comercial (Latin America, Spain); el shopping (Argentina, Chile)
shopping center, mall

el/la consumidor/a
consumer

el consumo
consumer spending; consumption

el descuento
discount, sale, coupon

la disponibilidad
availability

el hipermercado, el híper
supercenter

la identidad de marca
branding

el lema
motto

el letrero
sign

el logo, el logotipo
logo

la marca
brand

el marketing, el mercadeo
marketing

el mercado central
(open-air) market

el mercado libre
free market

la mercancía, los productos
merchandise

la promoción, la rebaja
sale

la publicidad
advertising, ad

el rastro (Spain), el tianguis (Mexico)
flea market

las tendencias
trends

la tienda libre de impuestos
duty-free shop

en vías de desarrollo
developing (nation)

Más compras

probar to try (something) on	**regalar** to give as a gift	**la tasa** rate
quedar bien (like gustar) to fit well	**de segunda mano, usado/a** second-hand, used	**valer** (la pena) to be worth (it)
la queja complaint	**la talla** (clothing) size	**el valor** value, worth
el reclamo claim, demand, complaint	**el tamaño** size (magnitude) of an object	**el vestuario** clothes, wardrobe

Claves para la conversación

Para regatear:

—Esto, ¿cuánto vale?
—Treinta.
—¿A cuánto me lo deja?
—A veinte.
—¿Tanto? ¿Me lo dejará en dieciocho?

—No, es imposible.
—Venga ya, hombre.
—Bueno. Hecho. Dieciocho.
—Me lo llevo.

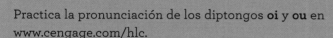

Practica la pronunciación de los diptongos **oi** y **ou** en www.cengage.com/hlc.

PRONUNCIEMOS CON CLARIDAD

¡NO CAIGAS EN EL POZO!

En español no se usa la palabra **un** con la expresión **otro/a** para expresar *another*. La palabra **otro/a** significa tanto *other* como *another*.

Se ofrecen mejores descuentos en otros almacenes.

They offer better discounts in other department stores.

¿Quisiera probar otro tamaño?

Would you like to try another size?

HERRAMIENTA GRAMATICAL
ADJETIVOS Y PRONOMBRES DEMOSTRATIVOS

this/these	that/those	that/those (over there)
este	ese	aquel
esta	esa	aquella
estos	esos	aquellos
estas	esas	aquellas

Los adjetivos y los pronombres demostrativos indican qué tan cerca se encuentra el objeto o la persona referida con respecto al hablante.

ADJETIVOS DEMOSTRATIVOS

Imagina que dos estudiantes se acaban de mudar a su nuevo apartamento.

Esta silla no debe estar aquí, mejor debe estar allá, al lado de ese sofá.

This chair should not be here, it should be there next to that sofa.

En esta oración las palabras **esta** y **ese** son adjetivos demostrativos porque describen o indican la posición de los muebles.

Uno de los estudiantes comenta:

No, ese sofá no va allá tampoco. Creo que va al lado de aquel estante.

No, that sofa does not go there either. I think it goes next to that shelf over there.

Las formas de **aquel** se usan para indicar que algo está más lejos que otro objeto o persona. Por eso se traduce al inglés como *that ... over there* en lugar de simplemente *that*.

Cuando se usan como pronombres, los demostrativos reemplazan el sustantivo (objeto o persona) indicado. Por ejemplo:

Este sofa es muy cómodo, pero ése no tanto.

This sofa is very comfortable but that one not quite as much.

Recuerda que tanto el adjetivo como el pronombre demostrativo deben concordar en número y género con el sustantivo (*noun*) que describen o reemplazan.

ESTO, ESO Y *AQUELLO*

Los pronombres demostrativos neutros son muy comunes en español. Se les llama neutros porque **no** concuerdan en número y género con los objetos o ideas que representan. Los pronombres demostrativos neutros se refieren a ideas abstractas, o a objetos no identificados y desconocidos que no se mencionan en la oración. A menudo también se refieren a un conjunto de cosas que se ha dicho o a conceptos más amplios.

¿Qué es esto?   Eso es lo que se decía.

¡Eso! es una expresión enfática muy común que significa *That's what I'm saying!*

Practiquemos

1. **En la disquería** Completa este diálogo que tiene lugar en una tienda de discos compactos.

   1. —¿Cuál de _____ discos prefieres?
      (these)

   2. —¿ _____ de Belanova o _____ de RBD?
      (This one)   (that one)

   3. —Prefiero _____ de Luis Fonsi.
      (that one over there)

   4. —¿Por qué no compras _____ para tu hermana?
      (this one)

   5. —Porque ella prefiere escuchar los mp3. _____ es lo que te expliqué antes, pero veo
      (That)
      que no me hiciste caso.

   6. —¿Viste a Shakira anoche en los Grammys Latinos? ¡ _____ chica sabe bailar!
      (That)

   7. —Ella se merece todos _____ premios porque sus canciones son de _____
      (those)   (those)
      que te llegan al alma.

   8. — _____
      (That's right!)

2. **En el tianguis** Estás en un tianguis (mercado al aire libre) en México, D.F. y ves unas camisas tejidas de Oaxaca que te llaman la atención. Escribe un diálogo de negociación entre tú y el vendedor, en el que regateas por la camisa. El precio de oferta es de 1.300 pesos (aproximadamente 100 dólares) y decidiste ya que lo comprarías si el vendedor te la ofreciera por 600.

   Estrategias para obtener el precio que quieres:

   - hablar de la calidad del producto;

   - comparar con el precio en otro sitio;

   - no insultar al vendedor con una oferta de un precio muy bajo (el precio depende del artículo y el contexto);

   - evitar mostrar una actitud pasiva.

   - abandonar la compra y regresar más tarde.

VENTANA A
...LA PRODUCCIÓN Y EL CONSUMO

1. ¿Eres un/a consumidor/a bien informado/a?

_____

2. ¿Cómo defines un buen consumidor / una buena consumidora?

_____

3. Piensa en la ciudad en que está situada tu universidad o tu ciudad o pueblo natal. ¿Cómo se llama la tienda donde compras los siguientes productos?

producto	nombre de la tienda
gasolina	
revistas	
bocadillos/botanas	
música	
productos de belleza	
ropa	
comida	
bebidas, agua, café	
regalos	
libros	

4. ¿Usas cupones? _____ Sí _____ No ¿Por qué?

_____

5. ¿Compras productos o servicios en Internet? ¿De catálogos? ¿Qué productos o servicios?

_____

6. ¿Qué opinas de los grandes almacenes de descuento como Walmart? ¿Qué compras allí? ¿Prefieres Target, Walmart u otro almacén de descuento? ¿Por qué?

_____

_____

7. ¿Compras libros de segunda mano? ¿Crees que este sistema de reventa (*resale*) de libros sea justo para los autores?

_____

_____

8. ¿Tienes la experiencia de regatear? ¿Cuándo se regatea en la cultura norteamericana? ¿Con qué tipos de productos?

_____

_____

9. Investiga en la red el significado de los términos económicos *neoliberalismo* y *la mano invisible*. ¿Cuál es su origen?

_____

_____

10. ¿Por qué queremos las cosas que queremos? Es decir, ¿por qué decides comprar una marca de camisa en particular, por ejemplo, en vez de otra? Escribe cinco motivos.

_____

_____

_____

Después de ver este video sobre los hábitos de consumo de algunas personas, contesta las preguntas a continuación.

PARA VER

¿QUÉ HAS VISTO?
Prepárate para ver el video y lee primero estas preguntas. Contesta las preguntas después de ver el video.

1. ¿Crees que es correcto asumir que quienes viven en los EE.UU. son personas consumistas? ¿Por qué sí o no?

2. Si uno de los entrevistados visitara tu ciudad, ¿a qué tiendas lo/la llevarías de compras? Usa la información que ellos dan en su entrevista.

3. ¿Cuáles son las diferencias y qué tienen en común los dos entrevistados en sus hábitos de compras?

4. Describe el mercado de las pulgas en Maracaibo (Venezuela). ¿Qué significa ese nombre?

5. Según Juan Carlos, regatear se trata de mucho más que simplemente el dinero y el producto. ¿A qué se refiere?

LECTURA
"EL LUGAR DONDE LOS DIOSES SON CREADOS"

El caso Walmart vs. Teotihuacán

La lectura a continuación presenta un caso de lo que sucede con frecuencia cuando un representante de la cultura de consumo estadounidense trata de establecerse en un mercado extranjero.

En octubre de 2004 la compañía internacional Walmart inauguró, sin mucha publicidad, una sucursal (*branch*) de sus ya muy famosas tiendas de descuentos con el nombre de Bodega Aurrerá. La nueva tienda, con su típico diseño de gigantesca caja de cemento, está situada en el pequeño pueblo de San Juan Teotihuacán, a unos 48 kilómetros (~30 mi) al norte de México, D.F. Lo que hace de esta nueva tienda algo singular es que fue construida a menos de 1 kilómetro del sitio arqueológico de Teotihuacán, declarado un Centro de Herencia Mundial por la UNESCO en 1987.

La falta de publicidad en la inauguración fue un contraste al jaleo armado unos meses antes por una serie de protestas y demostraciones en contra del gigante de los precios bajos. Diversos grupos cívicos mexicanos unieron esfuerzos para tratar de evitar la construcción de lo que consideraban un símbolo de la falta de sensibilidad cultural que se asocia con la globalización. El sitio de Teotihuacán es famoso por sus estructuras gigantescas, el Templo de Quetzalcóatl y las pirámides del Sol y de la Luna, restos de una civilización desaparecida en el siglo VII d.C.

El hipermercado en San Juan Teotihuacán no es el primero que Walmart inaugura en México. En realidad, las sucursales mexicanas de esta compañía suman el mayor número de filiales localizadas en un país individual fuera de los Estados Unidos. La reputación de Walmart como fuente de empleos y distribuidor de productos a muy bajos precios ayudó a reunir el apoyo de muchos mexicanos. Con ese apoyo se ha asegurado que Bodega Aurrerá seguirá vendiendo artículos a precios baratos, a los pies de los antiguos dioses mexicanos.

De sobremesa

 Contesten estas preguntas en grupos de tres. Como siempre, cada estudiante leerá una parte de la pregunta a su grupo y todos contestarán. Usen las palabras, expresiones e ideas que anotaron para la sección **Antes de hablar**.

LA IMPORTANCIA DE LAS MARCAS

- ¿Qué significa "identidad de marca" para ustedes?
- ¿Se identifican ustedes con una marca en particular? ¿Cuál? ¿De qué producto?
- Describan el símbolo de su universidad. ¿Cómo se difiere de otros en tu región?
- ¿Creen que usamos las marcas para representar nuestra identidad? Den algunos ejemplos.
- ¿Nos juzgan los demás por las marcas que usamos? Den ejemplos específicos.

EL PRECIO DE LAS MARCAS

- ¿Qué producto les gustaría usar pero no lo usan debido a su precio elevado?
- ¿Por qué preferirían ese producto al que usan ahora? ¿De qué manera es diferente? ¿Es mejor el otro? ¿Por qué y en qué aspectos?
- Según el grupo, ¿qué producto es demasiado caro? ¿Por qué no vale la pena pagar ese precio?
- En 2011 un BMW 525 nuevo cuesta alrededor de $60.000. Un Ford nuevo cuesta un poco más de $25.000. ¿Qué diferencia hay entre el BMW y el Ford? Comparen los dos coches —no se olviden de usar los demostrativos al hacer las comparaciones. ¿Por qué hay una diferencia tan grande en los precios? ¿Por qué comprar el BMW cuando pueden comprar dos Ford por el mismo precio? Expliquen su decisión.

CINCO DE MAYO

En los Estados Unidos es muy común ver carteles que anuncian celebraciones del Cinco de Mayo.

- ¿Dónde se ven estos carteles? ¿Qué tipos de productos suelen ofrecer? ¿Qué compañías o productos se asocian con el Cinco de Mayo?
- ¿Conocen la historia del Cinco de Mayo? ¿Qué importancia tiene esta fecha en su país de origen? ¿Cuál es su importancia en otros países, como los Estados Unidos?
- Organicen un debate sobre la relevancia de esta cita en el contexto del Cinco de Mayo y otras fiestas celebradas en los EE.UU:

    "El día de San Valentín es un invento de las compañías de chocolate y tarjetas de felicitación que simplemente quieren tener ventas en el mes de febrero cuando nadie compra nada después de la alta temporada de consumo de diciembre..."

DOBLE VÍA

Contesten estas preguntas en grupos de cuatro. Como siempre, cada estudiante leerá una parte de la pregunta a su grupo y todos contestarán.

Prioridades del mercado

En los países hispanos y en la cultura hispana en los Estados Unidos, ¿cuáles son las expectativas de la relación cliente-vendedor? En su grupo hagan una encuesta rápida sobre sus experiencias como clientes o vendedores en este país o en el extranjero.

- Con su grupo determinen cuáles son los elementos necesarios en una buena experiencia de compra-venta. Hagan una lista de estos elementos, organícenlos en el orden de su importancia, con uno o más ejemplos para cada elemento.

- Ahora den un ejemplo de una buena y de una mala experiencia de compra–venta que hayan tenido en este país o en un país hispano (si han tenido esa experiencia).

- Comparen estos datos que han recogido con su grupo y, si es posible, hagan estas mismas preguntas a sus familiares y amigos. ¿Cuáles son algunas respuestas interesantes?

Mercados

En muchos países hispanos se suele comprar productos en mercados al aire libre, aunque existen supermercados y almacenes también. Si estuviste una vez en un tianguis, mercado de pulgas o rastro, comparte con tu grupo tu impresión sobre los productos que viste, la gente que compraba y vendía y la atmósfera en general.

© Ozimages/Allamy

- Hay personas que creen que los turistas que disponen del dinero para viajar a un país en vías de desarrollo no deben regatear en los mercados al aire libre. Para ese tipo de turista unos cuantos dólares no tienen mucha importancia, pero sí para los vendedores. En estas circunstancias, ¿les parece justo que regateen los turistas ricos? ¿Qué opinas tú? ¿Qué opina el grupo? ¿Por qué?

- Un elemento clave de muchas ciudades hispanas es el mercado central donde se puede comprar comidas frescas de todo tipo. Hay puestos (*booths, tables*) en los que se ofrece una variedad de productos y con el tiempo los compradores llegan a establecer una relación personal con los vendedores de esos puestos. Los tianguis y mercados al aire libre son una novedad para los turistas acostumbrados a comprar carne, pescado y frutas en envases de plástico. ¿Cuáles son las consecuencias culturales de comprar comida fresca local, en lugar de la que llega de lejos a los supermercados?

TALLER DE REDACCIÓN

Un centenar Escoge un tema a continuación y escribe un ensayo de 100 palabras.

1. Escribe un reclamo a una tienda que te vendió un producto defectuoso o a la compañía que lo fabricó. Puede ser un problema con un aspecto del producto, la calidad del producto, su precio o el maltrato o mal servicio de parte de un empleado de la tienda. Debes incluir todos los detalles que puedas dar (tu nombre, la fecha en que ocurrió el incidente y si ya hablaste con alguien sobre el problema). Debes usar un lenguaje sencillo y claro y evitar faltarle el respeto a la otra persona.

2. Organiza el plan de una nueva campaña publicitaria para un producto muy conocido por los estudiantes de tu área. Puede ser un producto que tiene mala reputación u otro que conoces y te gusta mucho. En tu plan incluye la descripción de un anuncio para la televisión, la radio o los periódicos. Si te faltan ideas, explora los anuncios de la red o de publicaciones en español.

Para desarrollar Hojea las secciones de noticias de algunos periódicos hispanos. ¿Cuál es la noticia más importante en la sección internacional? ¿En la sección nacional? Ahora haz lo mismo con algunos periódicos de los Estados Unidos. Escribe un ensayo comparando dos periódicos importantes (de ciudades principales): uno del extranjero (en español) y otro de los Estados Unidos. ¿A qué tipo de lector piensas que están dirigidos los artículos? ¿Tienen los dos periódicos (el hispano y el estadounidense) un "tema" que se repite?

Para organizar un viaje a la capital mexicana visita www.cengage.com/hlc.

VIAJE

Aprende a hacer tacos mexicanos auténticos en la sección **¡A comer!** en www.cengage.com/hlc.

¡A COMER!

Para escuchar la canción "Logo", una crítica irónica a la obsesión con las marcas y las etiquetas, del argentino alaskeño Kevin Johansen, visita la lista de reproducción de Heinle iTunes en www.cengage.com/hlc.

MÚSICA

CAPÍTULO 13
MI GENERACIÓN

HERRAMIENTAS LÉXICAS

LA VIDA SECRETA DE LAS PALABRAS

Ser y *estar*

Ser tiene su raíz en el verbo *esse* del latín y presenta la esencia de un objeto o persona —su personalidad, sus atributos físicos, su intelecto o el material de que está hecho. La raíz latina del verbo **estar** es *stare* (*to stand*), de ahí la relación entre **estar** y la ubicación de un objeto o persona (*where he, she, or it stands*). Esta etimología revela también la relación con el **estado** de ánimo de una persona (his or her *state* of being).

Mi generación

acomodado/a, adinerado/a well off (ecomically)	**conformar, conformarse a** to conform	**el horario flexible** flexible hours
ansiar to desire (strongly)	**conforme** according to	**ingresar en, ingresar a** to join; to enter
apegarse to stick to	**confuso/a** confusing	**la jerga, el argot, el caló, el caliche** slang
la brecha generacional generation gap	**la descarga (de música)** (music) download	**los medios (de comunicación) masivos** mass media; communications
cauteloso/a cautious	**el grupo demográfico** demographic group	**el/la mercadólogo/a** someone who works in marketing

Claves para la conversación

La mejor manera de aprender el lenguaje coloquial de un país es mediante la interacción con sus ciudadanos. El uso del lenguaje local y su relevancia dependen de muchos contextos: el país o la región específica, la edad del hablante y del oyente, el tono que emplea el/la hablante, etc. Siguen algunos ejemplos de frases de uso extensivo y algunos regionalismos.

Amigos: compinche *(buddy, mate; partner in crime–literally and metaphorically)*, tío (España); cuate (México); compadre / compa (México); pibe / che (Argentina, Uruguay).

Amigas: chama (Venezuela, el Caribe); comadre (México, Centro América); cuata, cuatacha (México); tía (España).

Relaciones personales: pretendiente, enamorado/a *(a romantic interest, someone you're dating, but not exclusively)*; novio/a *(boyfriend / girlfriend, someone you're dating exclusively)*; prometido/a; futuro/a (esposo/a) *(fiancé/fiancée)*; pololo/a (Chile) *(boyfriend /girlfriend, someone you are dating exclusively)*.

Aprende a reconocer una forma verbal muy importante en partes de Centroamérica y Suramérica —**el voseo**— en www.cengage.com/hlc.

PRONUNCIEMOS CON CLARIDAD

¡NO CAIGAS EN EL POZO!

¡Bien (adverbio) vs. **bueno** (adjetivo)

¿Cómo se contesta la pregunta *How are you?* Lo correcto es *I'm doing well* (not *good*) porque *well* es un adverbio y modifica al verbo *am doing*. *Good* es un adjetivo en inglés y se usa únicamente para modificar a sustantivos: *a good student studies well*.

En español **bien** es un adverbio y **bueno** es un adjetivo:

　　—¿Qué tal el concierto?
　　—Estuvo muy bueno. Lo pasamos bien.

Además, en las expresiones **¡Qué bien!** y **¡Qué bueno!,** tanto **¡bien!** como **¡bueno!** significan *great!*

HERRAMIENTA GRAMATICAL
SER Y *ESTAR*: USOS ADICIONALES

USOS BÁSICOS DE *SER*
- con profesiones (o aspiraciones profesionales)
- con afiliaciones religiosas o políticas, nacionalidades y estatus económico o social
- para identificar a una persona u objeto, expresar posesión y dar la hora

USOS BÁSICOS DE *ESTAR*
- para expresar estados de ánimo, estados físicos o de salud
- para identificar la mayoría de las condiciones temporales
- para dar a conocer el sabor, o la temperatura, de algo
- con descripciones de las condiciones del clima y del tiempo
- para expresar la ubicación de algo (dónde se encuentra)
- con las frases que expresan sentir, mirar, parecer, actuar (*feeling, looking, seeming, acting*)
- para expresar el sentido de "sentirse cómodo con" (*to be "at home with"*)
- para expresar la idea de encajar / ser de la talla apropiada (*to suit; to fit*)
- para expresar el atractivo físico (según la percepción personal de la persona que lo expresa)

USOS ADICIONALES
En las siguientes situaciones hay que decidir entre **ser** y **estar**.

1. **La ubicación (sitio) de una *persona* u *objeto* vs. la ubicación de un *evento*:** Para la ubicación de personas u objetos — **estar**; para la ubicación de un evento — **ser** (*to take place; to be held at*).

   > ¿Dónde **está** la profesora de español? **Está** en el café con sus estudiantes.
   > ¿Dónde **es** el examen? **Es** en el mismo salón de clases.

2. **El participio pasado:** Para describir una acción — **ser** + participio pasado + **por** (voz pasiva); para describir la condición o estado (temporal) de una persona u objeto — **estar** + participio pasado.

   > La puerta **está** abierta. (*it's open now, could be closed later*)
   > La puerta **fue abierta** por Ana. (voz pasiva, enfoque en la acción)

3. **Para decir "especialmente":** Por ejemplo, se usa **ser** para describir la apariencia física de alguien, pero se usa **estar** para hacer énfasis en la apariencia de alguien en ese momento *especialmente*:

   > **Eres** muy guapa.   *You are good-looking.* (**ser,** for a generally accepted characteristic of the person)
   > **¡Estás** muy guapa hoy!   *You look great (especially good) today!* (**estar,** for a temporary or unusual state of being or condition or as a personal reaction to that condition)

4. **En frases:** En los adjetivos y frases que se usan tanto con **ser** como con **estar** las diferencias son muy sutiles. **Estar** presenta un cambio de estado, algo que se nota ahora mismo.

   > Nicolás **es** calvo.   Nicolás is bald.
   > Nicolás **está** calvo.   Nicolás is balding.
   >
   > Ella **es** casada.   She is married.
   > Ella **está** casada con Juan.   She is married to Juan.

Angela **es** una mujer comprometida.	Angela is (an) engaged (woman).
Angela **está** comprometida.	Angela just got engaged.
Él **es** divorciado.	He is divorced.
Él **está** divorciado desde 1993.	He has been divorced since 1993.
José **es** gordo.	José is overweight.
José **está** gordo.	José has put on weight.

5. En los siguientes ejemplos hay una mayor diferencia de significado de acuerdo al uso de **ser** o **estar.**

Mi sobrino **es** un chico muy vivo.	My nephew is a sharp/bright little boy.
¡**Está** vivo (vivito) y coleando!	He's (still) alive and kicking!
Esta clase **es** aburrida.	This class is boring.
Yo **estoy** aburrida.	I am bored.
Lucía **es** despierta.	Lucía is sharp (clever, intelligent).
Lucía **está** despierta.	Lucía is awake.
Marcela **es** lista.	Marcela is sharp (clever, intelligent).
Marcela **está** lista.	Marcela is ready.
Adán **es** un poco interesado.	Adam is a bit self-serving.
Adán **está** interesado en la quimica.	Adam is interested in chemistry.
Quique **es** loco.	Quique is crazy (wild).
Quique **está** loco.	Quique is insane (literally or figuratively).
El coche **es** verde.	The car is green.
El plátano **está** verde.	The banana is unripe.

Practiquemos

1. **Aplicación** A continuación describe a una persona que conoces. Usa la forma apropiada de *to be* (**ser** o **estar**) en todas las oraciones. Incluye los siguientes datos (*information*):

nacionalidad (o ciudad de origen)
localidad actual
profesión
características físicas
personalidad

estado de ánimo esta semana/este semestre
un evento al que asiste hoy
estado del tiempo cuando asiste
la hora

Mi amigo **es** de …
Este semestre él/ella **está** muy preocupado/a porque…

2. *Ser* vs. *estar* Explica con frases completas la diferencia entre los siguientes pares de frases.

1. es verde y está verde

2. ¿Cómo son tus padres? y ¿Cómo están tus padres?

3. es aquí y está aquí

VENTANA A
...MI GENERACIÓN

1. ¿Conoces a alguien de la Generación X (nacidos entre 1961–1981)? ¿Tienes hermanos y/o hermanas de la Generación X? ¿Son diferentes a ti y a tus amigos? ¿En qué aspectos?

_____

_____

_____

2. Apunta tres características de tu generación.

_____

_____

_____

3. En el mundo de la mercadotecnia (*marketing*), ¿cómo se difiere una "generación" de un "grupo demográfico"?

_____

_____

4. Imagina que tienes que diseñar la portada (cubierta, *cover*) de un libro sobre tu generación. Tu jefe quiere que escojas un símbolo que represente la generación y que lo pongas en la portada. ¿Qué piensas escoger? Haz una lista de las cualidades que tiene ese símbolo y cómo refleja las tendencias de tu generación.

_____

_____

_____

5. Describe una escena de tu vida que muestra una **brecha generacional** con tus padres.

_____

_____

_____

6. Llama o escribe por separado a miembros de tu familia —o círculo de amigos— que pertenecen a dos generaciones diferentes (tu padre y tu abuelo, tu madre y tu abuela, un amigo mayor que tú, etc.). Pregúntales cómo han cambiado en tres aspectos los papeles del hombre y de la mujer en la sociedad.

_____

_____

_____

_____

7. Apunta y define en orden de importancia tres características de cada uno de estos términos:

la buena vida _____

_____

un buen trabajo _____

_____

El video de este capítulo trata de las diferencias entre generaciones. Presta atención especial al contenido, a la pronunciación de la **ll** de los argentinos, y a una forma verbal muy importante en partes de Centroamérica y Suramérica —**el voseo**. Después contesta las preguntas a continuación.

PARA VER

¿QUÉ HAS VISTO?

Prepárate para ver el video y lee primero estas preguntas. Contesta las preguntas después de ver el video.

1. Según Emiliano, ¿qué ropa está de moda? ¿Estás de acuerdo? ¿Qué es una remera (*T-shirt*) "normal" para ti?

2. ¿Cómo se describen a sí mismos los dos entrevistados? ¿Cuáles son sus pasatiempos?

3. ¿Qué le decían a Carlos cuando vivía en España? ¿Por qué? ¿Qué significa esta palabra?

4. Según Carlos, ¿qué palabra es un ícono en el lenguaje argentino? ¿Qué significa?

5. ¿Qué diferencias se destacan entre las generaciones de este padre e hijo?

LECTURA
CONOCIENDO LA GENERACIÓN "Y"

La generación "Y" comprende los niños nacidos entre 1981 y 2000. "Esta generación se distingue por una actitud desafiante y retadora", explica el doctor Fonseca. "Lo cuestionan todo, no quieren leer y sus destrezas de escritura son pésimas". Según él, los padres de esta generación son los hijos de los "baby-boomers", es decir, la generación "X". Esta generación se distingue por adaptarse mejor a los cánones que impone la sociedad y se ajusta a las reglas de juego de sus padres. Es por esto que surgen encontronazos entre los maestros y padres más diplomáticos pertenecientes a la generación "X" con los hijos y estudiantes más independientes de la generación "Y".

"La generación "Y" no pide permiso, sino informa. La generación "X" se tapa los tatuajes [...] pero la "Y" no, y hasta es capaz de demandar si se entera de que no le dieron un trabajo a causa de su apariencia. Para los "baby-boomers" y los "X" era importante defender sus ideales hasta el final, y lo importante para ellos era el grupo, no el individuo. Sin embargo, para los "Y" los ideales no son importantes, son más individualistas, y se preocupan más por el dinero", explicó el conferenciante.

Para ilustrar estas diferencias, el doctor Fonseca utilizó el ejemplo de los equipos de baloncesto nacionales. Antes, un jugador era fiel a su equipo y se mantenía en él por años, a veces décadas. Hoy día, los jugadores que pertenecen a la generación "Y" están más propensos a cambiar de equipo, ya que no buscan la lealtad y el bien común sino la mejor oferta de dinero para ellos.

"Nosotros, los adultos, no entendemos que el mundo ha cambiado. Los jóvenes de hoy día nos retan porque tienen el poder para retarnos. El poder viene del acceso continuo que ellos tienen a la información y el conocimiento. La tecnología, el internet, el Cable TV y el mundo globalizado les da un poder a los jóvenes de hoy día que no existía antes. Hoy día, un niño de 15 años sabe muchas más cosas de lo que sabía un "baby-boomer" a los 30 años. La generación "Y" está en posición de retar, no por indisciplina, sino porque se ha criado con un conocimiento que le da poder", manifestó.

El adulto tiene, según el doctor Fonseca, dos opciones: o pelear con ellos o negociar. Negociar es reconocer que ante nosotros tenemos una generación con más conocimientos. Además, tenemos que reconocer que el joven de la generación "Y" ha desarrollado más el lado derecho de su cerebro, aquél que se concentra más en lo creativo. El hemisferio izquierdo del cerebro, el más desarrollado por parte de los "baby-boomers" y la generación "X", es el que se concentra más en la lógica. Es por esto que antes la educación iba dirigida al hemisferio izquierdo. Leer resultaba estimulante. "Pero hoy día, la educación sigue estimulando el lado izquierdo, cuando la generación "Y" está adiestrada con el hemisferio derecho. Ahí viene el choque. Hay que aprender a negociar con ellos".

FUENTE: http://oprla.collegeboard.com/ptorico/academia/diciembre03/conociendo.html

© Rodolfo Tranisio/Shutterstock.

De sobremesa

Contesten estas preguntas en grupos de tres. Como siempre, cada estudiante leerá una parte de la pregunta a su grupo y todos contestarán. Usen las palabras, expresiones e ideas que anotaron para la sección **Antes de hablar.**

¿UNA GENERACIÓN MULTINACIONAL?

- ¿Es posible hablar de sólo <u>una</u> generación para cada época? ¿Es posible usar los mismos criterios para identificar a los miembros de diversas clases sociales y distintos grupos étnicos?

- Como la tecnología es un factor de suma importancia para la generación "Y," ¿cómo afecta la falta o presencia de la tecnología a los jóvenes de países en vías de desarrollo? ¿Qué tienen en común ustedes con un joven de su edad que vive en un país en vías de desarrollo?

- ¿En qué aspectos son diferentes los papeles del hombre y de la mujer a los de generaciones anteriores? Consulten sus apuntes de la sección **Antes de hablar** para presentar ejemplos específicos de la experiencia de sus padres, abuelos y amigos.

ACTIVIDADES EXTRACURRICULARES: ¿BENEFICIO O NO?

- En su grupo, cada uno defienda una de estas perspectivas:

  1. "Los niños deben participar en todas las actividades que puedan para poder tener éxito en la escuela y tener una vida más completa".
  2. "Deja a los niños que jueguen. Necesitan el tiempo 'para ser niños' ".

- ¿Por qué tomar lecciones de piano de niño? ¿Por qué jugar al fútbol? ¿Es para tener éxito o gozar una actividad que dure toda la vida? ¿A qué edad se deja de dedicarse a este tipo de actividades por diversión simplemente?

¿CÓMO SE DEFINE "UN BUEN TRABAJO"?

- Muchas personas hablan del deseo de tener "un buen trabajo" o gozar de "la buena vida". En grupos comparen las respuestas que tratan estos temas de su sección **Antes de hablar.**

- Expliquen qué importancia tienen los siguientes aspectos de trabajo para "la buena vida" y por qué.

el número de horas que tienes que trabajar por día	
el lugar donde trabajas (en casa, en una oficina, etc.)	
el horario del trabajo (¿de 9 a 5? ¿horario flexible?)	
el ser jefe (vs. empleado)	
el ser dueño de tu propia empresa	
con quién trabajas	
trabajar con la gente o a solas	
el tiempo que tardas en llegar al trabajo y tu modo de transporte	

- Para su profesión de interés, ¿qué constituye un buen salario? Cada uno dé una cifra (no es necesario ofrecer datos personales o de la familia). ¿Por qué? ¿Qué diferencia hay entre ganar $100.000 por año y $50.000 o $500.000?

- Un deseo de mucha importancia para las personas de 25 a 45 años de edad es lograr y mantener el equilibrio entre familia y carrera. ¿Cómo se consigue ese equilibrio cuando tanto el hombre como la mujer trabajan generalmente? ¿Cómo piensan hacerlo cada uno de su grupo?

DOBLE VÍA

 Contesten estas preguntas en grupos de cuatro. Como siempre, cada estudiante leerá una parte de la pregunta a su grupo y todos contestarán.

Generaciones hispanas

Estudien la tabla a continuación con los nombres de las generaciones de diferentes países.

país	nacidos entre	nombre	características/ eventos importantes
España	1981–2001	"generación de la democracia"	• ley del divorcio (1981) • no conocen ni el franquismo ni la transición • más mujeres trabajan • mayor poder adquisitivo • han podido votar desde 1977 • más conformista
El Salvador	1975–1995	"la generación perdida"	• termina la guerra civil (1980–1992) • han vivido los efectos de la emigración a los Estados Unidos • se establecen la paz y la democracia
Argentina	1980–1990	"los nacidos en la democracia"	• sociedad abierta, sin dictadura • apenas recuerdan la guerra de las Malvinas (1982) • han vivido una crisis económica continua: inflación y devaluación del peso • ven las secuelas (*aftermath*) de la Guerra Sucia pero no la viven

Ahora compara tu generación con estas generaciones hispanas. ¿Hay experiencias paralelas? ¿Cómo son diferentes?

La transparencia radical

Según MarketingDirecto.com la "transparencia radical" es "la nueva brecha generacional, una división entre aquellos que ansían la privacidad y las personas que quieren enseñar y decir todo". Mientras los mayores hablan de "exhibicionismo en línea" los jóvenes creen que "no hay nada que esconder".

• Den un ejemplo de un malentendido (*misunderstanding*) que les ha ocurrido por compartir demasiada información o compartirla por equivocación (sin darse cuenta, con una persona no apropiada, etc.) en una red social como Facebook o MySpace.

• Si usan una red social en Internet, ¿por qué lo hacen? ¿Qué información personal, fotos o videos no pondrían en su perfil? ¿Hay alguien en el grupo que no use uno de estos servicios? ¿Por qué no? ¿Figuran sus padres y sus profesores entre sus "amistades"? ¿Cuáles son las reglas que determinan esta relación?

• Imaginen que están entrevistando a un grupo de candidatos para un empleo (ustedes determinen el tipo de empleo). ¿Buscarían o consultarían la página personal de esa persona? ¿Qué les gustaría o no les gustaría ver en su página? ¿Cómo afectarían los datos de su página personal su decisión de contratar a esta persona o no?

(http://www.marketingdirecto.com/noticias/abre.php?idnoticia=25466).

TALLER DE REDACCIÓN

Un centenar Escoge un tema a continuación y escribe un ensayo de 100 palabras.

1. Describe a una "persona símbolo" de tu generación. No tiene que ser famosa; puede ser un amigo tuyo, o incluso tú mismo. Describe las características que lo hacen el mejor ejemplo de tu generación.

2. Investiga en la red otra ciudad importante de Argentina. Escribe una guía de audio (*audio tour*) para un turista. Usa principalmente el tiempo presente para describir lo que la persona "ve".

Para desarrollar Lee sobre el tema a continuación y escribe un ensayo.

Algunos países se asocian con imágenes en particular. Por ejemplo, el nombre de la Argentina evoca la Plaza de Mayo en Buenos Aires y las protestas contra el gobierno que tuvieron lugar en esa plaza. Escoge un país hispano. Piensa en la imagen que se asocia por lo general con ese país, y otra asociada con una generación en particular de ese país. Explica en qué forma(s) estas imágenes representan las características del país y de la generación que estudias. Después, explica por qué estás de acuerdo o no con el uso de estas imágenes.

Para organizar un viaje a Buenos Aires, la capital argentina, visita www.cengage.com/hlc.

VIAJE

Agrégale un sabor hispano a tu próxima parrillada con la receta de bifi à la chimichurri. Para consultar la receta, visita www.cengage.com/hlc.

¡A COMER!

Para escuchar a una banda muy famosa para su generación RBD, y su canción "Rebelde", visita la lista de reproducción de Heinle iTunes en www.cengage.com/hlc.

MÚSICA

CAPÍTULO 14
EXPERIENCIAS EXTREMAS

HERRAMIENTAS LÉXICAS

LA VIDA SECRETA DE LAS PALABRAS

Chile

Existen muchas teorías sobre el origen del nombre del país **Chile**. Según una teoría, el nombre es una onomatopeya del sonido que produce un pájaro que se llama el **trile**. Otras personas dicen que Chile se deriva de las palabras aimará *ch'iwi* (*frozen*) o *chilli* (*where the land ends*). Sea la que sea la forma geográfica del país, parece que no hay ninguna relación etimológica entre su nombre y los chiles, eso es, los chiles que comemos.

Desastres naturales

la avalancha de barro
mudslide

la inundación
flood

el terremoto
earthquake

cruzar
to cross; to go across

el maremoto
tsunami

Experiencias extremas

fracturarse un hueso
to break a bone

practicar un deporte
to play a sport

sangrar por la nariz
to get a nosebleed

partirse un hueso
to break a bone (Spain)

recibir puntos
to get stitches

sorprender
to surprise (like **gustar**)

pasar la noche en vela, pasar la noche en blanco
stay up all night

el reto
challenge

el tatuaje
tattoo

perforar / hacerse agujeros en las orejas
to get one's ears pierced

romperse (el brazo)
to break (one's arm) (Latin America)

tener un accidente
to have/to be involved in an accident

El cuerpo

la ceja eyebrow	**el/los diente(s)** tooth (teeth)	**el ombligo** belly button
la costilla rib	**el/los labio(s)** lip(s)	**la oreja** ear
el dedo del pie toe	**la lengua** tongue	**el/los pie(s)** foot (feet)
el dedo (de la mano) finger	**la nariz** nose	

Claves para la conversación

¡Vaya! es una de las expresiones más comunes y útiles en español.

¡Vaya historia!   What a story!
¡Vaya!   Come on! No way!
¡Vaya!   Get out of here! (either sarcastic or literal)
¡Vaya!   Whoa! (surprise), How about that!
¡Vaya pues...! Wow, how about that. . . (less enthusiastic)

Practica la pronunciación de los diptongos **ei** y **eu** en www.cengage.com/hlc.

PRONUNCIEMOS CON CLARIDAD

¡NO CAIGAS EN EL POZO!

Se usan estos verbos para expresar *to try.*

intentar	*to attempt, to make an effort at an activity*
¡Inténtalo!	*Give it a shot!*
tratar de	*to try (carries the meaning in the past that it was not wholeheartedly attempted)*
probar	*to try something (for the first time); to try as in an experiment; to taste*
probarse	*to try on (clothing)*

HERRAMIENTA GRAMATICAL
EL PRESENTE PERFECTO Y EL PLUSCUAMPERFECTO: INDICATIVO Y SUBJUNTIVO

Se usa el presente perfecto (en el indicativo) para hablar de una acción que empezó en el pasado y que continúa todavía en el presente. Comunica el mismo significado que en inglés y se usa con frecuencia en preguntas como *Have you ever…?* Suele expresarse *ever* con **alguna vez**.

> ¿Alguna vez has nadado bajo la lluvia?   **Have** you ever **gone** swimming when it's raining?

La preferencia del uso de este tiempo depende de la región del hispano-hablante: en España se usa el presente perfecto más a menudo, mientras que la gran mayoría de los latinoamericanos prefieren usar el pretérito simple en las mismas circunstancias.

> ¿Qué has hecho esta mañana? (España)
> ¿Qué hiciste esta mañana? (Latinoamérica)

El pluscuamperfecto (o pasado perfecto) se usa para hablar de acciones que precedieron (ocurrieron antes de) **otra** acción también en el pasado.

> Yo había nadado antes de jugar al tenis.   I **had gone swimming** before playing tennis.

El presente perfecto se usa también en el **modo subjuntivo** para situaciones que requieren el subjuntivo y que comenzaron en el pasado y continúan todavía en el presente.

> ¡Qué bueno que hayas hecho la tarea de hoy!   It's great **you've done** today's homework!

El presente perfecto en el modo subjuntivo es frecuente con expresiones como **No hay nadie que…**, **No creo que tú hayas…** y con todos los otros "detonadores" del subjuntivo.

> No creo que nadie haya escalado el Aconcagua sin equipo especial.
> I don't believe that anybody has climbed the Aconcagua without special equipment.

El pluscuamperfecto en el modo subjuntivo sigue las mismas reglas que en el indicativo, es decir que se refiere a una actividad que había comenzado antes de otra, también en el pasado:

> ¡Qué bueno que hubieras hecho la tarea de ayer!   It's great you **had done** your homework for yesterday.

Estudia la tabla a continuación de la formación del presente perfecto y el pluscuamperfecto.

presente perfecto		pluscuamperfecto	
indicativo	subjuntivo	indicativo	subjuntivo
haber (presente indicativo) + verbo principal (participio pasado)	**haber** (presente subjuntivo) + verbo principal (participio pasado)	**haber** (imperfecto indicativo) + verbo principal (participio pasado)	**haber** (imperfecto subjuntivo) + verbo principal (participio pasado)
Silvia no **ha recibido** mi mensaje aún.	Es increíble que Silvia no **haya recibido** mi mensaje aún.	Ellos ya **habían salido** cuando yo llegué.	¡Qué lástima que ellos ya **hubieran salido** cuando yo llegué!

🌐 Practiquemos

1. **Cuando tenía diez años...** Recuerda las cosas que **ya habías hecho** o que **todavía no habías hecho** cuando tenías diez años. Escribe cinco oraciones que incorporen las sugerencias de la lista a continuación o, si prefieres, usa tus propias experiencias.

comer en un restaurante japonés (chino, mexicano, etc.)   conocer el mar

viajar en avión   nadar entre tiburones

partirse un (dos, tres) hueso(s)   recibir puntos

perforar/hacerse agujeros en las orejas

Cuando tenía 10 años, (todavía) (no) _____

2. **Tus experiencias** Contesta con oraciones completas.   —하고싶었는데, 하지못었거.

1. Describe algo que te <u>hubiera</u> gustado hacer cuando eras adolescente pero que no tuviste la oportunidad de hacer.

   Cuando era adolescente, me hubiera gustado nadar.

2. ¿Es bueno o malo que hayas roto con tu primer novio/novia?

   Es malo que haya roto con mi primer novio.

3. ¿Jamás te has fracturado un hueso? *Never / he*

   Si, Jamás me he fracturado un hueso.

4. ¿Ya habías visitado tu universidad antes de llegar como estudiante?

   No había visitado mi universidad antes de llegar como estudiante.

5. ¿Por qué crees que es bueno (o malo) que hayas decidido asistir a esta universidad?

   Yo creo que es bueno que haya decidido asistir a esta universidad porque es una buena oportunidad.

6. ¿Ya has cumplido tu segundo año universitario?

   Si, yo he cumplido me segundo año universitario.

7. ¿Habías terminado toda tu tarea anoche cuando te dormiste?

   Si, había terminado toda mi tarea anoche cuando me dormí

8. ¿Has pasado la noche en vela? ¿Ya habías pasado la noche en vela antes de llegar a la universidad? *pasar la noche en: to have a sleepless night*

   He pasado la noche en vela. Había pasado la noche en vela antes de llegar a la universidad.

9. ¿Crees que hay alguien en la clase que haya saltado con cuerda bungee? ¿Quién será? *skip*

   Creo que Samantha haya saltado con cuerda bungee.

10. ¿Te sorprendió que (no) hubieras aprendido tanto español en la secundaria? *surprised*

    Si, me sorprendió que (no) hubiera aprendido tanto español en la secundaria

    Yo no hubiera aprendido español en la secundaria.

VENTANA A

...VIVIENDO AL LÍMITE

ANTES DE HABLAR

1. ¿Cuál ha sido la experiencia personal más importante de tu vida?

_____

2. ¿Has viajado a otro país donde no se hable inglés? ¿A qué país? ¿Fue una experiencia frustrante o lo viste como un reto?

_____

_____

3. ¿Has practicado un deporte o tocado un instrumento musical ante muchas personas? Describe la experiencia.

_____

_____

4. ¿Te han operado? ¿Qué recuerdas de la experiencia?

_____

5. ¿Te gusta acampar? ¿Lo has hecho cerca de tu universidad? Describe cinco sensaciones que asocias con acampar.

_____

_____

6. ¿Qué es la Patagonia? ¿Sabes dónde está? ¿En qué país o países? ¿Qué tipo de cosas o experiencias asocias con la marca de ropa Patagonia?

_____

_____

7. Escribe una lista de tres experiencias intensas, extremas o poco comunes, una que **has experimentado de verdad** y dos que son **inventadas** (pueden ser oraciones negativas o afirmativas). Piensa en lo que tus compañeros de clase saben sobre ti y trata de inventar experiencias creíbles. Sigue el modelo.

> Yo **nunca he viajado** en avión.
> Yo **he comido** carne de cocodrilo en Nueva Orleans.

1. _____
2. _____
3. _____

Compara tus descripciones con las de tus compañeros de clase y trata de identificar cuáles son inventos. En la conversación, usa expresiones como *dudo que, no creo que, es posible que, es probable que no ...*(+subjuntivo)

Mira el video sobre las experiencias extremas de algunos hispanos. Presta atención al contenido y la pronunciación de los diptongos. Después contesta las preguntas a continuación.

PARA VER

¿QUÉ HAS VISTO?

Lee estas preguntas y contéstalas después de ver el video.

1. Según Carlos hay dos tipos de experiencias intensas. Da un ejemplo de cada tipo, de acuerdo a lo que cuentan los otros entrevistados.

2. Escribe un breve resumen de lo que les pasó a Lily y a Juan Pedro.

3. ¿Cuál de los entrevistados ha sentido de cerca la experiencia de una guerra? ¿Qué guerra? ¿Cuál fue su papel?

4. Explica detalladamente por qué dice Juan Pedro que se alegró mucho de "no ser ingeniero" en 1985.

5. Imagina que eres amigo de Maddie y ella te cuenta su experiencia. ¿Cómo reaccionas? ¿Qué le dices?

LECTURA

La Región Austral

Como el nombre del continente Australia, el nombre de la Ruta 7 en Chile, la Carretera Austral, tiene su origen en latín con *australis* que significa "del sur". Esta carretera corre desde el centro de Chile hacia el sur y une las regiones más remotas del país.

La carretera no es una autopista moderna sino más bien un camino rústico, de unas 700 millas.

La carretera ayuda a mantener el contacto entre una geografía muy diversa y con condiciones climatológicas extremas. De las quince regiones de Chile, dos de las más interesantes para los turistas a quienes les gustan las experiencias extremas son Aisén (Región XI) y la zona del estrecho de

Magallanes (Región XII) que, junto con una sección de la zona de Los Lagos, forman la parte chilena de la Patagonia, que pertenece también a Argentina. Desde su descubrimiento por el explorador portugués Fernando de Magallanes, esta región ha sido el destino de diversos grupos de personas con propósitos muy diferentes. Magallanes nombró esta región *Patagonia* por los indígenas tehuelches a quienes les puso el nombre *patagones* por el tamaño de sus *patas* o pies.

Douglas Tompkins, empresario estadounidense y fundador de la marca *The North Face,* es un ecologista contemporáneo que quiere ayudar a preservar las tierras de la Patagonia, las cuales están en peligro por culpa del avance del desarrollo. Tompkins ha usado una estrategia audaz en Chile y Argentina: primero compra terrenos y después los dona a fundaciones ecologistas o sectores del gobierno.

Sus acciones son controvertidas, porque Tompkins ha comprado terrenos en Chile que se extienden desde la costa del Atlántico hasta la frontera con Argentina, en efecto dividiendo el país en dos. Muchos chilenos y argentinos dudan de los motivos verdaderos de Tompkins, pero sus acciones han ayudado a concentrar la atención en la Región Austral.

De sobremesa

 Contesten estas preguntas en grupos de tres. Como siempre, cada estudiante leerá una parte de la pregunta a su grupo y todos contestarán. Recuerden usar las palabras, expresiones e ideas que anotaron para la sección **Antes de hablar**.

EXPERIENCIAS INTENSAS

- ¿Cómo defines tú una experiencia intensa? ¿Qué elementos debe tener una experiencia para que se considere intensa o extrema?

- Describe los aspectos físicos, de peligro, de miedo, de velocidad y de dolor de una de tus experiencias más intensas, o una que hayas presenciado (*witnessed*).

- Recuerda tu definición de "experiencia intensa" y ahora compárala con la definición de *"accidente"*: "proceso involuntario (casual o imprevisto) que produce daños a personas, equipos o instalaciones". Es posible que la principal diferencia entre una "experiencia intensa" y un accidente sea la intención. Comparte con tu grupo tus experiencias de accidentes que hayas tenido: ¿Quién (del grupo) se ha partido un hueso? ¿Sufrido un accidente en coche o bicicleta? ¿Recibido puntos? ¿Cuáles son algunas diferencias entre estos tipos de accidentes y las experiencias intensas que han tenido?

- ¿Cuál es el peor accidente que has sufrido o presenciado? Descríbelo a tu grupo. Incluye los detalles. Menciona cuándo, dónde, cómo, por qué y con quién ocurrieron.

¿ALGUNA VEZ HAS PRACTICADO...?

Digan si han practicado o no uno o más de los deportes extremos que aparecen en la lista.

deporte	sí/no	¿lo intentarías?
alpinismo, montañismo		
rafting		
bungee		
buceo		
surf		
espeleología (*spelunking, exploring caves*)		
ciclismo de montaña		
escalar rocas		
esquí		
esquí acuático		
paracaidismo (*parachuting*)		
skateboarding		
snowboarding		

- ¿Qué diferencia hay entre un deporte "extremo" y un deporte "no extremo"? Es decir, por ejemplo, ¿entre el ciclismo y el ciclismo de montaña?

- ¿Cuál de las actividades en la tabla les interesa más? ¿Cuál no intentarían nunca?

DOBLE VÍA

Contesten estas preguntas en grupos de cuatro. Como siempre, cada estudiante leerá una parte de la pregunta a su grupo y todos contestarán.

La caza

La caza es un tema que divide a mucha gente, pues para algunas personas cazar es una actividad natural, mientras que otras creen que cazar animales como ciervos o aves es una actividad sangrienta (*bloody*) y salvaje. Contesten estas preguntas:

- ¿Han ido de caza? ¿Cuántas veces? ¿Con quién(es)? ¿Por qué?

- ¿Creen que está bien cazar ciervos, conejos u otros animales?

- ¿Se caza para comer o para entretenerse?

- En esta cita de George Bernard Shaw, ¿cuál es la diferencia entre el hombre y el tigre?: "Cuando un hombre mata a un tigre, lo llaman deporte; cuando un tigre mata al hombre, lo llaman ferocidad". Digan si están de acuerdo con esta cita o no, y por qué.

El nombre de Patagonia

- Piensen en la lectura sobre la Región Austral al principio de este capítulo. ¿Qué saben de los sitios fantásticos del Nuevo Mundo? Por ejemplo, el Dorado, la Fuente de la Eterna Juventud y las Siete Ciudades de Cíbola.

- ¿Conocen la historia de estos nombres? **Texas, México, Florida, California, Australia.**

- ¿Saben por qué el estado en que viven tiene su nombre? ¿Conocen la historia del nombre de otra ciudad o estado vecino?

La Región Austral

- ¿Qué sitios remotos han visitado? ¿Cómo llegaron? Describan su experiencia a su grupo. ¿Cómo se comunicaban con los demás?

- ¿Qué saben de los parques nacionales en los Estados Unidos? ¿Cuántos han visitado? ¿Por qué son especiales? Hagan una comparación entre los sitios que han visitado y lo que han leído acerca de la Patagonia. Piensen en su geografía, su aislamiento, las oportunidades de turismo y aventuras y la presencia de indígenas.

- Algunos habitantes sospechan que los ecologistas o los inversionistas, como el ejemplo de Douglas Tompkins, quieren comprar esas tierras para poder tener control de sus recursos naturales (como agua y aire) aún sin contaminarse. ¿Qué opinan Uds. de ese tipo de "preservación"? ¿Cómo reaccionaría el grupo si Tompkins, siendo extranjero, dividiera el estado de Florida al comprar unos terrenos de preservación?

TALLER DE REDACCIÓN

Un centenar Escoge un tema a continuación y escribe un ensayo de 100 palabras.

1. **Rapa Nui:** ¿Por qué se construyeron estas figuras, llamadas *moai*, en Rapa Nui? ¿Qué hacen? ¿Buscan algo? ¿Esperan algo o alguien?

2. **Yo solo:** Una manera de hacer más intensa una experiencia extrema es realizarla solo, pues algunas personas consideran que así se aumenta el riesgo, y por tanto se disfruta más. ¿Has hecho una o más de las siguientes actividades solo?: acampar, esquí, deportes solos (vs. en equipo). ¿En qué aspectos te pareció diferente esta actividad?

Para desarrollar Escribe un ensayo sobre el tema de las experiencias extremas.

¿Cuáles son algunas de las experiencias más importantes que ya habías tenido antes de entrar a esta universidad? ¿Qué experiencias en la universidad has disfrutado hasta ahora? ¿Si pudieras cambiar algo, qué harías diferente? Usa los tiempos perfectos del indicativo y el subjuntivo.

Para aprender más sobre Patagonia, visita www.cengage.com/hlc.

VIAJE

Los chilenos comen pebre, una salsa de tomate, en casi todas sus comidas. Aprende a prepararlo en www.cengage.com/hlc.

¡A COMER!

La canción "Vivir" de la española Belinda describe a una persona que quiere vivir su vida al extremo. Para escucharla, visita la lista de reproducción de Heinle iTunes en www.cengage.com/hlc.

MÚSICA

CAPÍTULO 15
CAFÉ Y XOCOLATL

HERRAMIENTAS LÉXICAS

LA VIDA SECRETA DE LAS PALABRAS

Café y chocolate

No hay duda sobre la etimología de la palabra **café**. **Café** tiene su origen en el nombre turco **kahve** y éste en **qahwah** del árabe clásico. El origen de la palabra **chocolate** es menos definido. La teoría más popular explica que **chocolate** tiene su raíz en las palabras **xoco** (amargo, *bitter*) y **atl** (agua) de la lengua nahua. Según el *Diccionario de la Real Academia Española,* el chocolate es una "pasta hecha con cacao y azúcar molidos, a la que generalmente se añade canela o vainilla" o la "bebida que se hace de esta pasta... cocida en agua o leche". No existe ninguna conexión etimológica entre el **chocolate** y la semilla que se usa para crearlo, el **cacao**.

© Jerome Schoeller/Shutterstock

Para pedir y tomar café

beber
to drink; emphasis on physical aspect

el (café) descafeinado (de sobre o de máquina)
decaf (coffee) (instant powder, or from the vending machine)

Café con leche, por favor...
Coffee with milk, please...

el café de grano
whole bean coffee

el café solo
(black) coffee

el/la camarero/a; el/la mesero/a
waiter/waitress

el cortado, el cortadito
a shot of espresso with a little milk

¿Cuánto es? ¿Cuánto le debo?
How much do I owe you?

la leche (caliente, tibia)
milk (hot, warm)

la leche (entera, desnatada, semi-descremada, descremada)
milk (whole, skim, reduced fat, skim)

¿Me puede cobrar? (España)
Can I pay now?

Nescafé (café instantáneo)
instant/powdered coffee

¡Oiga!/Oye, Señor/Señorita. Perdone./Perdona.
Hey! Excuse me, Sir, Miss. I beg your pardon.

un poquito/poquitín de leche
a bit of milk

el sirope/jarabe de sabores
flavored syrup

la taza
coffee mug / glass

tomar
to drink; to have drinks (Latin America), emphasis on social aspect

tomarse, beberse
to drink (up)

Otras expresiones

(ser) alérgico/a
(to be) allergic to something

el bar
usually a café in Spain, but a bar in Latin America

el chocolate
hot chocolate (the drink) or chocolate in general

los churros, las porras (España)
sticks of fried dough

de cualquier manera
any way, whatever way

(ser) fanático/a de
to really like, to be a big fan of

el mate
herbal tea common in Argentina, Uruguay, and other parts of South America

pasar de (algo)
to not care for

semi-dulce
semi-sweet

sin/con nueces
without/with nuts

la soda
soda; café and sandwich shop (Costa Rica)

la tableta de chocolate
chocolate bar

Claves para la conversación

En vez de darle la cuenta al cliente inmediatamente, los camareros en los restaurantes hispanos suelen dejar que los clientes disfruten de sus conversaciones de sobremesa después de comer. Esta práctica es muy diferente al sistema estadounidense de *eat and run*. Una forma cortés de pedirle la cuenta u otra cosa a un camarero es la siguiente:

—¡Señor! La cuenta cuando pueda.
—¡Señorita! ¿Me trae un vaso de agua? Por favor.

Practica la pronunciación de las letras **s, c** y **z** en www.cengage.com/hlc.

PRONUNCIEMOS CON CLARIDAD

¡NO CAIGAS EN EL POZO!

Para identificar con más facilidad un pronombre de complemento indirecto, conviene primero pensar en la misma estructura gramatical en inglés:

En inglés: *I'll write **her** a letter. Give **me** those.*

En inglés parecido a la forma en español:

*I'll write a letter **to her**.* = **Le** voy a escribir una carta.

*Give those **to me**.* = Dámelos.

HERRAMIENTA GRAMATICAL
LOS PRONOMBRES DE COMPLEMENTO DIRECTO E INDIRECTO

El complemento <u>directo</u> de una oración recibe una acción del verbo en forma directa y contesta la pregunta **¿quién?** o **¿qué?** después del verbo.

> Yo escribo una carta.
> Yo ⟹ sujeto   escribo ⟹ verbo   una carta ⟹ objeto directo, contesta la pregunta ¿qué escribe el sujeto?

El complemento <u>indirecto</u> contesta la pregunta **¿para quién?, ¿a quién?** o **¿para qué?** después del verbo.

> Yo escribo una carta **a mi hermana.**
> a mi hermana ⟹ objeto indirecto, contesta la pregunta **¿para quién** se escribe la carta?

Los pronombres sustituyen a los nombres. Los pronombres de complemento directo (**me, te, lo, la, nos, los, las**) sustituyen a los nombres y pronombres (**yo, tú, él, ella, nosotros, nosotras, ellos, ellas**) que son complementos directos.

Los pronombres de complemento indirecto (**me, te, le, nos, les**) sustituyen a los complementos indirectos (nombres o sustantivos y los pronombres — **yo, tú, él, ella, nosotros, nosotras, ellos, ellas**).

REGLAS DE COLOCACIÓN DE LOS PRONOMBRES

1. Los pronombres de complemento directo e indirecto aparecen <u>antes de</u> un verbo conjugado o un mandato negativo.

> Escribo **un email.** ⟹ **Lo** escribo.   Escribo un email **a Eduardo.** ⟹ **Le** escribo un email.

2. Los pronombres <u>se agregan</u> a un infinitivo, un participio presente o un mandato afirmativo.

> Debo escribír**selo**.   Estoy escribiéndo**le** un email a Eduardo.   ¡Escríbe**lo**!

3. En instancias de un verbo conjugado junto con otro verbo en el infinitivo, puedes escribir el pronombre en cualquiera de las dos posiciones anteriores.

> Voy a escribir**le** un email a Eduardo. / **Le** voy a escribir un email a Eduardo.

Para usar los **dos pronombres**, acuérdate de lo siguiente:

1. Siempre escribe el pronombre de complemento indirecto antes del pronombre de complemento directo.

2. Cambia el primer pronombre a **se** si usas **le** o **les** enfrente de **lo, la, los** o **las.**

> I am writing <u>an email</u> <u>to Eduardo</u>. ⟹ I am writing <u>it</u> <u>to Eduardo</u>.
>   directo   indirecto   directo indirecto

> **Le** escribo <u>un email</u> **a Eduardo**. ⟹ **Se** <u>lo</u> escribo.
>   directo   indirecto   indirecto directo

Practiquemos

1. Traducciones Escribe las frases en español. Usa los pronombres apropiados.

1. I like tea. I drink it every morning.

_____

2. I bought these chocolates for you. I bought them for you.

_____

3. Can I serve you some *churros*? Yes, serve them to me but don't give them to me cold.

_____

_____

4. He is going to give them (the *churros*) to us later.

_____

5. He's from Uruguay and knows a lot about *mate*—ask him (about it).

_____

6. They're dark chocolates? Don't give them to me. Please give them to her.

_____

7. Sir, please charge me for them. (Usa *cobrar*).

_____

8. Daniel, give the mug to Marcos. Give it to him!

_____

9. My aunt gave us a good recipe for hot chocolate. She gave it to us last year.

_____

10. The professor is going to buy *churros* and give them to us tomorrow.

_____

2. Café Oaxaca Crea un diálogo basado en esta escena. Incorpora el vocabulario y cinco pronombres de complemento indirecto y/o directo.

VENTANA A

...DOS GUSTOS DELICIOSOS

ANTES DE HABLAR

1. ¿Tomas café? _____ Sí _____ No   ¿Cuál es tu bebida favorita?

2. ¿Cómo lo tomas?

- ☐ solo
- ☐ con azúcar
- ☐ descafeinado
- ☐ con leche descremada
- ☐ con leche entera
- ☐ con siropes/jarabes
- ☐ con hielo

3. ¿Vas a cafés? ¿Qué tomas allí?

_____

4. ¿Por qué cuestan más las bebidas en algunos cafés que en otros?

5. ¿Dónde, cómo y cuándo sueles tomar café, té o tu bebida favorita?

frecuentemente	de vez en cuando	nunca
¿Caminando?		
¿En el coche?		
¿En la cafetería de la universidad?		
¿Con amigos?		
¿Por la mañana?		
¿Después de comer?		
¿Mientras estudias?		
¿Solo o con otras personas?		

6. ¿Qué te parece el chocolate?

- ☐ soy alérgico/a
- ☐ paso del chocolate
- ☐ soy fanático/a
- ☐ me gusta más o menos

7. ¿Prefieres el chocolate de leche o negro?

_____

8. ¿En qué forma prefieres comer el chocolate?

☐ de cualquier manera ☐ con nueces ☐ semi-dulce ☐ amargo

9. ¿Bebes el chocolate? ¿Con o sin malvaviscos (*marshmallows*)?

En el video de este capítulo, algunos hispanos explican los hábitos y la cultura del café en sus países. Presta atención especial al contenido y la pronunciación de las letras **s**, **c** y **z**. Después contesta las preguntas a continuación.

PARA VER

¿QUÉ HAS VISTO?

Prepárate para ver el video y lee primero estas preguntas. Contesta las preguntas después de ver el video.

1. ¿Cuál es la importancia del café para la economía y la cultura de Colombia?

2. Describe la mejor manera de tomarse un café en Colombia y en Costa Rica.

3. Compara los hábitos para tomar el café de dos de los entrevistados.

4. Describe el proceso para preparar el chocolate en Guatemala.

5. ¿Qué bebidas prefieren Winnie, Connie, Gonzalo y Andrea? ¿Por qué?

LECTURA

LA HISTORIA DEL CHOCOLATE

En esta lectura se presenta la historia del chocolate y su máxima importancia a través de los siglos tanto como bebida como comida.

La lengua maya nos da el origen de dos palabras: **cacao,** que viene de *ka'kau*, y **chocolate,** que se derivó de *chocol'ha*. Según algunas teorías, sin embargo, es posible que **chocolate** tenga su origen en las palabras *xoco* (amargo) y *atl* (agua) (*xocoatl*), del nahuatl, la lengua de los aztecas. *Xocolatl* se refería a la bebida que se hacía del cacao, conocida en toda la región de Mesoamérica (México y parte de Centroamérica). El dios maya del cacao es Ek Chuah y cada abril los mayas celebraban una fiesta para adorarlo con sacrificios de animales pintados de chocolate.

El chocolate tiene un lugar de honor en la historia de la cocina mundial. Los antiguos aztecas descubrieron el chocolate y lo llamaron el "alimento de los dioses"; después, al descubrirlo, los españoles le agregaron especias (*spices*). Llegó a ser tan popular en Europa que se decía que en la corte francesa se tomaba de día y de noche. Hoy en día su forma más común es el chocolate dulce moldeado y decorado según procesos desarrollados por los belgas y suizos.

El chocolate se deriva de un grano extraído de la vaina (*pod*) del árbol de cacao, que crece en zonas de clima caliente y lluvioso de países cercanos al Ecuador. Cada árbol produce de 20 a 30 vainas al año y cada vaina rinde (*yields*) solamente de 25 a 40 granos. Los granos son tostados de 30 minutos a dos horas y luego se les pela la cáscara hasta dejar expuesto el centro. Se someten a (*They are placed under*) presión a altas temperaturas hasta que se derriten, lo que permite extraer parte de la mantequilla de cocoa. Es la mantequilla el ingrediente que le da al chocolate su textura suave. Entre más mantequilla tiene el chocolate, mejor es su calidad.

Según la leyenda, Moctezuma, el emperador de los aztecas, tomaba hasta cincuenta tazas de chocolate caliente al día. Hoy en día el chocolate caliente se toma con leche y crema, como en Francia, con crema batida (*whipped*), como en Viena, con malvaviscos, como en los Estados Unidos y por supuesto con café, como en Rusia, Brasil y los Estados Unidos. Sin embargo en México la gente lo prefiere caliente con canela y hasta ralladuras de cáscara de naranja (*orange peel*). Para acompañarlo en España se pide un plato de deliciosos churros y en el desayuno en México suele servirse con pan dulce, bizcochos o tamales y el 6 de enero con rosca de reyes.

El chocolate forma una parte tan integral de la cultura mesoamericana que hasta se usa en expresiones coloquiales. Una frase popular que incluye el chocolate es "estar como agua para chocolate", que, como en la novela de Laura Esquivel del mismo nombre, se usa para describir a una persona muy enojada (*boiling mad*) o en un punto extremo de pasión. Otra frase, que suele usarse en España y en partes de Latino América, es "las cuentas claras y el chocolate espeso", que indica el deseo de llevar las cosas con honestidad y sin dejar lugar a dudas.

De sobremesa

 Contesten estas preguntas en parejas o grupos de tres. Como siempre, cada estudiante leerá una parte de la pregunta a su grupo y todos contestarán. Usen las palabras, expresiones e ideas que anotaron para las secciones **Antes de hablar** y **Banco personal de palabras**.

EN EL CAFÉ

Imaginen que están en un bar/café. Una persona hará el papel del camarero y los demás pedirán y tomarán café, pedirán la cuenta y dejarán (o no) una propina.

LA CAFEÍNA

- ¿Toman bebidas con cafeína? ¿Les afectan? ¿Las pueden tomar en la noche? ¿Conocen a alguien que no tome bebidas con cafeína por motivos personales o ideológicos?

- El chocolate tiene poca cafeína —una tableta de chocolate tiene tanta cafeína como una taza de café descafeinado. ¿Consideran el chocolate un producto con cafeína? ¿Consideran la Coca Cola una bebida con cafeína? ¿Han probado otras bebidas que contienen cafeína?

- ¿Es una droga el café? ¿Cómo se define una droga? ¿Qué opinan de bebidas o chicles que contienen cafeína? Den razones para no tomar pastillas de cafeína durante el período de exámenes finales.

TEORÍAS SOBRE EL CHOCOLATE

Indiquen si los siguientes datos son ciertos o falsos con respecto al chocolate. Si dicen que el dato es falso, expliquen por qué.

dato del chocolate	¿cierto o falso?	
1. Contiene cocaína.		
2. Es afrodisíaco.		
3. Contiene más antioxidantes que cualquier otra comida.		
4. Es bueno para el corazón.		
5. Es bueno para gatos y perros.		
6. Los aztecas usaban las semillas de cacao como dinero.		
7. Los españoles hicieron las primeras tabletas de chocolate.		
8. Los estadounidenses comen más chocolate per cápita que los europeos.		
9. Los estadounidenses suelen comer cinco libras de chocolate por año per cápita.		

Ahora hagan una lista de sus ideas acerca de la cafeína y el chocolate. Incluyan detalles que usaron en la sección **Antes de hablar**. No dejen de incluir detalles falsos para que sus compañeros determinen cuáles son verdaderos o no.

DOBLE VÍA

 Contesten estas preguntas en grupos de cuatro. Como siempre, cada estudiante leerá una parte de la pregunta a su grupo y todos contestarán.

Un ejemplo de la globalización

- En Madrid se están abriendo muchos cafés de franquicia (*franchises*) aunque esta ciudad tiene una cultura del café representada tradicionalmente por bares pequeños, privados y únicos. ¿Qué diferencias hay entre los cafés y restaurantes únicos y las cadenas de muchas sucursales?

- ¿Cuáles son las ventajas de los cafés y los restaurantes que son cadenas? ¿Las desventajas?

- Los defensores de la globalización la ven como una manera de fomentar la participación de grupos marginados en los aspectos beneficiosos del mercado internacional. ¿Están de acuerdo con este concepto de globalización? ¿Cuáles son algunos ejemplos a favor o en contra?

- Muchas personas creen que la expansión del mercado internacional ha sido el primer paso en un proceso de cambios radicales que afectarán cada aspecto de la vida moderna. ¿Cuáles son algunos ejemplos de globalización fuera de un contexto puramente económico?

El Comercio Justo

El Comercio Justo (*Fair Trade*) significa por ejemplo, que una familia que cultiva café en una granja pequeña puede vender su producto a una empresa grande sin tener que ser experto de la tecnología y de los mercados. El término "Comercio Justo" tiene que ver también con políticas (*policies*) favorables para el medio ambiente y los derechos de los granjeros.

- Hagan una lista de los productos que ustedes tienen en este momento (ropa, papel, llave de su coche, joyas, comida, etc). ¿Saben de dónde vienen estos productos? ¿Les interesa su punto de origen? ¿Les importa? ¿Por qué sí o no?

- Aquí hay algunos argumentos a favor y en contra del Comercio Justo:

En contra: esta política manipula el mercado mediante el ajuste de precios, creando así un exceso del producto, lo cual hace que los precios bajen. Estos productos cuestan más porque un porcentaje del precio financia proyectos a largo plazo.

A favor: los precios que se pagan a los productores de artículos de consumo como el café son un incentivo justo para recibir beneficios del mercado y cultivar su producto de una manera sostenible (*sustainable*). Muchos productores no pueden participar en el proceso de negociación del mercado por escasez de recursos de información.

Con tu grupo hagan una lista de ejemplos de cada argumento para un debate con la clase. Su profesor les indicará el producto que venden, y si su grupo está a favor o en contra del Comercio Justo. ¿Qué soluciones a largo plazo (*long term*) tendrán más apoyo del grupo?

TALLER DE REDACCIÓN

Un centenar Escoge un tema a continuación y escribe un ensayo de 100 palabras.

1. Estás pensando en hacer un viaje a México y necesitas una guía turística (un libro para turistas). En tu ciudad hay una pequeña librería independiente y una librería enorme de una cadena nacional. ¿A cuál irás primero a buscar el libro? ¿Por qué? ¿Prefieres comprar productos como libros en Internet? ¿Cómo afecta el internet los negocios de tu ciudad?

2. Describe el proceso de servir tu bebida favorita. Debes incluir paso por paso lo que haces, con atención a las distintas reacciones sensoriales: cómo se escucha y qué es lo que se ve en cada paso; los olores, colores y texturas producidos.

Para desarrollar Escribe un ensayo sobre la siguiente cita de Stewart Lee Allen sobre la comida norteamericana.

"Todos los lugares tenían el mismo tipo de restaurantes, de construcciones, incluso de comida, toda ella cocinada del otro lado del continente, congelada, transportada y finalmente recalentada hasta que cualquier sabor sobreviviente fuera arrojado al olvido" (Stewart Lee Allen, *La taza del diablo*, 215).

Analiza un aspecto de tu vida que esté afectado por la globalización y explica cómo esta cita de Allen se aplica a esa situación. Incluye ejemplos específicos.

Para explorar la ciudad de Oaxaca, México, visita www.cengage.com/hlc.

VIAJE

Aprende cómo se hace el chocolate (la bebida) al estilo mexicano en www.cengage.com/hlc.

¡A COMER!

Kudai es una banda de rock chilena cuya canción "Lejos de aquí" trata temas como la contaminación de la tierra y la necesidad de respetar el espacio de cada quién. Para aprender más sobre Kudai, visita www.cengage.com/hlc.

MÚSICA

TAX FREE SHOPPING

GLOBAL REFUND

V...
WORLDWIDE PARTNER

EUROCARD

MasterCard

AMERICAN EXPRESS

Diners Club International

VISA

V PAY

MasterCard

Betalingsløsningen er levert av

TELLER ≥≡≥

WE ACCEPT

10 EURO

THE UNITED STATES OF AMERICA
TEN DOLLARS
B 74435800 G

1000
日本銀行券
千円
日本銀行
MD795498R

5209475156
NORGES BANK
100

Credit TK

UNIDAD 4

Mi mundo

¿Cuál es el evento que define tu generación?
¿Te acuerdas dónde estabas cuando ocurrió?
_____

¿Te gustaría estudiar en un país hispanohablante?
¿Cuál? ¿Estás listo/a?
_____

¿Qué opina el mundo de los estadounidenses?
_____

Si pudieras vivir en otro país, ¿dónde vivirías? ¿Por qué?

CAPÍTULO 16

11S/11M

HERRAMIENTAS LÉXICAS

LA VIDA SECRETA DE LAS PALABRAS

© Associated Press

La raíz latina *cor*

¿Qué tiene en común esta familia de palabras? *corazón, acordar, recordar, desacuerdo, concordar, cordial, coraje, misericordia.*

La palabra raíz *cor* (latín), en sus orígenes, se refería más a los pensamientos que a las emociones. Explora un poco la relación entre la raíz *cor* (*heart*) y el significado de estas palabras en inglés y español: *to learn by heart; to be of one heart* (de acuerdo); cordial (1. *adj.* Que tiene virtud para fortalecer el corazón. 2. *adj.* afectuoso, de corazón); coraje: *to be brave-hearted; to lose heart (to be discouraged); to encourage;* tener misericordia: *to have mercy or to be kind-hearted toward someone.*

El terror

los atentados terroristas terrorist attacks	**el humo** smoke	**secuestrar** to hijack; to kidnap
las cenizas ashes	**la nube** cloud	**el/la terrorista** terrorist
chocar (con) to crash into	**el polvo** dust	**las torres gemelas** Twin Towers
el choque shock	**el/la secuestrador/a** kidnapper	

Reacciones emocionales

chocante disturbing, shocking	**en vivo** live	**sentirse seguro/a** to feel safe
conmovedor/a moving (emotionally)	**fuerte** intense, serious, grave	
contar to tell (a story)	**impactante** having great impact, shocking	

Claves para la conversación

1. Hay cuatro maneras de expresar *maybe* o *perhaps* en español: **acaso/por si acaso, a lo mejor, quizás/quizá, tal vez.**

2. Se usa la expresión **acaso** tanto para formar preguntas como para contestarlas. Las otras frases suelen usarse más para contestar:

    —¿**Acaso** hay problemas en esa zona del país?
    —**A lo mejor....** / **Quizás...** / **Quizá...** / **Tal vez...** .

3. Casi no hay diferencia entre el uso de **quizás** y **quizá**.

Practica la duración correcta de las vocales en www.cengage.com/hlc.

PRONUNCIEMOS CON CLARIDAD

¡NO CAIGAS EN EL POZO!

Los sustantivos que terminan con **-ista** (**artista, contrabandista, terrorista, turista,** etc.) no cambian de forma según el género del sujeto. Se expresa el género con el artículo definido, masculino o femenino.

hombre	mujer
el artista	la artista
los artistas	las artistas
el terrorista	la terrorista

HERRAMIENTA GRAMATICAL
DOS USOS COMUNES DEL PRETÉRITO Y EL IMPERFECTO

I. ACCIONES EN PROGRESO vs. ACCIONES QUE INTERRUMPEN

El pretérito se usa para narrar eventos ya completados y hablar del principio y el final de acciones en el pasado.

> Hoy me levanté a las nueve de la mañana y empecé a estudiar.

Se usa el imperfecto simple (*estudiaba*) y el pasado progresivo (*estaba estudiando*) para describir una o más acciones en progreso en el pasado.

> Anoche a las nueve veía televisión. / Anoche a las nueve estaba viendo televisión.

Para narrar y describir en el pasado se usa el **imperfecto** para **preparar el escenario** y el **pretérito** para **agilizar la historia** (*move the story along*). **Preparar el escenario** significa describir los objetos, los lugares o las personas, o lo que ocurría en segundo plano. **Agilizar la historia** significa relatar un evento o una serie de eventos.

> Anoche a las nueve estaba viendo televisión y cenando cuando me llamaste.
> Cuando era niño, fui a Madrid dos veces.

En los ejemplos anteriores el verbo en el pretérito "interrumpe" el flujo de la acción en segundo plano (en el imperfecto).

Cuando se combinan el pretérito y el imperfecto se construye una narrativa mejor y más completa de los eventos, como en los siguientes ejemplos.

> —¿Recuerdas dónde estabas cuando ocurrieron los ataques del 11 de septiembre de 2001?
> —Yo estaba en la escuela cuando el primer avión chocó contra la torre.

II. ESTADOS Y ACCIONES

En otras clases de español probablemente aprendiste que algunos verbos cambian de significado al usarse en el pretérito o el imperfecto. Los verbos en el imperfecto se enfocan más en **estados** (de ánimo o descriptivos) o **intenciones**, mientras que los verbos en el pretérito se enfocan más en **acciones**. Usar el verbo en el **pretérito** transforma su significado en una intención hecha realidad.

verbo	imperfecto (estado, descripción de una intención)	pretérito (acción completada, intención hecha realidad)
saber = to know (by heart)	sabía I knew something	supe I found out
conocer = to know (be familiar with)	conocía I knew someone	conocí I met (someone) for the first time
querer = to want	quería I wanted to	quise (hacerlo) I tried to (do it)
no querer	no quería I didn't want to	no quise (hacerlo) I refused to
poder = to be able to	podía I was able to	pude (hacerlo) I managed to (do)
tener (que) = to have (to)	tenía que I was supposed to	tuve que (hacerlo) I had to

Compara las siguientes oraciones. Busca contrastes.

¡Pensé que dijiste que estabas casada! *(Just now) I **thought** you said that you were married!*

Pensaba que no estabas casada. *I **was thinking** that you weren't married.*

El pretérito **pensé** se enfoca en una decisión rápida, lo que yo pensé.

El imperfecto **pensaba** expresa lo que se creía (pensaba) como parte del estado emocional de la persona.

Ayer **estuve** en casa todo el día. *Yesterday I **was** at home all day.*

Estaba en casa cuando me **llamaste**. *I **was** at home yesterday when you **called**.*

Se usa el pretérito **estuve** porque se trata de un momento en el pasado (un momento que ocurrió ayer) que ya acabó.

La acción expresada por el imperfecto fue interrumpida por otra acción expresada por el verbo en el pretérito.

Practiquemos

1. **Preguntas personales** Contesta con frases completas.

   1. ¿Con quién hablaste por teléfono anoche? ¿A qué hora? ¿Qué **hacía** esa persona cuando lo/la **llamaste**?
   2. ¿Quién fue la última persona que te llamó por teléfono? ¿A qué hora? ¿Qué **hacías** tú cuando te **llamó** esa persona?
   3. ¿Qué **hacías** cuando **se puso** el sol anoche? ¿Lo observaste?
   4. **¿Estaba** todavía despierto tu compañero de cuarto anoche cuando tú **te dormiste**?
   5. ¿Qué **estaba haciendo tu familia** ayer a las cinco de la tarde?
   6. ¿Dónde **estabas** tú cuando **te enteraste de** los ataques del 11 de septiembre de 2001?

© Cengage Learning

2. **Estados y acciones** Escribe qué pasó usando las expresiones en la Sección II de la **Herramienta gramatical**.

   1. Iván didn't come because he had to go to Valparaíso this weekend.
   2. My nephew didn't want to go either but then changed his mind.
   3. Ninón refused to sleep in the car.
   4. Did you swim? No, we were too busy, so I couldn't.
   5. Even though I thought I wanted to go, I stayed home.

VENTANA A

...LAS CRISIS

ANTES DE HABLAR

1. ¿Pasaste alguna vez por un caso de emergencia pública en tu vecindario o tu ciudad? ¿Una crisis a nivel nacional? Describe el evento con detalles.

_____

2. En los últimos meses, ¿cuál fue la crisis de mayor impacto en el país? Puede ser una guerra, un desastre natural u otra crisis. Descríbela con detalles.

_____

3. ¿Cuántos años tenías tú en septiembre del 2001? (Contesta con una oración completa.)

_____

4. Al cerrar los ojos y pensar en el 11 de septiembre (11s), ¿qué imagen mental ves?

_____

5. Hasta ahora, el 11 de septiembre 2001 ha sido el momento trágico de mayor impacto para los estadounidenses nacidos después de 1985. Algunos momentos clave para otras generaciones incluyen el asesinato del presidente Kennedy (el 22 de noviembre de 1963), la explosión del transbordador espacial (*space shuttle*) *Challenger* (el 28 de enero de 1986), y la muerte del cantante pop Michael Jackson (el 25 de junio de 2009). Llama a dos amigos o miembros de tu familia y pregúntales dónde **estaban** y qué **hacían** el 11 de septiembre y durante uno de los otros momentos clave de su generación.

   Haz tu propia tabla de los momentos clave de una generación. Sigue este modelo a continuación.

nombre	evento	fecha	dónde estaba
papá	asesinato del presidente Kennedy	22 de noviembre de 1963	en casa, estaba enfermo
hermano mayor	explosión del *Challenger*	28 de enero de 1986	en la escuela, asistía a la clase de música

6. Ahora, pregunta a tus compañeros y algunos de tus amigos dónde estaban cuando ocurrieron los eventos que figuran en la tabla. No te olvides de anotar en la última columna la imagen mental que asocian con cada uno de los eventos.

evento	nombre	dónde estaba	qué hacía	imagen visual
el comienzo de la segunda Guerra del Golfo (el 19 de marzo de 2003 a las 10:16 de la noche)				
el terremoto y tsunami del Oceáno Índico (el 26 de diciembre de 2004 a las 7:58 de la mañana)				
el huracán Katrina (el 23 al 30 de agosto de 2005)				
la explosión y derramamiento de petróleo de la plataforma Deepwater Horizon en el Golfo de México (el 20 de abril de 2010)				
(tu propio evento trágico o histórico)				

Mira el video donde algunos hispanos cuentan cómo les afectaron los ataques del 11 de septiembre, así como otras crisis de las que fueron testigos. Después prepárate para discutir estos temas en clase. Presta atención especial al contenido y a la duración correcta de las vocales. Después contesta las preguntas a continuación.

PARA VER

¿QUÉ HAS VISTO?
Lee estas preguntas y contéstalas después de ver el video.

1. Compara las definiciones de terrorismo que ofrecen Maddie y Juan Pedro. Agrega algo más que no mencionaron.

2. ¿Dónde estaban los entrevistados cuando ocurrieron los atentados del 11 de septiembre 2001?

3. ¿Cuál fue la primera reacción de Juan Pedro? ¿Por qué?

4. Piensa en cómo te afectó a ti el evento 9/11. ¿Con cuál de los entrevistados te identificas más en su reacción?

5. Inventa y agrega detalles a la historia de lo que le ocurrió al primo de Juan Pedro. ¿Adónde crees que iba? ¿Qué escuchó/vio? ¿Cómo se sentía?

LECTURA
EL ÚLTIMO ONCE DE SEPTIEMBRE: NO ES LA PRIMERA VEZ

Lee a continuación un pasaje del ensayo escrito por el chileno Ariel Dorfman, publicado pocos días después de los ataques en los Estados Unidos del 11 de septiembre de 2001.

Para mí y para millones de otros seres humanos el martes Once de Septiembre viene siendo hace veintiocho años una fecha de duelo, desde ese día en 1973 cuando Chile perdió su democracia en un golpe militar, aquel día en que la muerte entró de una manera irrevocable en nuestra vida y la alteró para siempre.

Y ahora, casi tres décadas más tarde, los dioses malignos del azar histórico han querido imponerle a otro país esa fecha trágica, de nuevo un martes, de nuevo un Once de Septiembre de la muerte.

Las diferencias y distancia que separan la fecha chilena de la norteamericana no podrían, por cierto, ser mayores. El estremecedor ataque terrorista contra el país más poderoso de la tierra tiene y tendrá consecuencias para toda la humanidad. Es posible que constituya, como lo ha sugerido Bush, el comienzo de una nueva guerra mundial y es probable que sea señalado en los manuales del futuro como el día en que la historia del planeta cambió de rumbo. Mientras que, entre los ocho billones de seres vivos hoy en el mundo, no creo que sean muchos los que recuerden cuando ocurrió exactamente la tragedia de Chile.

Y, sin embargo, desde que, transfigurado, presencié en la pantalla de nuestra televisión acá en Carolina del Norte, aquel segundo avión impactando con su fuego y su furia calculada la Torre Sur del *World Trade Center,* me ronda la necesidad de entender, de extraer, el sentido oculto de esta yuxtaposición y coincidencia de los dos Once [...]

Lo que reconozco en forma más profunda es un sufrimiento paralelo, un dolor parecido, una desorientación semejante que se hace eco de lo que nosotros vivimos en Chile a partir de ese Once de Septiembre de 1973. Su encarnación más insólita se encuentra, quizás, allá en la pantalla —me cuesta creer que sea posible—, que muestra a centenares de familiares deambulando por las calles de Nueva York con las fotos de hijos, padres, esposas, amantes, pidiendo información sobre su paradero, si están vivos o están muertos, Estados Unidos entero asomado a la muerte en vida que significa la desaparición, sin certeza ni sepultura, del hombre, de la mujer, que amamos. Y también reconozco y reitero esta sensación de irrealidad que acompaña los grandes desastres causados por la maldad humana, tan distinta de la angustia que nos crean las catástrofes naturales. Una y otra vez escucho frases que me recuerdan lo que personas como yo pensábamos durante el golpe militar y los días que lo siguieron: "Esto no puede estar ocurriéndonos. Es a otra gente a la que le sucede este tipo de violencia extrema y no a nosotros, esta destrucción sucede en las películas y los libros y las imágenes fotográficas ajenas. Y si es una pesadilla, ¿por qué no podemos despertar?"

De sobremesa

Contesten estas preguntas en parejas o grupos de tres. Como siempre, cada estudiante leerá una parte de la pregunta a su grupo y todos contestarán. Usen las palabras, expresiones e ideas que anotaron para la secciones **Antes de hablar** y **Banco personal de palabras.**

UN MONUMENTO

Imaginen que su estado/ciudad quiere construir un monumento conmemorativo a las víctimas y los héroes del atentado del 11 de septiembre y que Uds. forman parte del comité que va a seleccionar el diseño. Hablen de la importancia de la conmemoración y decidan su propia visión del monumento más apropiado.

- ¿Prefieren una estructura que represente algo en concreto o un monumento más abstracto?
- ¿Debe ser grande o de un tamaño más discreto?
- ¿Debe dar más énfasis a las víctimas o a los héroes?
- Expliquen sus decisiones.

LOS HÉROES

Después del 11 de septiembre se hablaba mucho de los héroes.

- ¿Qué es un héroe? ¿Cómo es diferente a los demás? Compartan con su grupo, con muchos detalles, una acción heroica protagonizada por un conocido o un miembro de su familia. Tomando en cuenta esta acción heroica, escriban una definición de "héroe" con la que todos estén de acuerdo.
- ¿Creen que las circunstancias extraordinarias **crean** o **dan a luz a** los héroes?
- ¿Hay algún bombero, policía o miembro de un grupo de personal de emergencia en sus familias? En su opinión, ¿son ellos héroes?
- ¿Quiénes son sus héroes personales, y por qué lo son?

SONDEO

Comparen con su grupo los datos que anotaron en la segunda tabla en **Antes de hablar.** Identifiquen aspectos en común y luego discútanlos con el resto de la clase.

- Consideren las imágenes que sus compañeros tenían de cada evento. ¿Hay algunos patrones en común? ¿Hay una imagen dominante o más recurrente que otras? ¿Son imágenes que vienen de la televisión, de los periódicos, de las revistas? ¿Las recuerdan porque visitaron personalmente algunos de estos sitios?

DOBLE VÍA

Contesten estas preguntas en grupos de cuatro. Como siempre, cada estudiante leerá una parte de la pregunta a su grupo y todos contestarán.

Símbolos culturales

- ¿Qué simbolizan el Pentágono y las Torres Gemelas? ¿Por qué eran objetivos de los terroristas?

- La foto a la derecha es la imagen visual que muchos chilenos tienen del golpe militar (*military coup*) del 11 de septiembre de 1973. Es del Palacio de la Moneda, el edificio más importante del gobierno chileno y para los chilenos un símbolo tan importante como lo es la Casa Blanca en Washington, D.C., para los estadounidenses. ¿Cómo se compara esta foto con la imagen visual personal del 11 de septiembre que tiene cada uno?

- Los expertos dicen que en los recuerdos se mezcla la realidad con elementos de experiencias y sentimientos personales. ¿Qué opinan ustedes? Cuando piensan en un evento significativo de su generación, ¿aparecen ustedes en su propia foto visual? ¿aparece algún conocido suyo?

El 11 de marzo de 2004 (11m)

Entre 1996 y 2004 en España estuvo en el poder el gobierno conservador del PP (Partido Popular) bajo José María Aznar, quien apoyaba la guerra estadounidense en Irak. Investiguen el nombre del actual Primer Ministro de España y su partido político.

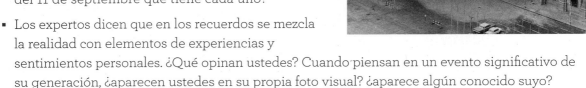

- ¿Cómo se caracterizan actualmente las relaciones políticas entre España y los Estados Unidos?

- ¿Qué saben ustedes de los ataques del 11 de marzo de 2004 (11m) en Madrid? ¿Cómo afecta el miedo producido por el terrorismo a una sociedad? ¿Les afectó a ustedes en 2001? ¿En otra ocasión? ¿Tuvieron miedo sus padres? En la actualidad, ¿tienen miedo de volar, por ejemplo? ¿Tienen miedo de otro atentado?

- La foto a continuación es de un grafiti en Madrid poco después del 11m. ¿Qué significado tiene? ¿Qué implica? En su opinión, ¿quién lo pintó? Imaginen lo que pudiera pasar entre un estudiante que quiere borrar el grafiti y otro que quiere dejarlo. Con un/a compañero/a de clase hagan un *role play* de una discusión política entre los dos estudiantes.

TALLER DE REDACCIÓN

Un centenar Escoge un tema a continuación y escribe un ensayo de 100 palabras.

1. Según las investigaciones de algunos periodistas, el 11 de septiembre de 2001 murieron muchos latinos que trabajaban en las Torres Gemelas ese día. Como algunos de estos trabajadores eran indocumentados, nunca habrá una cifra definitiva del número de muertos. Existe un programa de beneficios del gobierno para las víctimas de los atentados que se llama *9/11 Fund*. Escribe una "Carta al Editor" del periódico local, a favor o en contra de beneficios para los familiares de las víctimas hispanas indocumentadas. ¿Es justo que los reciban?

2. El periódico de tu universidad va a publicar una edición especial sobre el impacto de los ataques del 11 de septiembre de 2001 en los estudiantes. Escribe un ensayo titulado "Mis recuerdos del 11 de septiembre de 2001" que incorpore tus experiencias y las de tu clase.

Para desarrollar Escribe un ensayo sobre el siguiente tema. Sigue las instrucciones de tu profesor sobre las fuentes que puedes usar.

Discute el impacto de los monumentos públicos y si son efectivos en rendir homenaje al evento y las personas a quienes está dedicado. Puedes usar el ejemplo de la Zona Cero (*Ground Zero*) en Manhattan, si la has visitado.

Aprende más sobre Santiago de Chile en www.cengage.com/hlc.
VIAJE

© Gary Yim/Shutterstock

Aprende a preparar el manjar, el dulce de leche chileno en www.cengage.com/hlc.
¡A COMER!

© Jessica L./Getty Images

Carlos Varela es un cantante cubano cuya música se conoce alrededor del mundo. Accede a la lista de reproducción de Heinle iTunes para escucharlo y aprender más sobre su música en www.cengage.com/hlc.
 MÚSICA

© HO/Reuters/Corbis

CAPÍTULO 17
¿PARA QUÉ VIAJAR?

HERRAMIENTAS LÉXICAS

LA VIDA SECRETA DE LAS PALABRAS

Camino

Según el *Diccionario de la Real Academia Española*, la palabra **camino** tiene su origen en el celto-latín *cammīnus* o de *camanon* del idioma celtíbero. Las culturas celtas y celtíberas son dos de las principales culturas pre-romanas de la península ibérica. Los celtas tuvieron mucha influencia en Galicia y existen conexiones culturales entre Galicia e Irlanda. Otras palabras comunes que nos llegan de los celtas y los celtíberos son: **caballo, perro, camisa, carro, salmón** y **cerveza.**

De viaje

andar
to walk

el aprieto
predicament, tight spot

el cajero automático
ATM

el/la caminante
traveler, walker

caminar (por mi cuenta)
to walk around (on my own)

la credencial
(pilgrim's) ID card; traveler document

la estela
wake (of a boat or ship)

la guía
tour book; guide book

el/la guía de turistas
tour guide

hacer un viaje
to take/go (on) a trip, to travel

la huella
footprint, footstep; track

pasear
to walk around

el/la peregrino/a
pilgrim

pisar
to step on or tread upon

la senda *sendero*
path

las vacaciones
vacation / vacations

el/la vagabundo/a
wanderer, person without a home

vagar
to wander around

el/la viajero/a
traveler

¿Te arrepientes?

el acontecimiento
event

agradecer
to appreciate, be grateful, thank (someone)

dar las gracias (por)
to thank for

optar (por) to opt for	los remordimientos regrets, remorse	volver a + infinitivo to do (something) again

La poesía

la estrofa stanza	el tema theme; topic	la voz poética the speaker (of a poem)
el/la poeta poet	el verso line or verse of a poem	

Claves para la conversación

¡Anda! o **¡Anda ya!** es una expresión muy común en español que tiene varios significados, por ejemplo, *Interesting...*, *Come on now!*, *Let's go!*, *Get out of here!* (con sarcasmo) o *No way!*

¿Cómo andan las cosas? significa *How's it going?* **¡Anda!** forma también parte de una de las expresiones que más se identifica con el español mexicano: **¡Ándale!** (*No way! Come on now, move it! That's it! Go ahead! Wow!*).

Practica la pronunciación de la letra **n** en www.cengage.com/hlc.

PRONUNCIEMOS CON CLARIDAD

¡NO CAIGAS EN EL POZO!

En español el infinitivo del verbo se puede usar (1) después de una preposición, (2) como el sujeto de una oración y (3) como complemento directo. En estos casos nunca se usa el participio presente (la forma verbal *-ing* en inglés).

Insiste en llamarme después de **comer**. (después de una preposición)

Viajar es divertido. (sujeto de la oración)

Odio **pasar** por la aduana. (complemento directo)

HERRAMIENTA GRAMATICAL
PARA VS. POR

SIGNIFICADOS DE *PARA*

En general, **para** expresa metas, destinatarios o destinos.

significado	ejemplos
In order to	**Para** escribir bien un ensayo es necesario planearlo bien.
Headed for (destino)	Salí **para** la clase a las tres.
Intended for (destinatario)	Este libro es **para** Julio.
To be used for	¿Este aparato se usa **para** limpiarse los dientes?
By, at a certain time (introduce la expectativa de cierta hora o un evento planeado)	Quiero llegar **para** la cena. ¿Será posible terminar **para** las seis?
Considering (enfatiza "el hecho de que")	**Para** un niño de 8 años, toca bien el piano.
Para referirse a una **meta profesional** (o carrera)	Estudio **para** enfermera.
Expresa la idea de **trabajar para alguien** o **jugar para un equipo**	Trabajaba **para** IBM. Sergio Ramos juega **para** el Madrid.
Cuando se refiere a un **evento futuro específico**	**Para** mi cumpleaños, quiero ir a esquiar a Francia.
Expresa una **opinión**	**Para** mí, es un tema complicado.

SIGNIFICADOS DE *POR*

En general **por** se refiere a la razón de una acción y su duración.

significado	ejemplos
Describe la motivación, "**por el bien de**" alguien o algo (en tu honor, por tu bien)	Hacer ejercicio es por tu bien.
Expresa **causa** o **razón** (a causa de)	Tuvo que quedarse en casa **por** la nieve.
En un **intercambio** de cosas	Cambié el flan **por** un helado.
Al dar las **gracias** (palabras a cambio de una buena acción)	Gracias **por** todo.
Al describir una **transacción** monetaria (otro tipo de **intercambio**)	Pagué 15 dólares **por** la radio.
Expresa un periodo o **duración** de tiempo	Viví en Madrid **por** 3 años.
Identifica una **parte del día**	Mañana **por** la tarde tengo que hacer la cena.
Se refiere al movimiento **a través de** un lugar o área no-específicos	Caminamos **por** la ciudad.
Acompaña los verbos **votar**, **apostar** y **estar** (cuando expresa la idea de **apoyar**)	Voté **por** Rodríguez (también se puede decir "Voté **a** Rodríguez"). Estoy **por** Rodríguez, ¿y tú? ¡Apuesta **por** la vida!
Expresa una **forma** de comunicación o un medio de transporte	Escríbeme **por** correo.
Expresa la idea de ir a **recoger** a alguien o algo	Voy a pasar **por** ti a las 9:00.

_____

Para que se refiere a una meta, un propósito o un tema central.

¿**Para qué** viajar? ⟹ What's the point of traveling?

En contraste...

Por qué se refiere a la causa de un estado de ánimo o de una acción:

¿Por **qué** estás triste? ⟹ Why are you sad?

¿Por **qué** no llegaron a tiempo? ⟹ Why were they late?

En algunos casos, ambas preposiciones pueden ser correctas, pero cada preposición comunica un significado diferente.

Trabajo **para** mi hermano. ⟹ I work **for** my brother.

(Mi hermano es mi jefe.)

Trabajo **por** mi hermano. ⟹ I'm working **in place of** my brother.

(Trabajo en su lugar, es decir, él no está, puede que esté enfermo y no pueda trabajar hoy.)

Practiquemos

1. **El Camino de Santiago** Completa con **por** o **para** estas oraciones sobre la famosa ruta espiritual que conduce a Santiago de Compostela en España.

1. ¡Hacía mucho calor _____Para_____ un día de abril! - Considering
2. Salimos _____Para_____ Galicia muy temprano _____Por_____ la mañana. -la razón de tiempo *[destinario]*
3. Pasamos todo el día caminando _____Por_____ el valle. - movimiento
4. _____Para_____ caminar quince millas cada día es necesario tomar mucha agua. in order to
5. Llovió y _____Por_____ eso paramos en Burgos _____Por_____ tres noches. Duration
6. Pagamos diez euros _____Por_____ dos noches en un hostal. exchange
7. En León voy a comprar dos regalos _____Para_____ mi abuela. Destinario (Intended for)
8. Quiero enviar esta mochila a Santiago _____Por_____ correo. transport
9. El jueves estaremos _____Por_____ llegar a Santiago.
10. Gracias _____Por_____ caminar al mismo paso que yo. Al dar las gracias

2. **Por y para** Re-escribe las siguientes oraciones usando **para** o **por** en lugar de las frases subrayadas.

Modelo: <u>Considerando</u> lo poco que hace, le pagan bien.
   Para lo poco que hace, le pagan bien.

1. Voy a hacerlo <u>debido al</u> honor de la familia. Por- la razón
2. Roberto caminaba <u>a lo largo de</u> la playa. Por
3. Esta tarde ella va a trabajar <u>en tu lugar</u>. Por
4. Esto lo voy a hacer <u>a fin de</u> ayudarte. Para - in order to
5. Venían caminando <u>hacia</u> la farmacia. Para -destino
6. Esta carta <u>está dirigida a</u> (is addressed to) usted. Para- de stenario.

LECTURA

Poema XXIX

A continuación lee uno de los poemas más famosos en español de Antonio Machado (España, 1875–1939). La popularidad de este poema se debe a su rima, su tono popular y nostálgico y su filosofía sabia sobre el viaje como metáfora para la vida.

Caminante, son tus huellas
Traveler, your footsteps are
el camino, y nada más;
the way and nothing more
caminante, no hay camino,
, There is not a way
se hace camino al andar.
the way is made by walking
Al andar se hace el camino,
Walking makes the way
y al volver la vista atrás
and looking back at the view behind
se ve la senda que nunca
shows the path that never
se ha de volver a pisar.
is treated again
Caminante no hay camino
Traveler, there is not a way
sino estelas en la mar.

© Photononstop/Super Stock

VENTANA A

...LOS VIAJES

ANTES DE HABLAR

En su esencia, "Poema XXIX" es un poema sobre el transcurso del tiempo. Marca con una X con qué etapa de la vida se asocian mejor las siguientes imágenes.

imagen (verso/s)	presente	pasado	futuro
huellas (1)			
camino (2)			
andar (4 y 5)			
camino (5)			
la senda (7)			
estelas en la mar (10)			

1. ¿Cómo se relaciona este poema con la expresión que se usa en inglés: "lo importante es el viaje, no el lugar de destino"?

2. Si la vida es una caminata, ¿crees que es posible "volver a pisar" las sendas del pasado?

3. Cuando piensas en la vida, ¿la ves como una línea recta (*straight line*)? ¿Una línea curva? ¿Una línea que zigzaguea? ¿Un círculo o una espiral? Explica.

4. ¿Este poema te hace recordar otro? ¿Cuál? ¿Una canción?

5. ¿Cuál es el mejor viaje que has hecho? ¿Adónde fuiste? ¿Cuándo? ¿Con quién?

6. ¿Por qué hiciste ese viaje?

_____

7. ¿Conociste a algún nativo del lugar? ¿A quién? ¿Cómo conociste a esa persona?

_____

_____

8. ¿Por qué viajamos? Haz una lista de cinco motivos.

_____

_____

9. Según tú, ¿para qué viajar?

_____

_____

¿Cómo se lee un poema en voz alta? En este video un grupo de personas lee el mismo poema de Machado. Presta atención especial al contenido y la pronunciación de la letra *n*. Después contesta las preguntas a continuación.

PARA VER

¿QUÉ HAS VISTO?

Prepárate para ver el video y lee primero estas preguntas. Contesta las preguntas después de ver el video.

1. Antes de mirar el video lee tú el poema de Antonio Machado en voz alta. Presta atención a los lugares donde haces las pausas y las palabras que crees merecen énfasis.

2. Escoge un adjetivo diferente para describir cada una de las lecturas del poema: de Maddie, Andrea, Winnie, Juan Carlos y Juan Pedro.

3. Escoge a dos entrevistados: escribe una línea dentro del texto del poema después de cada pausa (de aliento/dramática) que hacen ellos. Compara y contrasta su ritmo.

4. ¿Quién, en tu opinión, ofrece la lectura más natural del poema? ¿Por qué?

5. ¿Cuál de los entrevistados no se siente cómodo leyendo el poema? Puedes usar las siguientes claves para explicar tu respuesta: mirada, postura, movimiento/gestos de las manos, sonrisa, tono de voz.

De sobremesa

Contesten estas preguntas en parejas o grupos de tres. Como siempre, cada estudiante leerá una parte de la pregunta a su grupo y todos contestarán. Usen las palabras, expresiones e ideas que anotaron para las secciones **Antes de hablar** y **Banco personal de palabras**.

¿POR QUÉ VIAJAS?

La generación nacida en los Estados Unidos después de 1982 se conoce como la Generación del Milenio y también como la Generación Internet. Si ya es posible "viajar" en forma virtual a través de la Red, ¿para qué viajar físicamente?

- ¿Cómo es diferente ver obras de arte en vivo que verlas en Internet? ¿Hay una diferencia, por ejemplo, entre ver en vivo un mural y verlo en un libro?

- ¿Qué diferencia hay entre asistir en vivo a un evento deportivo y verlo en la tele? ¿Cómo cambia la percepción de actividades como pescar o cocinar al verlas adaptadas en la televisión?

© Brianmexico/Alamy

¿TURISTA O ESTUDIANTE?

- ¿Qué diferencia hay entre viajar como turista y viajar como estudiante?

- ¿Cómo sería pasar un semestre estudiando en una universidad extranjera pero de un país angloparlante? Con su grupo hablen de algunas diferencias entre ser estudiante extranjero de habla hispana en los Estados Unidos y ser estudiante estadounidense en un país de habla hispana.

- A continuación tienen una lista de los motivos más importantes tanto para estudiar en el extranjero como para no hacerlo. Analicen las listas y organicen las razones en orden de importancia. Luego agreguen dos motivos propios al final de cada columna.

motivos para estudiar en el extranjero	motivos para NO estudiar en el extranjero	
aprendizaje de otra lengua	dificultades en el proceso de asimilación	
visión más amplia del mundo	costo	
mejoramiento del potencial profesional	falta de equivalencia de los estudios extranjeros con los de la propia institución	
experiencia con comidas nuevas	riesgo de accidentes	
apreciación del modo de vivir de otro	temor a lo desconocido	

DOBLE VÍA

Contesten estas preguntas en grupos de cuatro. Como siempre, cada estudiante leerá una parte de la pregunta a su grupo y todos contestarán.

"El camino no elegido"

Busquen en Internet el famoso poema "The Road not Taken" del estadounidense Robert Frost. Comenten los temas más importantes y contesten estas preguntas:

- ¿Cómo representan Frost y Machado el futuro? ¿Creen Uds. que es posible planear o controlar el futuro? ¿Hay un camino pre-establecido en la vida?

- Hagan una tabla de comparación de los símbolos de la naturaleza que los dos poetas usan para hablar del tiempo. ¿Qué significan esos símbolos? ¿Cómo crean tensión entre lo que perdura (*lasts*) y lo que no perdura?

El Camino de Santiago

El Camino se compone de muchas sendas que los peregrinos siguen a pie para llegar a la catedral donde los fieles creen que se encuentran los restos del apóstol Santiago (*St. James*). ¡Dentro de España, la ruta puede ser de más de 700 kilómetros (420 millas)! La tradición de llegar caminando a Santiago tiene más de mil años, cuando era parte de una importante carretera de ideas entre España y el resto de Europa, alrededor de la Edad Media.

- ¿Cuántas millas por día puede caminar cada persona en su grupo? ¿Cuántas millas por semana creen ustedes que podrían cubrir si tuvieran que caminar todos los días cargando una mochila? ¿Lo han hecho alguna vez?

- Los peregrinos y penitentes suelen pasar por pruebas físicas para demostrar su fé. ¿Qué relación hay entre una actividad física y la vida espiritual?

Public Domain

- Existen otras rutas de caminatas largas. ¿Conocen ustedes otra ruta parecida al Camino de Santiago? ¿Por qué hacen esa caminata las personas?

- Discutan el arquetipo del viaje en la literatura. Den ejemplos de novelas y películas.

TALLER DE REDACCIÓN

Un centenar Escoge un tema a continuación y escribe un ensayo de 100 palabras.

1. **Traducción literaria** Traduce el poema de Machado al inglés, o escoge otro poema que ya conozcas. Al traducir, presta atención a las decisiones que debes tomar. Hacer una traducción literaria es una mezcla de arte y ciencia. También es un proceso de tomar decisiones como las que describe Frost en su poema. Los poetas basan sus selecciones léxicas tanto en el sonido como el significado de las palabras. ¡Importante!: no busques ninguna traducción ya publicada, ni en línea, ni en un libro.

2. **Una caminata memorable** Describe una caminata o viaje que hiciste. ¿Te acompañó alguien o lo hiciste solo/a? ¿Llegaste a tu destino? ¿Cómo te sentiste al final? ¿Qué te sorprendió de la experiencia? ¿Qué descubriste sobre ti mismo o tus compañeros en este viaje?

Para desarrollar Escribe un folleto (*pamphlet*) de promoción de un/os producto/s para turistas. Para desarrollar el contenido del folleto, piensa en tu propia experiencia como consumidor.

Escoge un producto único para turistas, que no se puede comprar en otro país. Por ejemplo, puede ser un artículo de uso personal, un paquete de viaje o una actividad en particular. Incluye los siguientes datos: lo que es (sus características principales); las ventajas del producto (cómo hace la vida de los turistas más fácil / más entretenida / más emocionante, etc.); dónde se puede comprar (en tiendas, en una oficina, en una ciudad en particular, etc.); su precio (si se puede pagar desde otros países, si hay facilidades de pago, etc.).

Para explorar el Camino de Santiago y Galicia, visita www.cengage.com/hlc.

 VIAJE

© Christopher Pillitz/Alamy

Para aprender a preparar el flan, el postre más conocido del mundo hispano, visita www.cengage.com/hlc.

¡A COMER!

© Analia Urani/Shutterstock

Joan Manuel Serrat es un cantautor catalán que adaptó algunos poemas de Antonio Machado en su álbum *Dedicado a Antonio Machado, poeta*. Para escuchar su versión de "Cantares", visita www.cengage.com/hlc.

MÚSICA

 © Getty Images

CAPÍTULO 18
LAS FRONTERAS TRANSCULTURALES

LA VIDA SECRETA DE LAS PALABRAS

Los extranjeros: *Guiris* y *güeros*

Entre los términos más interesantes para nombrar a los extranjeros se encuentran *guiri*, en España, y *güero* en México. Según el *DRAE, guiri* quiere decir un "turista extranjero" y tiene su origen en el nombre vasco *guiristino. Guiristino* se hizo popular durante las guerras carlistas (1833–1876) para referirse a los partidarios de la reina Cristina ("cristinos").

En México se usan los términos *güero/a* o *güerito/a* para hablar de gente rubia o de tez (*complexion*) blanca. *Catire/a*, con origen en la lengua de los indígenas que habitan Cumaná en Venezuela, tiene el mismo significado: rubio o blanco.

En el extranjero

extranjero/a (adj. y nombre)
foreign; foreigner

foráneo/a
strange, foreign (from another region)

(no) llamar la atención
to (not) call attention to oneself

natural de
from (born in)

pasar desapercibido/a
to "blend in"

Rasgos físicos

blanco/a
white or light-skinned

bronceado/a
tanned

(pelo) cano, canoso
white or gray (hair)

(pelo) castaño
brown or light-brown (hair)

moreno/a
brunette (Spain); dark-skinned (Mexico); black-skinned, (Central America, Caribbean)

pelirrojo/a
red-headed

(pelo) rizado, chino (México)
curly (hair)

rubio/a
blonde

la tez
complexion

trigueño/a; (de) piel trigueña
light-brown skinned, olive-skinned

Claves para la conversación

Hay varias maneras de decir *Excuse me!* en español. El uso de cada expresión depende del contexto.

1. Para pasar entre dos o más personas: **¡Con permiso!** o simplemente **¡Permiso!** (es decir, me gustaría pasar con su/tu permiso). Se dice también, **¿Me permite?, ¿Me permiten?, ¿Me permites?** o **¡Disculpe!**

2. En caso de un pequeño trastorno o accidente: **¡Ay, perdón!, ¡Disculpe!, ¡Perdone por haberle molestado!** (*Excuse me for bothering you.*)

3. Para llamarle la atención a alguien: **¡Oiga!** (formal), o simplemente decir, **¡Señorita!, ¡Joven!** (*young man*), **¡Señor!,** etc.

Practica la pronunciación de la **g** en www.cengage.com/hlc.

PRONUNCIEMOS CON CLARIDAD

¡NO CAIGAS EN EL POZO!

A pesar de que terminan en **-a**, la mayoría de los sustantivos que terminan en **-ema** y **-oma** son masculinos. Palabras como **problema, tema, día, idioma, drama, sistema** y **clima** tienen su origen en el griego, no en el latín, y se acompañan de adjetivos masculinos. Este hecho es único al español y no ocurre en otros idiomas romances como el francés.

Un problema serio.   **Los sistemas más complicados.**

HERRAMIENTA GRAMATICAL
EXPRESIONES FORMALES DE INFLUENCIA

MANDATOS FORMALES

La mayoría de los hispanohablantes usan los mandatos en la forma de **ustedes (Uds.)** cuando se dirigen a un grupo, sea en un contexto formal o informal. (Solamente en España se escuchan dos formas diferentes: ustedes [formal] y vosotros [informal]). Para los mandatos formales se usan las formas del modo subjuntivo (tercera persona, singular o plural).

hablar ➠ **hable / hablen**   comer ➠ **coma / coman**   vivir ➠ **viva / vivan**

Los pronombres (reflexivos, directos, indirectos) van **al final** del verbo en la forma afirmativa del mandato y van **antes del** verbo en la forma negativa del mandato.

Levántese.   **Escríbanlo.**   **Háblenle.**
No se levante.   **No lo escriban.**   **No le hablen.**

OTRAS CONSTRUCCIONES COMUNES

Los mandatos son más suaves según el tono de voz del hablante o por el uso de expresiones como **por favor**. Existen además otras frases o expresiones en el habla coloquial que suelen usarse para pedirle algo a alguien o dar órdenes de una manera indirecta y más cordial.

1. Preguntas. Se puede usar el presente simple o el condicional en preguntas como las siguientes.

> ¿Me pasa el pan, tío?   Could you pass the bread, uncle?
> ¿Me trae la cuenta, por favor?   Check, please.
> ¿Me podría repetir el número?   Can you repeat that number?

2. El presente del subjuntivo.

> ¡Que se vayan! (Es una versión más corta de: I'm telling you (all) to get out.
> "Les digo que se vayan".)
> ¡Que me lo dé! (Es una versión más corta de: I'm telling you to give it to me.
> "Le digo (a Ud.) que me lo dé".)

3. El imperfecto del subjuntivo.

> Si yo **fuera** usted, viajaría por tren.   If I were you, I'd take the train.

4. El infinitivo. Como mandato indirecto se puede usar el infinitivo del verbo en dos casos.

- En instrucciones como recetas, manuales de usuario, carteles publicitarios y advertencias públicas tal como "No fumar". La ventaja de este uso es que el tono es neutro, pues evita el trato de tú o de Ud. al que se dirige el mensaje.

> No ingresar mascotas al edificio.   Do not bring pets into the building.
> No fumar.   No smoking (allowed).
> Limpiar el pollo antes de cocinarlo.   Clean the chicken before cooking it.

- En exclamaciones. Se usa también el infinitivo pero tiene que ir precedido por la preposición **a**.

> ¡Todos, a callar!   Everyone, quiet!
> ¡Niños, a dormir!   Kids, go to sleep!

Practiquemos

1. Situaciones ¿Qué les dirías a las siguientes personas en cada situación? Contesta con mandatos formales, en el singular o el plural según el caso.

1. Tus compañeros de cuarto están haciendo mucho ruido y necesitas estudiar ahora mismo.

   _____

2. Además, tus compañeros de cuarto son siempre muy desorganizados.

   _____

3. Después de tu examen necesitas dormir y no quieres oír ningún ruido en tu residencia.

   _____

4. Sugieres que tus amigos no tomen clases con la Dra. Jones.

   _____

5. Olvidaste hacer la tarea de tu clase de español y decides hablar con el profesor para pedirle más tiempo.

   _____

6. Para ayudar a la profesora de español les recoges la tarea a tus compañeros.

   _____

7. Vas a cenar a la casa de la madre de un amigo puertorriqueño. Tienes sed y quieres agua.

   _____

8. Durante la cena quieres sal y pimienta.

   _____

9. Quieres que la madre de tu amigo les cuente las historias de su infancia (*his childhood*).

   _____

10. Tú y tu amigo van a lavar los platos para que su madre descanse y no tenga que levantarse de la mesa.

   _____

2. Reglas de casa Tienes un problema con tus dos compañeros/as de cuarto. Cada noche ellos/ellas dejan sus mochilas en la silla y el escritorio de tu habitación. ¿Cuál es tu reacción? ¿Qué haces al respecto? ¿Qué les dices y, más importante, cómo se lo dices? Escribe en español lo que les dirías.

_____

_____

_____

_____

VENTANA A

...LAS FRONTERAS TRANSCULTURALES

ANTES DE HABLAR

1. Piensa en las reglas de la casa de tu familia e indica si se permite o no estas cosas en tu casa. Agrega dos reglas más al final.

	sí	no
usar maquillaje		
llevar un arete (para los hombres)		
sentarse a la mesa con la gorra puesta		
poner los pies en la mesa		
comer con los codos en la mesa		
comer la piel de la fruta (no pelar la fruta)		
usar palabrotas (to curse) en la presencia de adultos		
escupir (spit) en el piso		
andar por la casa descalzo (sin zapatos)		
andar por la casa en ropa interior		
hablar de la sexualidad		
hablar de la religión		
hablar de la política		
fumar		
tomar bebidas alcohólicas		

2. Estereotipos Uno de los estereotipos negativos asociados con los estadounidenses es su falta de conocimientos de la geografía mundial. ¿Estás de acuerdo con este estereotipo? Por ejemplo, muchos estadounidenses no saben dónde está Paraguay. En Paraguay, sin embargo, la gran mayoría sabe dónde está los Estados Unidos. ¿Por qué crees que exista esta diferencia?

3. Generalizaciones A pesar de que no es justo sacar conclusiones generalizadas de toda una cultura basada en una sola experiencia o unas pocas experiencias en particular, muchas personas lo hacen. ¿Por qué crees que lo hacen?

4. Prejuicios culturales Todos tenemos prejuicios culturales, es decir, ideas preconcebidas sobre las características de un grupo cultural. La mejor manera de poder darnos cuenta de nuestros prejuicios es viajar o estudiar y vivir en un ambiente multicultural —y no es necesario salir del país. Piensa en una de las primeras ocasiones en que te encontraste en un ambiente multicultural y escribe una breve descripción de esta experiencia. ¿Cuáles eran algunas de las ideas preconcebidas que otras personas expresaron de ti? ¿Descubriste que tú también tenías actitudes inesperadas?

5. Dichos Analiza estos refranes y clasifícalos según tus propias categorías. ¿Cómo reflejan los valores "estadounidenses"?

"Time is money."
"The customer is always right."
"The early bird gets the worm."
"I think I can! I think I can!"
"The end justifies the means."
"A man's home is his castle."

6. ¿Qué cualidades exhibe *"The Ugly American"*? ¿Cuál es el origen de esta expresión? ¿Qué significa "un estadounidense arrogante" e "inculto" (*uncultured*)? ¿Te consideras tú un americano feo?

_____

_____

_____

El video de este capítulo trata aspectos que muchos turistas no conocen sobre varias ciudades hispanas. Presta atención especial al contenido y la pronunciación de la consonante g. Después contesta las preguntas a continuación.

PARA VER

¿QUÉ HAS VISTO?

1. ¿Qué tipo de eventos se puede ver en la cancha? ¿Por qué nos la recomienda Pablo?

2. ¿Cuál de las ciudades que menciona Raquel visitarías tú y por qué la recomienda ella?

3. Describe cómo viajar en el país de uno de los entrevistados si la persona no quiere andar en coche.

4. ¿Qué es una parrilla? ¿Qué comida típica aconsejas tú se debe probar en tu ciudad?

5. ¿Adónde recomienda Andrea que debes ir para comprarte un bonito recuerdo de Costa Rica y qué puedes comprar allí?

LECTURA

Americano... estadounidense... norteamericano... ¿gringo?

Lee este ensayo sobre los nombres usados para los ciudadanos de los Estados Unidos. Identifica las ideas principales para hablar de ellas en clase.

Los tres nombres más frecuentes para identificar a los ciudadanos de los Estados Unidos son "americanos", "estadounidenses" y "norteamericanos"; sin embargo, ninguno de los tres es el más acertado (*on target*). Por ejemplo, Canadá y México son también países americanos, y norteamericanos. Y, de hecho, el nombre oficial de México es los Estados Unidos Mexicanos, por lo que los mexicanos también pueden decir que son "estadounidenses". Algunos nombres coloquiales que se usan para identificar a los habitantes de los Estados Unidos son "yanqui", "gabacho" y "gringo". El término "gringo" en particular parece ser el que más se usa en la calle para nombrar a los habitantes de los Estados Unidos.

¿Cuál es el origen de gringo? Existen muchas teorías sobre el origen de esta palabra. Algunos expertos ofrecen la definición de gringo/a como un extranjero que se encuentra en un país que no es suyo, o una persona, en particular de habla inglesa, y en general de otro idioma que no sea el local. Esta definición describe el uso de gringo/a en Cuba, El Salvador, Honduras y Nicaragua, y se convierte en sinónimo de *estadounidense*. En algunos países, como Uruguay, la definición de gringo abarca (incluye) las

nacionalidades inglesa y rusa. En otros países como Bolivia, Honduras, Nicaragua y Perú la palabra gringo se usa también para identificar a una persona rubia y de tez blanca, así como para identificar un idioma que no se entiende. Por otro lado, algunas personas asocian gringo con una variación de *griego*, en otras palabras, un hablante de una lengua no romance.

Por último, algunos historiadores le atribuyen a gringo un origen puramente lingüístico —que no tiene nada que ver con lo racial—, apoyándose en un suceso documentado de la guerra entre México y los Estados Unidos de 1846–1848: soldados estadounidenses cantaban una canción popular de la época, "*Green grow the rushes...*". Según esta teoría, los soldados mexicanos empezaron a asociar las palabras de esa canción con los soldados del bando enemigo. Otra hipótesis que también data de la guerra entre México y los Estados Unidos (1846–1848) relaciona *gringo* con el nombre del color verde (*green*) de los uniformes de los soldados estadounidenses y el de su moneda, los dólares. Además, una de las principales características físicas asociadas con los "gringos" son sus ojos claros, es decir, de color azul o verde. Según anécdotas de soldados mexicanos, estos gritaban a los enemigos las únicas palabras que sabían en el idioma extranjero para decirles que se fueran, "*Green go!*".

© Jovanig/Shutterstock

De sobremesa

Contesten estas preguntas en parejas o grupos de tres. Como siempre, cada estudiante leerá una parte de la pregunta a su grupo y todos contestarán. Usen las palabras, expresiones e ideas que anotaron para las secciones **Antes de hablar** y **Banco personal de palabras**.

LAS REGLAS DE LA CASA

- Con su grupo comparen sus respuestas a las preguntas de la primera sección de **Antes de hablar**. Apunten tres diferencias y tres aspectos en común.

- ¿Son diferentes estas reglas en las casas de sus tíos o abuelos? ¿En qué forma(s)? Usen ejemplos específicos y comparen las diferentes situaciones.

- Viajar o vivir en una sociedad extranjera implica descubrir diferencias culturales. ¿Por qué son importantes las fronteras en cuestiones culturales? Analicen el impacto de las fronteras en países como los Estados Unidos y Canadá, y compárenlo con el de otros países como Australia, Paraguay, España o Alemania.

- ¿Quién de su grupo conoció o vivió con un estudiante de intercambio en la escuela secundaria? Compartan sus experiencias con relación a las diferencias culturales que descubrieron.

LA CULTURA DE SU UNIVERSIDAD

Hagan una lista de características de la cultura de su universidad. ¿Qué hacen Uds. que no se hace en otros sitios? ¿En qué sentido es única su universidad?

- Usando mandatos formales, escriban una lista de sugerencias para un grupo de estudiantes nuevos. Incluyan consejos para adaptarse a la cultura de su universidad como la acaban de describir.

- Consulten con su grupo y contesten las siguientes preguntas: ¿Consideran Uds. que están totalmente integrados en la cultura de su universidad? ¿Cómo son diferentes? ¿Hay un compañero/a de estudios suyo/a que represente al estudiante típico de su universidad? ¿En qué aspectos? ¿Hay estudiantes internacionales en su universidad? ¿Los conocen? ¿Qué es lo que han aprendido de ellos?

"AQUÍ ESTÁ TU LETRERO"

- Observen las características típicas de los "gringos" a continuación. ¿Son reales estas características? ¿Cuáles son los motivos de cada característica "gringa"? Luego con su grupo hablen de las reacciones que estas acciones podrían provocar en las personas de otra cultura que los observan. En otras palabras, ¿cuál es la percepción de los estadounidenses evocada a través de estas acciones?

- Ud. es un "gringo" en una ciudad extranjera notable por sus costumbres conservadoras si...

1. sale a caminar por las calles sin cubrirse las piernas y los pies.
2. lleva una mochila y tiene puesta una gorra de béisbol.
3. le pregunta a un taxista cuánto le debe al llegar a su destino (no antes de subirse al taxi).
4. al esperar que se abra una oficina, forma de inmediato una fila ordenada para entrar por turnos.
5. usa la expresión "españoles" para referirse a los latinoamericanos.

DOBLE VÍA

 Contesten estas preguntas en grupos de cuatro. Como siempre, cada estudiante leerá una parte de la pregunta a su grupo y todos contestarán.

Situaciones

Imaginen que están estudiando en otro país. ¿Qué harían al verse en una de estas situaciones? Con su grupo determinen la mejor manera de resolver los problemas. Luego preparen un breve *roleplay* para presentar en clase.

1. Están en un bar en Sevilla, España, comiendo un bocadillo, tomando un café y leyendo el periódico. De repente una pareja se sienta a su lado y empieza a hablar muy fuerte y fumar. La brisa de la puerta les echa el humo en la cara. Detestan el humo. ¿Qué hacen ustedes? ¿Les dicen algo?

2. Están en la mesa a la hora de cenar con su familia de intercambio ecuatoriana. Sale una noticia en la radio sobre la guerra estadounidense en Irak. La señora de la familia les habla por diez minutos contra la actitud "egoísta y agresiva" de la política exterior de los Estados Unidos y su tendencia de interferir con los gobiernos y las leyes de naciones soberanas y matar civiles (*civilians*) en sus misiones ocultas. ¿Cuál es su reacción?

3. Caminan por las calles de Granada, España. Una mujer les ofrece una flor en la calle, pero ustedes no se la aceptan. Ella no deja de insistir. Ustedes no quieren aceptar la flor. La mujer la mete en su bolsillo y empieza a pedir dinero agresivamente en voz alta. ¿Cuál es su reacción? ¿Qué hacen y dicen?

- Consideren de nuevo las mismas situaciones, con un cambio —todas las personas son estadounidenses. ¿En qué forma(s) cambiaría su reacción si estuvieran en su propio país?

Cómo evitar ser un "americano feo": ¡Acuérdense de los modales!

A fin de cuentas, ¿qué es lo que se hace para evitar convertirse en un "americano feo"? Lo más importante es tener la mente abierta y determinar la mejor manera de comportarse, haciendo preguntas, observando los alrededores en forma atenta y usando el sentido común. Los consejos específicos a continuación les pueden ser útiles. Primero, lean todas las sugerencias. Después, hagan un *role-play* para representar uno de los consejos.

1. Identifica tus actitudes culturales, los aspectos de la vida que das por sentado (rapidez, facilidad, privacidad, comunicación, preferencias compartidas).
2. Identifica tu estilo comunicativo. ¿Eres directo? ¿Quieres que los demás sean directos?
3. Identifica tu nivel de sensibilidad. ¿Qué tan fácilmente te sientes agraviado/a? ¿Crees que es inevitable que los demás ofendan?
4. Obsérvalo todo detenidamente. ¿Qué hace la gente? ¿Cómo reaccionan?
5. Antes de viajar a otro país, investiga la geografía, la política, los temas candentes, sus relaciones con los Estados Unidos (guerras, intervenciones, etc.).
6. Da las gracias siempre. A todas las personas les gusta la cortesía.
7. Ten paciencia. El concepto del tiempo es diferente en otras culturas. ¡Acéptalo o sufrirás!
8. Conserva energía. Los recursos son mucho más escasos y caros en otros países.
9. Sé flexible. Acostúmbrate a la idea de que muchas veces te vas a llevar sorpresas.
10. Busca lo positivo en las diferencias.

TALLER DE REDACCIÓN

Un centenar Escoge un tema a continuación y escribe un ensayo de 100 palabras.

1. Escribe una "declaración de opinión" (*position statement*) con respecto a los mendigos en la calle (en tu ciudad u otro lugar que conozcas). Presenta tu opinión sobre temas relacionados con los mendigos. Por ejemplo: ¿Se les debe dar dinero o comida? ¿Cuánto dinero? ¿Con qué frecuencia? ¿Qué es lo que en verdad necesitan?

2. Elige uno de los estereotipos de los estadounidenses que trataste en clase. Explica en qué aspectos el estereotipo representa o no la realidad. Considera estos descriptores: ricos, ruidosos, desconsiderados, ignorantes, maleducados, arrogantes, tacaños, avaros, perezosos, promiscuos, gordos, monolingües (hablan un solo idioma, el inglés), ignorantes de la geografía, etc.

Para desarrollar Escribe un ensayo sobre el siguiente tema. Sigue las instrucciones de tu instructor con respecto a las fuentes que puedes usar.

Recomienda un lugar turístico. Debe ser un destino muy popular en tu estado que conoces bien. Escribe un ensayo para recomendar este sitio no por sus características más evidentes, sino por sus características no muy famosas, que sólo tú y tus amigos conocen.

Para aprender más sobre las atracciones de Puerto Rico, visita www.cengage.com/hlc.

VIAJE

Aprende a preparar uno de los platillos más típicos y sabrosos del Caribe, el arroz con pollo, en www.cengage.com/hlc.

¡A COMER!

En su canción "Contamíname" los españoles Ana Belén y Víctor Manuel ofrecen un hermoso homenaje a la diversidad de la cultura española. Para escuchar esta canción, visita www.cengage.com/hlc.

MÚSICA

CAPÍTULO 19

¿CIUDADANO, INMIGRANTE, INDOCUMENTADO?

HERRAMIENTAS LÉXICAS

LA VIDA SECRETA DE LAS PALABRAS

Emigrar e inmigrar

emigrar: (del latín *emigrāre*). (1) *intr.* Dicho de una persona, de una familia o de un pueblo: Dejar o abandonar su propio país con ánimo de establecerse en otro extranjero. (2) *intr.* Ausentarse temporalmente del propio país para hacer en otro determinadas faenas (labores). (3) *intr.* Abandonar la residencia habitual dentro del propio país, en busca de mejores medios de vida.

inmigrar: (del lat. *immigrāre*). (1) intr. Dicho del natural de un país: Llegar a otro para establecerse en él, especialmente con idea de formar nuevas colonias o domiciliarse en las ya formadas. (*DRAE*)

La inmigración

la amnistía
amnesty; a period during which penalties for past violations of immigration laws such as illegal entry are waived

el asilo político
political asylum

la cárcel
jail, prison

la ciudadanía
citizenship

el/la ciudadano/a
citizen

el crisol
melting pot

la deportación
deportation

la herencia
heritage, legacy; inheritance

el/la indocumentado/a
undocumented immigrant

la migra, la (policía de) migración
USCIS officer (U.S. Citizen and Immigration Services, part of the Department of Homeland Security)

el/la refugiado/a político/a
political refugee

la (tarjeta de) residencia permanente; la tarjeta verde
permanent resident card; green card

el/la residente
permanent resident (of the U.S.); a prerequisite to become a (naturalized) citizen

dar por hecho, dar por sentado, dar por supuesto, dar por sabido
to take for granted, assume

la visa / el visado
visa; an endorsement made in a passport that allows the bearer to enter a country

Claves para la conversación

Aquí hay cinco maneras de expresar el desacuerdo con alguien, en orden de lo más neutro a lo más crítico.

1. Yo lo veo de manera distinta.
2. No estoy de acuerdo.
3. No creo que tengas razón.
4. Creo que te equivocas.
5. Estoy (totalmente) en contra de lo que dices.

Practica la pronunciación de las letras **k, p y t** en www.cengage.com/hlc.

PRONUNCIEMOS CON CLARIDAD

¡NO CAIGAS EN EL POZO!

En España y en otros países hispanos se usa un punto en vez de una coma para indicar los millares: **4.000** = *4,000*. Se usa una coma en vez de un punto para expresar los decimales: **2.65** = *2,65*.

La excepción es que no se usa ni **coma** ni **punto** cuando se habla de los años, los números de las páginas, las direcciones (de calle o de casa) y los códigos postales. Los números de los artículos, decretos o leyes tampoco llevan coma ni punto.

Nací en **1990.**   El coche cuesta **15.772,00 euros.**

Su majestad Juan Carlos I aprobó el Real Decreto **1099/1986.**

Mil significa *one thousand*; **mil y uno** = **1.001** = *one thousand one*, pero se dice **dos mil tres** = **2.003** = *two thousand three*.

Se usa la preposición **de** y un sustantivo con los millones y números más grandes para hablar de cantidades específicas. *A billion* se expresa como mil millones.

diez millones **de** habitantes = *ten million inhabitants*

dos mil millones **de** habitantes = *two billion inhabitants*

HERRAMIENTAS GRAMATICALES
TRES TIPOS DE ORACIONES CONDICIONALES (CLÁUSULAS CON *SI*)

Hay tres categorías principales de oraciones que tienen cláusulas introducidas por **si**. Las oraciones usan la misma estructura que su equivalente en inglés —*if... then... sentences*. Aún cuando las cláusulas no incluyen la palabra **entonces** (*then*) como las oraciones en inglés, existe una relación implícita de **causa y efecto**.

I. INDICATIVO + INDICATIVO

En la primera categoría de oraciones con **si** se establece una relación sencilla entre dos acciones y **no** se usa el subjuntivo.

presente + presente

Si no **estudias**, no **puedes** sacar buenas notas.
     causa   **efecto**

If you don't study, you can't get good grades.

presente + futuro

Si **estudias**, **sacarás** buenas notas.
    causa   **efecto**

If you study, you will get good grades.

pretérito + pretérito

Si Juan te **dijo** eso, se **equivocó**.
     causa   **efecto**

If Juan told you that, he was wrong.

imperfecto + imperfecto

Si Juan **decía** eso, no **tenía** razón.
     causa   **efecto**

If Juan was saying that, he was wrong.

II. IMPERFECTO DEL SUBJUNTIVO + CONDICIONAL

En la segunda categoría de oraciones condicionales se usa el imperfecto del subjuntivo y el condicional para hablar de situaciones **hipotéticas**, es decir, de lo que *pasaría* con la condición de que algo más *pasara*.

Si **tuviera** más dinero, **compraría** un pasaje de primera clase.
    causa   **efecto**

If I had more money, I would buy a first-class ticket.

Compraría un pasaje de primera clase si **tuviera** más dinero.
  efecto   **causa**

I would buy a first-class ticket if I had more money.

III. PLUSCUAMPERFECTO + PERFECTO DEL CONDICIONAL

En la tercera categoría de oraciones condicionales se trata también de situaciones hipotéticas, pero en el pasado. En estas oraciones se trata sobre las cosas que **habrían resultado** si algo más **hubiera pasado** antes.

Si Juan **hubiera hecho** su tarea ayer, no **habría tenido** problemas hoy en clase.

If Juan **had done** his homework yesterday, he **wouldn't have had** problems today in class.

Si Juan **hubiera ido** a tu casa, no **habría sufrido** el accidente.

If only Juan **had gone** to your house, he **wouldn't have had** the accident.

Practiquemos

1. **Preguntas con *si*** Contesta con frases completas.

 1. ¿Qué pasa **si** no estudias para un examen de español?

 2. ¿Adónde vas **si** quieres buscar cifras sobre la inmigración?

 3. ¿Dirías que en tu universidad se puede afirmar que "**si** estudias, sacarás buenas notas"?

 4. **Si** tuvieras que estudiar en otra universidad, ¿adónde irías?

 5. **Si** hubieras leído el libro primero, ¿te habría gustado más que la película?

 6. **Si** no fueras ciudadano de los Estados Unidos, ¿dónde vivirías?

 7. ¿Qué aprendes **si** vas a otro país?

 8. ¿Cómo habría sido diferente tu niñez **si** hubieras nacido en otro país?

 9. ¿Cómo habría sido tu experiencia en la escuela secundaria **si** no hubieras hablado inglés con fluidez?

2. **Cantidades** Escribe los números a continuación.

 Modelo: La población de los Estados Unidos en el año 2006 era de <u>299.398.484</u> personas.
 Doscientos noventa y nueve millones, trescientas noventa y ocho mil cuatrocientas ochenta y cuatro.

 1. La población de los Estados Unidos en el año 2000 era de <u>281.421.906</u> personas.

 _____

 2. El ingreso familiar promedio en los Estados Unidos en el año 2004 era de $<u>44.334</u>.

 _____

 3. El ingreso per cápita promedio en los Estados Unidos en el año 1999 era de $<u>21.587</u>.

 _____

 4. El área de los Estados Unidos es de aproximadamente <u>3.537.438</u> millas cuadradas.

 _____

Fuente: *U.S. Census Bureau State and Country Quick Facts*

VENTANA A

...LOS HISPANOS FUERA DE SUS PAÍSES DE ORIGEN

ANTES DE HABLAR

1. Si tuvieras que vivir en otro país, ¿dónde vivirías?

   _____

2. ¿De dónde eran tus antepasados?

   _____

3. ¿Hace cuántas generaciones vive tu familia en los Estados Unidos?

   _____

4. Si tienes un familiar o un/a amigo/a que emigró de otro país, llámalo/la y pregúntale por qué vino a los Estados Unidos y no a otro país.

   Persona: _____ País: _____

   Motivo por inmigrar: _____

   _____

5. Llama a tu familia o a un/a amigo/a íntimo/a y pregúntale adónde iría si tuviera que emigrar de los Estados Unidos por razones económicas.

   Persona: _____ País: _____

   Motivo por emigrar: _____

6. Se usa el término "primera generación" para hablar de las personas nacidas en los Estados Unidos, sin que importe de dónde sean sus padres. Este término puede usarse también para hablar únicamente del padre o de la madre, es decir, "primera generación por parte de mi madre/padre." ¿A qué generación perteneces tú?

7. ¿Cuáles son los grupos de inmigrantes que viven en tu región? ¿De dónde son?

   _____

   _____

8. Haz una lista de todos los trabajos que has tenido.

   _____

   _____

   _____

9. A finales de los años 60 y 70 algunos jóvenes estadounidenses huyeron de los Estados Unidos a Canadá para evitar la conscripción o servicio militar obligatorio. Tomaron esta decisión para no tener que luchar en la guerra de Vietnam porque creían que no era justa. ¿Qué habrías hecho tú en esa situación? ¿Qué harías en una situación parecida?

_____

_____

_____

10. ¿Cuáles son tus consejos para los inmigrantes hispanos en los Estados Unidos? ¿Qué tendrán que hacer si quieren tener éxito?

_____

_____

_____

En el video de este capítulo hablan algunos inmigrantes e hijos de inmigrantes en los Estados Unidos. Presta atención especial al contenido y la pronunciación de la **k, p y t.** Después, contesta las preguntas a continuación.

PARA VER

¿QUÉ HAS VISTO?
Lee estas preguntas antes de ver el video y contéstalas después.

1. Selecciona a uno de los entrevistados y describe las circunstancias en que sus padres llegaron a los Estados Unidos.

2. ¿Dónde escogería vivir Andrew y por qué?

3. ¿Qué diferencia hay entre las palabras "latino" e "hispano" según Andrew? ¿Cómo mejorarías tú esa definición?

4. Explica la idea de Liz con respecto a los inmigrantes ilegales. ¿Estás de acuerdo con un plan así? Explica por qué sí o no con razones específicas.

5. ¿Estás de acuerdo con Andrew sobre emplear a un inmigrante indocumentado? ¿Cuáles son algunas consecuencias si se pone esto en práctica?

LECTURA

EN BUSCA DEL SUEÑO AMERICANO

Lee este artículo sobre la inmigración y busca las ideas principales para hablar sobre ellas en clase.

Si tuvieras que mudarte a otro país, ¿cuál escogerías? La decisión de emigrar a otro país no es una que tienen que enfrentar muchos estudiantes de universidades estadounidenses, pero sí es un tema que ven todos los días, gracias al crecimiento en los Estados Unidos de la población de origen hispano y de otros grupos de inmigrantes.

Cuando un estadounidense toma en cuenta las ventajas y desventajas de vivir en otro país, lo que menos imagina es la posibilidad de no ser aceptado por otro gobierno. Sin embargo, hay países, como los miembros de la Comunidad Europea (CE), en los que las leyes de inmigración están diseñadas para disuadir a los inmigrantes de quedarse de manera permanente. En algunos países, como Gran Bretaña y Alemania, para aceptar la solicitud de un inmigrante que desea conseguir la residencia permanente, se toman en cuenta circunstancias como su herencia étnica o cultural (es decir, el tener antepasados que fueron ciudadanos, hasta de segunda generación), además de su situación financiera (con el fin de evitar que se convierta en una carga para el gobierno).

De la misma manera, en los Estados Unidos presentar hoy en día una solicitud de inmigrante legal (iniciar el proceso para residir legal y permanentemente en los Estados Unidos) se trata de un proceso largo, costoso e incierto.

Muchas veces, el proceso se complica por el origen de la persona que solicita la inmigración; por ejemplo, resulta sumamente difícil si es de México, China, Vietnam o la India. Una persona que quiere inmigrar legalmente a los Estados Unidos tiene la opción de solicitar su entrada de acuerdo a las siguientes categorías: como trabajador altamente calificado, como pariente cercano de un residente permanente o de un ciudadano (o sea, su esposo/a, hijo/a o padre/madre) o como refugiado político que busca asilo por persecución en su país de origen (amenazas a su vida o a su bienestar o por razones de persecución religiosa, política y social).

Se conoce en los Estados Unidos más que otros casos el del asilo político concedido a las personas de origen cubano. Para ellos el proceso que lleva a la ciudadanía es bastante rápido debido a las condiciones especiales en su país.

Es evidente que el fenómeno de las migraciones en los Estados Unidos es muy complejo. La presencia de ciudadanos de otros países en los Estados Unidos hace que se enfoque la atención en las ventajas de participar en el "sueño americano". Cada nueva ola de inmigración, ya sea de foráneos (personas que se mudan de una región del país a otra) o extranjeros (que llegan de otros países), tiene su propia interpretación de ese sueño y contribuye a que se funden y fusionen entre sí muchas culturas en el crisol social estadounidense.

De sobremesa

Contesten estas preguntas en grupos de dos o tres. Como siempre, cada estudiante leerá una parte de la pregunta a su grupo y todos contestarán. Usen las palabras, expresiones e ideas que anotaron para las secciones **Antes de hablar** y **Banco personal de palabras**.

UN PAÍS DE INMIGRANTES

- Usen la información de **Antes de hablar** para hablar de dónde, cuándo, adónde y cómo emigraron sus familias. Para los que no saben estos datos, tomen nota de las respuestas de los demás.

- ¿Creen que tiene importancia el número de generaciones que lleva una familia en un país? ¿Por qué? ¿En qué forma(s) creen que es diferente la vida en los Estados Unidos a la vida en Europa o Asia con respecto a las tradiciones étnicas y sociales?

- ¿Cuánta importancia tiene para ustedes su herencia étnica? ¿Cómo la preservan sus familias?

DERECHOS Y PRIVILEGIOS

¿Saben que todas las personas que viven y trabajan en los Estados Unidos, incluso los indocumentados, tienen ciertos derechos? ¿Saben cuáles son esos derechos? Con un/a compañero/a de clase, lean la siguiente lista y, si no lo saben, traten de determinar cuáles son los derechos que tienen los indocumentados en su estado. Escriban Sí o No para cada uno.

1. _____ Tener un pasaporte estadounidense
2. _____ Obtener una licencia de conducir
3. _____ Conseguir un trabajo con el gobierno federal
4. _____ Prestar servicio militar
5. _____ Recibir atención médica de emergencia, gratis
6. _____ Tener acceso a representación legal en los tribunales (*courts*)
7. _____ Solicitar que miembros de su familia entren en el país

- Con su compañero/a, hablen sobre la importancia de los derechos que los indocumentados **no** tienen. ¿Qué derechos deberían tener? ¿Cuáles no? Con tu grupo, hablen sobre la siguiente situación hipotética: Si pudieran cambiar las leyes del país, ¿les quitarían a los indocumentados algunos derechos de los que ya tienen? ¿Les concederían otros? ¿A nivel estatal o nacional?

- ¿Saben que todas las personas que trabajan en este país tienen que pagar impuestos federales y estatales? Si no conocían este hecho, ¿les hace cambiar de opinión con respecto a los derechos de los indocumentados? ¿Por qué sí o por qué no? Compartan sus ideas con el resto de la clase.

- Imaginen que alguien en su familia quiere construir un balcón para la casa. Si contratan a trabajadores indocumentados, el costo de construirlo será de unos 1.500 dólares. Si contratan a una compañía que paga beneficios a sus empleados, el costo será alrededor de 2.000 dólares. ¿Qué decisión tomarán? ¿Por qué? ¿Qué factores se deben considerar?

- Si fueran dueños de una compañía de construcción, ¿contratarían a inmigrantes indocumentados? ¿Por qué creen que tantas compañías lo hacen? ¿Se debe castigar a los trabajadores que no tienen sus papeles en orden o a los dueños de compañías que les dan los trabajos? ¿Qué opinan de la práctica de pagar los salarios en efectivo, sin ofrecer beneficios de atención médica? ¿Es justa esta práctica para los obreros?

DOBLE VÍA

Contesten estas preguntas en grupos de cuatro. Como siempre, cada estudiante leerá una parte de la pregunta a su grupo y todos contestarán.

La tolerancia

Una de las metas principales de una educación universitaria es la capacidad de apreciar y negociar diferencias de opinión para que el estudiante desarrolle una visión multicultural y tolerante del mundo.

- ¿Qué significa la tolerancia? ¿Es algo que hay que aprender o es algo que todos poseemos? ¿Por qué?
- La clase se va a dividir en dos grupos. El primer grupo va a hacer una lista de las cualidades que componen la tolerancia para completar esta oración: "Si eres tolerante, entonces tú…" Luego van a organizar los elementos de la lista en orden de importancia.
- El segundo grupo va a hacer un diagrama de los pasos que se deben seguir para lograr la tolerancia. Su diagrama podría consistir en círculos concéntricos cuyo centro representa el objetivo principal (la tolerancia). Como alternativa, podrían hacer un diagrama de ciclo, que muestre las características de la tolerancia como partes de un proceso continuo.
- Cada grupo va a explicar a la clase lo que crearon y responder a sus preguntas.

Debate

- Muchas personas creen que los empleados públicos como, por ejemplo, los magistrados (*judges*) de la Corte Suprema, deben reflejar los porcentajes étnicos de la población total. ¿Están de acuerdo ustedes? ¿Por qué sí o no? Si hay varios candidatos para un puesto y todos tienen la misma experiencia, ¿es preferible buscar el balance étnico o de género en el grupo? ¿Qué opinan todos?

- ¿Qué significa "multicultural" para Uds.? Hagan una lista de características. ¿Uds. mismos se consideran multiculturales? ¿Cuáles son algunos ejemplos de ciudades o países multiculturales?

El gran crisol

Una imagen que a menudo se usa para describir a los Estados Unidos es la de un crisol, o sea, un recipiente en el que se mezclan y se funden diferentes orígenes culturales y étnicos para crear una identidad indudablemente "estadounidense".

Crisol o copela para fundición de oro o plata.

- Con su grupo decidan si esta metáfora es acertada o falsa y den dos ejemplos de cómo y dónde se manifiesta la mezcla de razas y etnias en la cultura estadounidense.

- Ahora inventen otra metáfora que refleje la actual diversidad étnica, racial y religiosa de los Estados Unidos. Hagan un dibujo de su metáfora para ver si la clase puede adivinar el significado del simbolismo antes de que ustedes se lo expliquen.

- En el "Espejo enterrado" el escritor mexicano Carlos Fuentes plantea la siguiente pregunta: Si los Estados Unidos es un crisol, ¿qué debemos hacer? "¿Derretirse o no derretirse?" ¿Cómo "se derrite" uno culturalmente? ¿Qué se pierde cuando uno se derrite?

TALLER DE REDACCIÓN

Un centenar Escoge un tema a continuación y escribe un ensayo de 100 palabras.

1. Escríbele una carta a uno de los entrevistados del video para agradecerle por haber compartido su historia. Incluye por lo menos dos de los siguientes temas: una lección que sacaste de la entrevista, cómo te afectó su historia en lo personal, un ejemplo de una conexión personal con su historia.

2. Visita un lugar con una alta concentración de inmigrantes (no necesariamente hispanos). Algunos ejemplos: una tienda de comestibles o restaurante étnicos, o un festival internacional. Describe la actitud de las personas al interactuar entre sí.

Para desarrollar Escribe un ensayo sobre el siguiente tema. Sigue las instrucciones de tu profesor sobre las fuentes de investigación que puedes usar.

¿Amnistía o cárcel? ¿Deportación? Investiga el tema de la amnistía para los inmigrantes indocumentados. ¿Qué opinas de esta solución? ¿Te parece práctica? ¿Por qué sí o no? De acuerdo a las leyes de tu estado, ¿cuál es la opción actual para tratar la inmigración? Debes apoyar tus ideas sobre las medidas que defiendes y presentar opciones intentadas en otras regiones.

Para organizar una visita a Miami, una ciudad con fuerte sabor hispano, visita www.cengage.com/hlc.

VIAJE

Para aprender a preparar el delicioso sándwich cubano, visita www.cengage.com/hlc.

¡A COMER!

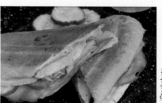

En la canción "Mojado" se aprecia una fusión inesperada de los ritmos del rock de Ricardo Arjona de Guatemala y la música norteña tradicional de México, de la Banda Intocable. Para escuchar esta canción visita www.cengage.com/hlc.

MÚSICA

CAPÍTULO 20
LA SOLEDAD AMERICANA

HERRAMIENTAS LÉXICAS

LA VIDA SECRETA DE LAS PALABRAS

Soledad y *comunión*

soledad: (< latín *solitas, solitatis*). (1) *f.* Carencia voluntaria o involuntaria de compañía. (2) *f.* Lugar desierto, o tierra no habitada. (3) *f.* Pesar y melancolía que se siente por la ausencia, muerte o pérdida de alguien o de algo.

comunión: (< latín *communio, communionis*). (1) *f.* Participación en lo común. (2) *f.* Trato familiar, comunicación de unas personas con otras. (3) *f.* En el cristianismo, acto de recibir los fieles la eucaristía.

La soledad

las afueras, los suburbios
suburbs

el aislamiento
isolation

(un perfecto) desconocido
(a perfect) stranger (usually masculine form)

desintegrarse
to break up/apart; to lose unity

la dispersión
diaspora; separation of people from their environment or homeland

estar solo/a
to be alone

sentirse solo/a
to feel lonely

Los retos

acompañado/a
accompanied

bien/mal acompañado/a
in good/bad company

arduo/a
very difficult (task), arduous, grueling

al azar, por casualidad
by chance

deber
must, should, be supposed to (obligation)

deber de
must, probably (probability)

el desafío
challenge; a death-defying act

desaforado/a
at the top of one's voice; wild

la enseñanza
teaching or moral lesson; an education

entorpecer
to hinder; to hold up; to get in the way

Claves para la conversación

La expresión *to wonder* tiene muchos equivalentes idiomáticos en español.

Me pregunto si estará allí.
I wonder if he'll be there.

¡Me sorprende que no te caíste y te rompiste el cuello!
I wonder/It is a wonder that you didn't fall and break your neck!

¡No me extraña!
No wonder!

Por nada.
Just wondering.

—¿Por qué preguntas? Por nada.
Why do you ask? I was just wondering.

 Practica la pronunciación de la **b** y la **v**
en www.cengage.com/hlc.

PRONUNCIEMOS CON CLARIDAD

¡NO CAIGAS EN EL POZO!

Estas son algunas expresiones en español para expresar la idea de *alone* (existen muchas más):

estar solo/estar a solas   *to be alone*

sentirse solo/ser solitario   *to be lonely*

único/a   *only* (adjetivo), *sole, unique*

lejano/a   *far away, a lonely place*

aislado/a   *lonely (place or person)*

sólo (con acento) < solamente   *only* (adverbio)

Los siguientes son dos refranes populares:

Mejor solo que mal acompañado.

Si no sabes estar solo, nunca serás libre.

HERRAMIENTA GRAMATICAL
DISCURSO INDIRECTO CON OTROS TIEMPOS VERBALES

En el Capítulo 8 se presenta un repaso de las formas del discurso indirecto en el presente (del indicativo y del subjuntivo) y el pasado (pretérito e imperfecto). En este capítulo repasamos discurso indirecto con diferentes tiempos verbales, es decir, el reportaje de lo que otras personas **dicen, dijeron** o **decían** sobre eventos del futuro, eventos condicionales o de mandatos.

REPORTAJE EN EL PRESENTE (DISCURSO INDIRECTO)

Analiza los siguientes ejemplos del discurso indirecto en el presente, el futuro, el condicional y los mandatos. Recuerda: los verbos **no cambian de tiempo** (aun cuando cambien de **persona**).

futuro (discurso directo)	*dice que* **+ futuro** *(discurso indirecto)*
Estudiaré esta noche.	Ella **dice que** estudiará esta noche.
I will study tonight.	*She says (that) she will study tonight.*
condicional (discurso directo)	*dice que* **+ condicional** *(discurso indirecto)*
Estudiaría esta noche si tuviera más tiempo.	Ella **dice que** estudiaría esta noche si tuviera más tiempo.
I would study tonight if I had more time.	*She says (that) she would study tonight if she had more time.*

Para reportar un **mandato** con el discurso indirecto se requiere que los verbos que indican el mandato se expresen en el subjuntivo, ya sea presente o imperfecto, y dependiendo del contexto.

mandato (discurso directo)	*dice que* **+ presente del subjuntivo** *(discurso indirecto)*
¡Estudia!	Ella te **dice que** estudies.
Study!	*She tells/is telling you to study.*

REPORTAJE EN EL PASADO (DISCURSO INDIRECTO)

mandato (discurso directo)	*dijo que* **+ imperfecto del subjuntivo** *(discurso indirecto)*
¡Estudia!	Ella te **dijo que** estudiaras.
Study!	*She told you to study.*
futuro (discurso directo)	*dijo que* **+ condicional** *(discurso indirecto)*
Estudiaré esta noche.	Ella **dijo que** estudiaría esta noche.
I will study tonight.	*She said (that) she would study tonight.*
condicional (discurso directo)	*dijo que* **+ condicional** *(discurso indirecto)*
Estudiaría esta noche.	Ella **dijo que** estudiaría esta noche.
I would study tonight.	*She said (that) she would study tonight.*

Practiquemos

1. **Mensajes de texto (txt)** Estás viendo un partido de béisbol con tu amigo o amiga especial. Explícale el contenido de estos mensajes de texto que recibes de tu compañero/a de cuarto. ¡Ojo! A lo mejor sea necesario cambiar el verbo en algunas oraciones.

   Modelo: ¿Quién **gana**?
   Nos pregunta quién **gana**.

   1. **¿Quieren** salir después del partido?
      Nos pregunta si _____
   2. **Estoy** en la fiesta de Carlos y **me abuuuuuuuuurre...**
      Dice que _____
   3. Es bueno que no **hayan venido** aquí.
      Dice que _____
   4. Ninguna amiga mía **ha llegado.**
      Dice que _____
   5. **¡Me muero** de aburrimiento!
      Dice que _____
   6. Los **veré** en el café universitario después del partido.
      Dice que _____
   7. **Debería haber ido** con Uds.
      Dice que _____

2. **Consejos** ¿Qué te aconsejaron antes de entrar en la universidad? Repite lo que te dijeron (en el pasado) estos familiares imaginarios.

   Modelo: Tío Bob: "No te **metas** en situaciones peligrosas".
   Mi tío Bob me **dijo que** no me **metiera** en situaciones peligrosas.

   1. Tía Elena: "Te aconsejo que **estudies** todas las tardes".
      _____
   2. Mami: "Cuando tenía dieciocho años, yo nunca **había salido** de Mississippi".
      _____
   3. Papi: "Es importante que no **faltes** a clase".
      _____
   4. Abuelita: Yo que tú, **llamaría** a mi madre todos los días".
      _____
   5. Abuelo: "¡**Diviértete**!"
      _____
   6. Tu hermano Pedro: "Te **escribiré** muchos emilios".
      _____
   7. Tu hermana Claudia: "Nunca **he tenido** una compañera de cuarto y no me gustaría tener una".
      _____

VENTANA A

...REFLEXIONES SOBRE MI VIDA

ANTES DE HABLAR

1. ¿Crees que sea cierto que el ideal de la cultura estadounidense es pasar la vida solo? ¿Por qué sí o no? Da tres ejemplos.

2. ¿Qué diferencia hay entre estar solo y sentirse solo?

3. ¿Cómo te sientes cuando estás en la ciudad? ¿Te sientes solo/a o acompañado/a? ¿Por qué?

4. ¿Prefieres estar en el campo o en la ciudad? Si quieres salir a meditar o pensar con calma, ¿adónde vas? ¿A caminar en un parque? ¿A subir una montaña? ¿A descansar en una iglesia u otro lugar público? ¿Por qué vas allí?

5. ¿Cuál es el mejor sitio en el campus para conocer a gente? ¿Fuera del campus? Menciona por lo menos un lugar en el campus y otro fuera del campus.

ENCUESTA: ¿SOLO/A O ACOMPAÑADO/A?

¿Prefieres participar en estas actividades solo/a o acompañado/a? ¿En público o en privado? Indica tus preferencias con una equis (x) en cada casilla (*box*).

actividad	sólo/a	acompañado/a	en público	en privado
ir al cine				
estudiar				
escuchar música				
ver películas				
comer en un restaurante				
caminar en el campo				
hacer ejercicio				
leer				
escribir un ensayo de investigación				
hablar por teléfono				
vivir en una residencia universitaria				
tomar café				

Contesta las preguntas a continuación para completar la encuesta.

1. ¿Piensas casarte o crees que prefieres vivir solo/a? _____

2. ¿Te gusta compartir los platillos en un restaurante? _____Sí _____No

3. ¿Prefieres trabajar en proyectos de grupo o individuales? _____

4. Cuando vas a una fiesta con un amigo especial, ¿prefieres acercarte a otras personas para hablar con ellas o pasar toda la noche al lado de tu amigo/a? _____

El video de este capítulo trata sobre qué provoca sentimientos de soledad en una persona y sobre la importancia de la familia y los amigos para un individuo. Presta atención especial al contenido y la pronunciación de la **b** y la **v**. Después contesta las preguntas a continuación.

PARA VER

¿QUÉ HAS VISTO?

Prepárate para ver el video y lee primero estas preguntas. Contesta las preguntas después de ver el video.

1. Según Claudia y Juan Pedro, ¿cuáles son algunas razones por las que los jóvenes se sienten un poco más acompañados en los países hispanos?

2. Juan Pedro explica lo que pasa con los jóvenes que se van a estudiar a otras ciudades ¿Cree él que el sentido de unidad de una familia sufre? ¿Qué piensas tú?

3. ¿Cuáles son dos factores que los entrevistados coinciden en que contribuyen al sentimiento de aislamiento de los inmigrantes hispanos?

4. Basándote en las definiciones de Claudia y Juan Pedro, describe una situación en la que estás solo/a y otra en la que te sientes solo/a.

5. Explica la sensación de Juan Pedro al volver a su país. ¿A qué se refiere con "una mezcla de todo"?

LECTURA
LA SOLEDAD AMERICANA

A continuación tienes unas citas de los discursos del mexicano Octavio Paz, el colombiano Gabriel García Márquez y el chileno Pablo Neruda cuando cada uno recibió el Premio Nobel de Literatura.

OCTAVIO PAZ, 1990 "La primera y básica diferencia entre la literatura latinoamericana y la angloamericana reside en la diversidad de sus orígenes. Unos y otros comenzamos por ser una proyección europea. Ellos de una isla y nosotros de una península. Dos regiones excéntricas por la geografía, la historia y la cultura. Apenas si debo mencionar, en el caso de los hispanoamericanos, lo que distingue a España de las otras naciones europeas y le otorga una notable y original fisonomía histórica. España no es menos excéntrica que Inglaterra aunque lo es de manera distinta. La excentricidad inglesa es insular y se caracteriza por el aislamiento: una excentricidad por exclusión. La hispana es peninsular y consiste en la coexistencia de diferentes civilizaciones y pasados: una excentricidad por inclusión".

GABRIEL GARCÍA MÁRQUEZ, 1982

"El desafío mayor para los latinoamericanos ha sido la insuficiencia de los recursos convencionales para hacer creíble nuestra vida. Este es, amigos, el nudo (*the crux*) de nuestra soledad.

La interpretación de nuestra realidad con esquemas ajenos sólo contribuye a hacernos cada vez más desconocidos, cada vez menos libres, cada vez más solitarios...

No pretendo encarnar las ilusiones de Tonio Kröger, cuyos sueños de unión entre un norte casto y un sur apasionado exaltaba Thomas Mann hace 53 años en este lugar. Pero creo que los europeos de espíritu clarificador, los que luchan también aquí por una patria grande más humana y más justa, podrían ayudarnos mejor si revisaran a fondo su manera de vernos. La solidaridad con nuestros sueños no nos hará sentir menos solos, mientras no se concrete con actos de respaldo legítimo a los pueblos que asuman la ilusión de tener una vida propia en el reparto del mundo".

PABLO NERUDA, 1971 "Yo no aprendí en los libros ninguna receta para la composición de un poema. Pienso que la poesía es una acción pasajera o solemne en que entran por parejas medidas la soledad y la solidaridad, el sentimiento y la acción, la intimidad de uno mismo, la intimidad del hombre y la secreta revelación de la naturaleza. Y pienso con no menor fe que todo está sostenido —el hombre y su sombra, el hombre y su actitud, el hombre y su poesía— en una comunidad cada vez más extensa, en un ejercicio que integrará para siempre en nosotros la realidad y los sueños, porque de tal manera la poesía los une y los confunde...

De todo ello, amigos, surge una enseñanza que el poeta debe aprender de los demás hombres. No hay soledad inexpugnable. Todos los caminos llevan al mismo punto: a la comunicación de lo que somos".

De sobremesa

Contesten estas preguntas en parejas o grupos de tres. Como siempre, cada estudiante leerá una parte de la pregunta a su grupo y todos contestarán. Usen las palabras, expresiones e ideas que anotaron en las secciones **Antes de hablar** y **Banco personal de palabras**.

LA SOLEDAD AMERICANA

Escriban en dos o tres oraciones una síntesis de la idea principal de cada uno de los discursos de la sección **Lectura**.

- Cada miembro del grupo escoge a uno de los tres autores para comparar sus ideas sobre la soledad latinoamericana. Compartan sus respuestas a estas preguntas: ¿Están de acuerdo con lo que el autor dice? ¿En qué se diferencia su interpretación a la de él?

- Con ejemplos de su propia experiencia contesten estas preguntas: ¿Hay algún aspecto de la cultura hispanoamericana que no hayan entendido hasta ahora? ¿Hay algo más que deberían saber sobre la cultura hispana para entender las conclusiones del escritor? ¿Qué es?

¿SOLO/A O ACOMPAÑADO/A?

Consulten la encuesta sobre sus preferencias que completaron para la sección **Antes de hablar**.

- Reúnanse con un/a compañero/a para intercambiar sus encuestas; es decir, tú lees sus respuestas y él/ella lee las tuyas. Escojan tres respuestas interesantes y pidan más datos a su compañero/a.
  Modelo: Anika, **tú dices que** nunca **has ido** al cine sola. ¿Vas con tus amigos generalmente?

- Una tradición importante en las familias hispanas es la de reunirse los domingos. ¿Qué hacen Uds. con sus familias? ¿Se reúnen con frecuencia? ¿Cuándo? ¿Dónde? ¿Qué hacen? Compartan sus experiencias con su grupo.

- Una de las características de la vida estadounidense es la dispersión, es decir, la desintegración del núcleo familiar porque los hijos salen de la casa a estudiar y buscar trabajos en otras ciudades o a casarse con personas de otra región o ciudad lejana. ¿Dónde viven sus tíos y abuelos? ¿Quiénes en el grupo viajan para reunirse con otros parientes? ¿Por qué?

- Con la clase, comparen las distancias que separan a sus familias respectivas. Dibujen un mapa donde muestren al (a los, las) estudiante(s) que tiene(n) los parientes más cercanos y los más lejanos.

DOBLE VÍA

Contesten estas preguntas en grupos de cuatro. Como siempre, cada estudiante leerá una parte de la pregunta a su grupo y todos contestarán.

El espacio y la comunicación

Piensen en cómo las circunstancias del espacio que nos rodea afectan las relaciones entre las personas. ¿Cómo es diferente vivir en un apartamento que en una casa en las afueras de una ciudad? ¿Cuándo tienen ustedes encuentros al azar con sus vecinos? ¿Dónde?

- Piensen por un momento en su universidad. Hagan una lista de los espacios públicos donde las personas se encuentran unas a otras al azar. ¿Creen que estos encuentros son importantes?

- Todas las ciudades coloniales fundadas por los españoles tienen una plaza central, muchas veces con una iglesia o catedral y edificios gubernamentales. ¿Qué función o funciones tiene ese tipo de organización del espacio público? ¿Por qué son importantes esos edificios para la identidad de una ciudad? ¿Hay un sitio o una plaza parecidos en su ciudad? ¿Qué actividades se realizan allí?

- Cada ciudad hispana también tiene un parque público, aparte de la plaza central. ¿Conoces algunos parques importantes de los Estados Unidos? ¿Hay un parque en su ciudad? ¿Qué actividades se realizan allí? ¿Quién(es) lo visita(n)? ¿Van ustedes? ¿Por qué sí o no?

Caminos... puentes...

Uno de los símbolos más dramáticos del sueño de unidad en el continente americano es la Carretera Panamericana o Interamericana, que se extiende de Alaska a la Argentina por más de 27.700 km (unas 17.000 millas). Lo único que hace falta para terminar la ruta es un puente elevado que atraviese la zona de la selva del Darién, entre Panamá y Colombia, uniéndo los dos países.

- Incluso en esta época de viajes aéreos los puentes son muy importantes para la comunicación. ¿Qué imagen surge en su mente cuando cierran los ojos y piensan en la palabra *puente*? ¿Cuáles son los puentes famosos del mundo hispano que conocen? ¿Para qué sirven? ¿Conocen algunos puentes naturales?

- De acuerdo a la experiencia del argentino Gabriel Storchi, quien llegó a Alaska en agosto de 2008 después de recorrer la Carretera Panamericana en coche, toma unos ocho meses hacer ese viaje. ¿Cuál es el viaje en coche más largo que han hecho? ¿Cuáles fueron algunos elementos del camino que hicieron más fácil ese viaje? (por ejemplo, puentes, carreteras, sistemas de ferry, etc.) ¿Cuál fue el lugar más aislado que encontraron y por qué estaba tan aislado?

- Los críticos que se oponen a la construcción de la única parte que falta de la Carretera Panamericana argumentan que el puente es una amenaza para la ecología de la selva del Darién. Además amenaza la vida tradicional de las tribus indígenas que comparten ese ecosistema. ¿Cómo sería posible proteger el ecosistema y al mismo tiempo facilitar la comunicación en la región? Con su grupo, piensen en cinco medidas (*measures*) que se pueden tomar para mantener las vías de comunicación abiertas y fomentar el turismo 'verde' y consciente del ecosistema.

TALLER DE REDACCIÓN

Un centenar Escoge un tema a continuación y escribe un ensayo de 100 palabras.

1. Si tuvieras que hacer "el último discurso de tu vida", ¿qué dirías? Escoge a una (o más) de las siguientes personas y escribe tu discurso dirigido: a la persona más importante en tu vida, a tus amigos, a tu familia, a un perfecto desconocido.

2. Investiga una de estas plazas y describe su papel en la vida cultural y social del país donde se encuentra. Busca datos de las actividades históricas y actuales celebradas en la plaza.

    La Plaza Mayor de Madrid

    El Zócalo (México, D.F.)

    La Plaza de Mayo (Buenos Aires)

    Otra que tú conozcas en un país hispano

Para desarrollar Escribe un ensayo sobre el siguiente tema. Sigue las instrucciones de tu instructor con respecto a las fuentes que puedes usar.

Tu universidad se opone a la construcción de una plaza en el centro del campus. Escribe un ensayo para convencer al presidente de la universidad y a otros estudiantes de que es muy importante crear un lugar que sirva de punto de reunión para la comunidad. Pon atención especial a tus conclusiones; estas no son simplemente un resumen de tus argumentos, sino la sección de tu ensayo en que haces un fuerte llamado a favor de la construcción de la plaza y su ubicación (*placement*).

Para explorar las riquezas naturales de Panamá, visita www.cengage.com/hlc.

VIAJE

© Kevin Schaefer/Alamy

Para aprender a freír los plátanos, visita www.cengage.com/hlc.

¡A COMER!

© R. J. Lerich/Shutterstock

Escucha el tango tradicional "Canción desesperada" de Enrique Santos Discépolo, en una interpretación nueva de la Orquesta Típica Fernández Fierro, en www.cengage.com/hlc.

MÚSICA

© Wireimage/Getty Images

VOCABULARIO ESPAÑOL-INGLÉS

Abreviaturas

adj ....adjetivo
adv ....adverbio
aux ....auxiliar
conj ....conjunción

fam ....familiar
interj ......interjección
interr ......interrogativo
pl ....plural

prep ....preposición
s ....sustantivo
v ....verbo

A

abajo below or downstairs, down there, **10**

acaso maybe, perhaps, **16**

a causa de because of, **6**

acertado/a *(adj.)* right (meaning "correct"), **2**

acomodado/a *(adj.)* well off (economically), **13**

acompañado/a *(adj.)* accompanied; **bien/mal acompañado/a** in good/bad company, **20**

acontecimiento, el event, **17**

a corto plazo short-term, **9**

acotado/a *(adj.)* limited by logical or natural boundaries, **2**

actualmente *(adv.)* currently, **9**

adelgazar to lose weight, **7**

adentro/dentro inside; **dentro de** inside of, **10**

adinerado/a *(adj.)* well off (economically), **13**

afirmar to confirm, to declare, **8**

afrontar to face (a challenge), **9**

afuera/fuera outside, **10**

afueras, las *(n. pl.)* suburbs, **20**

agilizar to speed up; _____ **la historia** to move the story along, **16**

agradar to like; to enjoy (people and things), **11**

agradecer to appreciate, be grateful; thank (someone), **17**

ahorrar to save (money), **12**

aislado/a *(adj.)* lonely (referring to a place or person), **20**

aislamiento, el isolation, **20**

a largo plazo long-term, **9**

al azar by chance, **20**

al lado de next to, **10**

alcanzable *(adj.)* reachable, within reach, **9**

alcanzar metas to achieve goals, **9**

alérgico/a *(adj.)* allergic (to something), **15**

almacén, el department store, **12**

alquilar to rent, **11**

alrededor around; **alrededor de** around, **10**

a lo mejor maybe, perhaps, **16**

amar to love (God, family, romantic interest), **11**

amnistía, la amnesty; period during which penalties for past violations of immigration laws such as illegal entry are waived, **19**

¡Anda! Interesting!, Let's go!, **17**

¡Ándale! No way!, That's it! (Mexico), **17**

andar to walk, **17**

animal de felpa, el stuffed animal, **5**

animal de peluche, el stuffed animal, **5**

animar to encourage; to animate (in films), **9**

año/mes pasado, el last year/month, **3**

año, el year; **años noventa,** los *(n.pl.)* the '90s, **2**

anoche last night, **3**

ansiar to desire (strongly), **13**

antelación in advance, prior (to); **con minutos de** _____ minutes early, **2**

antes de + infinitivo before, **9**

antes de que + subjuntivo before, **9**

apegarse (a) to stick to, **13**

apellido, el last name, **1**

apodo, el nickname, **1**

apreciar to esteem; to be fond of (people), **11**

aprieto, el predicament, tight spot, **17**

arduo/a *(adj.)* arduous, grueling, very difficult (referring to a task), **20**

arena, la sand, **11**

arte, el/**artes,** las *(n. pl.)* art, arts, **10**

arrepentirse (de) to regret, **9**

almacén — **asilo politico,** el political asylum, **19**

ataúd, el casket, **4**

atentados terroristas, los terrorist attacks, **16**

a veces sometimes, at times, **3**

atrás behind, backwards, **10**

aumentar de peso to gain weight, **7**

automotivado/a *(adj.)* self-motivated, **9**

avalancha de barro, la mudslide, **14**

ayer yesterday, **3**

B

bachillerato, el (Central America) high school, **6**

bahía, la bay, **11**

bajo below, under, **10**

balneario, el ocean resort, **11**

bañarse to go swimming; to bathe; _____ **desnudo/a** to skinny dip, **11**

bar, el (Spain) café, (Latin America) bar, **15**

batería, la battery, **8**

batido/a *(adj.)* whipped, **15**

beber to drink, to consume (emphasis on physical aspect), **15**

belén, el nativity scene (regional), **3**

bien *(adv.)* well, **13**

bikini/biquini, el bikini, **11**

billetera, la wallet, **1**

blanco/a *(adj.)* white/light-skinned, **18**

bloqueador solar, el sunblock, **11**

boceto, el sketch, **10**

bodegón, el still life, **10**

brecha generacional, la generation gap, **13**

bronceado/a *(adj.)* tanned, **18**

broncearse to get a tan, **11**

bueno/a *(adj.)* good, **13**

C

caballete, el easel (art), **10**

caer bien/mal to get along with/like (people); to agree with (food), **11**

café instantáneo, el/Nescafé instant/powdered coffee, **15**

café, el coffee; **Café con leche, por favor...** Coffee with milk, please...; _____ **descafeinado (de sobre o de máquina)** decaf coffee (instant, or from the vending machine); _____**de grano** whole bean coffee; _____**solo** black coffee, **15**

cajero automático, el ATM, **17**

calificado/a *(adj.)* qualified, **6**

¡Cálmate! Be cool! Relax! **1**

caluroso/a *(adj.)* warm, hot (as in "a hot day"), **11**

camarero/a, el/la waiter/waitress, **15**

caminante, el/la traveler (on a pilgrimage), **17**

caminar (por mi cuenta) to walk around (on my own), **17**

cárcel, la jail, prison, **19**

carnet de conducir, el (Spain) driver's license, **2**

carrera, la major, **6**

cartel, el poster, **12**

cáscara, la peel, skin, rind, **15**

casilla, la box, **20**

castigar to punish (someone), **5**

castigo corporal, el corporal punishment, **5**

cátedra, la course, **6**

causar problemas to make trouble, **5**

cauteloso/a *(adj.)* cautious, **13**

ceja, la eyebrow, **14**

celular, el cellphone, mobile phone, **8**

cenizas, las ashes, **16**

centro comercial, el (Latin America, Spain), shopping center, mall, **12**

cerca close, close by; **cerca de** near, **10**

cerca, la fence, **11**

certificado de regalo, el gift certificate, **12**

chavala, la (Venezuela, the Caribbean) gal, girlfriend, **13**

chama, la (Venezuela, the Caribbean) gal, girlfriend, **13**

chocante *(adj.)* disturbing, disgusting, **16**

chocar (con) to crash into, **16**

chocolate, el hot chocolate, cocoa; chocolate, **15**

choque, el shock, **16**

churros, los (Spain) sticks of fried dough, **15**

ciudadanía, la citizenship, **19**

ciudadano/a, el/la citizen, **19**

civil, el/la civilian (non-military person), **18**

claro/a *(adj.)* light (used with colors), **10**

clase, la class, course, **6;** _____ **en línea** online class, **6**

clases nocturnas, las night classes, **6**

clasificación, la ranking, **2**

clave *(adj.)* essential, key (as in "important"), **2**

clave (de acceso), la password; PIN, **8**

cobertura, la coverage, **8**

cobrar to charge (for something); to draw (salary, pension), **12 ¿Me puede cobrar?** (Spain) Can I pay now?, **15**

coche, el (Spain) car, **8**

colegio, el (Chile, Argentina) high school, **6**

colgar(le) to hang up (on someone), **8**

combustible, el gasoline, petrol, **8**

cometer errores to make mistakes, **9**

comida de consuelo, la comfort food, **1**

comillas, las quotation marks, **10**

como because, **6**

compadecer to feel bad for (someone), **4**

Como quieras/quiera. Whatever you want., **9**

compañero/a, el/la friend, partner, colleague; _____ **de apartamento/de casa** (Latin America) person who shares an apartment/house; _____ **de cuarto/de habitación** roommate; _____ **de piso** el/la (Spain) person who shares an apartment, **6**

comunicarse to communicate (with someone), **8**

con frecuencia frequently, **3**

congregarse to meet up, join, **9**

conducir to drive, **2**

confirmar to confirm; to declare, **8**

conformar, conformarse a to conform, **13**

conforme according to, **13**

confuso/a *(adj.)* confusing, **13**

conmovedor/a moving (emotionally), **16**

conocer to know (to be familiar with), **16**

consolar to console, **4**

construir (castillos de arena) to build (sandcastles), **11**

consumidor/a, el/la consumer, **12**

consumo, el consumer spending; consumption, taking, **12**

contar to tell (a story), **16**

contestador (automático), el answering machine (masculine in Spain); **contestadora (automática),** la answering machine (feminine in Latin America), **8**

contestar to answer; to reply, **8**

contraseña, la password, secret word, **8**

correo electrónico, el electronic mail, **8**

correr riesgos to take risks, **9**

corrientes, las currents, **11**

cortadito, el (Cuba) a shot of espresso with a little milk, **15**

cortado, el (Cuba) a shot of espresso with a little milk, **15**

cortés, cortesa *(adj.)* polite, **2**

costilla, la rib, **14**

credencial, la ID card/document (for traveler), **17**

creer, to believe, to think; **No creo que sea...** I don't think that...; **No creo que tengas razón.** I don't think you're right.; **Creo que te equivocas.** I think you're wrong., **1**

cremación, la cremation, **4**

crisol, el melting pot, **19**

cronología, la timeline, **2**

cruzar to cross; to go across, **14**

cuadro, el painting; **a cuadros** square (a checked cloth), **10**

cualquier *(adj.)* any; **de cualquier manera** any way, whatever way, **15**

cuánto how much; **¿Cuánto es?** How much do I owe you?; **¿Cuánto le debo?** How much do I owe you?, **15**

cuenta, la check, bill (in a restaurant); **La cuenta, cuando pueda.** The check please, when you get the chance., **15**

cuerpo, el body, **14**

cumpleaños, el/**cumple,** el birthday, **5**

cumplir metas to achieve goals, **9**

cupón, el coupon, **12**

cura, el priest, **9**

curriculum, el   range of courses; résumé; _____ **vitae**   résumé, **6**

curso, el   class, course; academic year; _____ **a distancia**   distance learning, **6**

D

de extensión universitaria   extension course, continuing education course, **6**

dar   to give; _____ **ánimo**   to encourage, **9**; _____ **por sentado/ _____ por supuesto/_____ por sabido**   to take for granted, **19**; _____ **las gracias (por)**   to thank for, **17**

darle palmadas (en el trasero)   to spank, **5**

darle una paliza a   to clobber someone/something, **7**

darse cuenta de (que)   to realize that, to become aware that, **9**

declaración de opinión, la   position statement, **18**

de moda   in style, fashionable, **12**

deseo, el   wish, **9**

¡De ninguna manera!   No way! **13**

de segunda mano   secondhand, **12**

debajo   under; **debajo de**   underneath, **10**

deber   must, should (obligation); **deber de**   must, probably (probability), **20**

decidir   to decide, **6**

decir   to say; to tell, **8**

dedo (de la mano), el   finger, **14**

dedo del pie, el   toe, **14**

dejar un mensaje   to leave a message, **8**

delante   in front; **delante de**   in front of, **10**

DEP = Descanse en paz   Rest in peace, **4**

deparar   to give, provide, offer, **9**

deportación, la   deportation, **19**

derramamiento, el   spillage, **16**

desafío, el   challenge; death-defying act, **20**

desaforado/a (adj.)   at the top of one's voice; wild, **20**

descarga (de música), la   (music) download, **13**

desconocido/a, el/la   stranger; **perfecto desconocido,** un   (a perfect) stranger (usually masculine form), **20**

descortés (adj.)   rude, **2**

descuento, el   discount, sale; coupon, **12**

desde que   because, **6**

desecho, el   waste, refuse, **11**

desintegrarse   to break up/apart; to lose unity, **20**

despacio (adv.)   slow; **Más despacio, por favor.**   Slower, please., **1**

despedida, la   good-bye, farewell, **1**

despedirse   to say good-bye to, take leave, **1**

después de + infinitivo   after, **9**

después de que + subjuntivo   after, **9**

detrás de   behind, **10**

devolver una llamada   to return a phone call, **8**

día de Acción de Gracias, el   Thanksgiving Day, **3**

día festivo, el   holiday, **3**

día, el   day; **un día**   one day; **todos los días**   every day, **3**

dibujos animados, los (n.pl.)   cartoons, animated series (on TV), **5**

diente(s), el/los   tooth (teeth), **14**

difunto/a, el/la   the deceased, **4**

¡Digo yo!   And that's what I say! **1**

dirigir   to address s.t. to s.b.; **dirigido/a (a)**   addressed to, **17**

diseño, el   design, pattern, **10**

disminuir   to reduce, cut back, **7**

dispersión, la   diaspora; separation of people from their environment or homeland, **20**

disponibilidad, la   availability, **12**

dispositivo manos libres, el   hands-free unit, **8**

doctorado, el   doctorate, Ph.D., **6**

doler   to feel pain: to hurt, **4**

duda, la   doubt; **sin lugar a dudas**   undoubtedly, without a doubt, **10**

dulce (adj.)   sweet; **semi-dulce**   semi-sweet, **15**

E

echar de menos   to miss somebody/something, **4**

ejercitar   to train (not to do exercise), **7**

emancipación de los jóvenes, la   freedom from parents; leaving the nest, **9**

emancipado/a (adj.)   living on one's own, **9**

en   in, on, **10**

en efecto   actually, **9**

en realidad   actually, **9**

¿En serio?   Seriously?, **1**

en vías de desarrollo/en desarrollo   developing (as in "a developing country"), **12**

en vivo   live, **16**

enamorado/a, el/la,   a romantic interest (someone you're dating, but not exclusively), **13**

enano/a, el/la   dwarf, midget, **10**

encantar   to love (things and activities), **11**

encender   to light up, **9**

encima   on top; **encima de**   on top of, **10**

enfrente   in front; **enfrente de**   in front of, **10**

engordar   to gain weight; to be fattening, **7**

enjuagar   to rinse (out), **11**

enojar   to make angry; to annoy, **4**; **muy enojado/a**   (boiling) mad, **15**

enseñanza, la   teaching; education, **20**

enterrar   to bury, **4**

¿Entiendes?   Get it?, **1**

entierro, el   burial, **4**

entorpecer   to hinder; to hold up; to get in the way, **20**

entre   between, **10**

equivocado/a (adj.)   wrong, **2**

escuchar a hurtadillas   to eavesdrop, **8**

escuela primaria, la   elementary school, **6**

escuela secundaria, la   high school (U.S.); junior high school (Mexico), **6**

escupir   to spit, **18**

Eso.   That's what I'm saying., **1**

Eso es ridículo.   That is ridiculous., **1**

especia, la   spice, **15**

especialización secundaria, la   minor, **6**

especialización, la   major, **6**

espeluzante (adj.)   creepy, **4**

esperar   to hope, **4**

estación, la   season of the year (winter, spring, summer, fall; rainy or dry), **11**

estar   to be; _____ **a solas**   to be alone, **20**; _____ **de duelo**   to be in mourning, **4**; _____ **solo/a**   to be alone, **20**

estela, la   wake (of a boat or ship), **17**

estrofa, la   stanza, **17**

exclamar   to exclaim, **8**

expectativa, la   expectation, **9**

extranjero/a (adj.)   foreign, **18**

extranjero/a, el/la   foreigner, **18**

extrañar   to seem strange; (tr.) to miss somebody/something, **4**

extraño/a *(adj.)*   strange, **4**

F

factura, la   bill, **8**

facultad, la   college or school within a university, e.g., the College of Arts and Sciences, **6**

faja, la   wide belt, strip, **11**

fallecer   to pass away, **4**

fallecimiento, el   passing (away), **4**

fanático/a *(adj.)*   very enthusiastic; **(ser) fanático/a de** (to) really like, be a big fan of, **15**

fascinar   to (really) love; to be obsessed by (things, topics), **11**

filial, la   affiliate, subsidiary, **12**

fondo, el   backdrop, **10**

foráneo/a *(adj.)*   strange, foreign (from another region), **18**

fracturarse un hueso   to break a bone, **14**

franja, la   strip, band, **11**

franquicia, la   franchise, **15**

frecuencia   frequency; **con _____** frequently; **frecuentemente** frequently, **3**

frente a   in front of; opposite, **10**

fuera de   outside (of), **10**

fuerte *(adj.)*   intense, serious, grave, **16**

funerales, los   funeral (service), **4**

G

gafas de sol, las   sunglasses, **11**

galería(s) comercial(es), la(s) (Central America) shopping center, mall, **12**

ganar (al)   to win at, **7; _____ peso**   to gain weight, **7**

ganar(le) (al)   to defeat, **7**

ganga, la   really good deal, bargain; sale, **12**

gas-oil, el   diesel fuel, **8**

gasolina, la   gasoline, petrol, **8**

generalmente   generally, **3**

gol, el   goal (soccer), **9**

golpe militar, el   military coup, **16**

gozar de   to enjoy, **3**

grabado, el   print, **4**

grados, los   **del 1º (primero) hasta el 9º (noveno) grados** first until ninth grades, **6**

grado asociado en artes, el (Puerto Rico) associate's degree, **6**

gritar   to yell, shout, **8**

grupo demográfico, el demographic group, **13**

güero/a, el/la   (Mexico, U.S.) blonde, fair, **18**

guía de turistas, el/la   tour guide, **17**

guía, la   guidebook; **_____ de audio**   audio tour, **17**

guiri el/la   (Spain) foreigner, **18**

gustar (más o menos)   to like (more or less/a little bit), **15**

gustar (mucho)   to like (a lot) (people, activities, entertainment), **11**

H

habilidad, la   skill, **6**

hacer   to make, to do; **_____ planes** to plan, **9; _____ realidad (mis) metas** to achieve (my) goals, **9; _____ surf/surfing** to surf, **11; _____ un viaje** to take/go on a trip, to travel, **17**

hacerse agujeros en las orejas to get one's ears pierced, **14**

hagas lo que hagas   whatever you do, no matter what you do, **9**

hasta + infinitivo   until, **9**

herencia, la   heritage, legacy; inheritance, **19**

hipermercado, el (el híper) supercenter, **12**

historieta, la   cartoon, comic strip (in print), **5**

hora, la   time (as in "hour"); **a toda _____** (at) any time, **15; 2; ¿Qué _____ es?** What time is it?, **2**

horario flexible, el   flexible hours, **13**

horrible *(adj.)*   horrible, **4**

huella, la   footprint, footstep; track, **17**

humo, el   smoke, **16**

I

identidad de marca, la branding, **12**

idóneo/a *(adj.)*   suitable, a good fit, **9**

impactante *(adj.)*   having great impact, shocking, **16**

inalámbrico/a *(adj.)*   wireless, **8**

incertidumbre, la   uncertainty, **9**

increíble *(adj.)*   incredible, **4**

indocumentado, el undocumented immigrant, **19**

infante/a, el/la   son/daughter of a king (but not heir to the throne), **10**

ingresar en, ingresar a   to join; to enter, **13**

inmigración, la   immigration, **19**

insistir   to insist, stress, **8**

instituto tecnológico, el community college, **6**

intentar   to try, attempt, make an effort at an activity; **¡Inténtalo!** Give it a shot!, **14**

intrigar   to be intrigued by (things, topics, people), **11**

inundación, la   flood, **14**

ir   to go, **20**

isla, la   island, **20**

J

jalar las orejas   to reprimand; to lay down the law, **5**

jaleo, el   racket; din, **12**

jarabe de sabores, el   flavored syrup, **15**

jerga, la   slang, **13**

jornada, la   work day; (day's) journey, **20**

juegos de salón, los   board game, **5**

junto a   next to, **10**

L

labio(s), el/los   lip(s), **14**

lamentable *(adj.)*   lamentable, regrettable, **4**

lamentar, lamentarse   to regret **4;** to complain; to grumble, **8**

lástima, la   shame, pity (meaning "unfortunate"); compassion, consolation, **4**

leche, la   milk; **_____ caliente, templada/tibia** hot, warm; **_____ entera, desnatada, semidescremada, descremada** whole, skim, semi-skimmed/reduced fat, skim, **15**

lejano/a *(adj.)*   far away; lonely (referring to a place), **20**

lejos far; **lejos de**   far from, **10**

lema, el   motto, **12**

lengua, la   tongue, **14**

lentes de sol, los   sunglasses, **11**

letrero, el   sign, **12**

levantarse   to get up; **_____ con el pie derecho** to get up on the right side of the bed, **9**

licencia de conducir, la   driver's license, **2**

licenciatura, la   bachelor's degree, **6**

lienzo, el   canvas (on which the artist paints), **10**

línea, la   line; **_____ fija** land line, **8; _____ recta** straight line, **17**

llamar to call; **(no) llamar la atención** to (not) call attention to oneself, **18;** _____ **la atención** to reprimand, to speak sternly to someone, **5;** _____ **por teléfono** to call someone on the phone, **8**

llegar a ser (con el tiempo) to become (eventually), **9**

llegar to arrive; _____ **a tiempo** to arrive on time; _____ **puntual** to arrive on time; _____ **tarde, con retraso** to be late, **2**

llevar prisa to be in a hurry, **2**

llevarse bien/mal to get along with/like (people), **11**

Lo que tú digas/Ud. diga. Whatever you say, **9**

lógico/a (_adj._) logical, **4**

logo, el logo, **12**

logotipo, el logo, **12**

lograr metas to achieve goals, **9**

luto, el mourning, **4**

luz, la light, **10**

M

maestría, la master's degree, **6**

manejar to drive, **2**

mar, el ocean, **11**

marca, la brand, **12**

marcharse to leave, go away, **9**

marea (alta, baja), la (low, high) tide, **11**

maremoto, el tsunami, **14**

marketing, el marketing, **12**

mas but; however, **20**

más more; plus, **20**

masa, la mass, great volume (a body of water), **11**

mate, el herbal tea common in Argentina, Uruguay, and other parts of South America, **15**

materia, la subject, **6;** _____ **común** (Latin America) subject, **6**

materno/a (_adj._) mother's side (maternal), **1**

matrícula, la tuition, **6**

matricularse (a una clase, en un curso) to register (for a class), **6**

me gustaría... I would like..., **9**

medias, las stockings, **3**

medida, la measure, **20**

medios (de comunicación) masivos, los (_n.pl._) mass media; communications, **13**

mensaje, el message; _____ **electrónico** electronic message; _____ **de texto** text message, **8**

mentira piadosa, la white lie, **3**

mercadeo, el marketing, **12**

mercadería, la merchandise, **12**

mercado al aire libre, el outdoor market, **12**

mercado central, el outdoor market, **12**

mercado de pulgas, el flea market, **12**

mercado libre, el free market, **12**

mercado sobre ruedas, el outdoor market, **12**

mercadólogo/a, el/la someone who works in marketing, **13**

mercadotecnia, la marketing, **12**

mercancía, la merchandise, **12**

mesero/a, el/la waiter/waitress, **15**

meta, la goal (personal or professional), **9**

meter un gol to score a goal (soccer), **9**

meterse en problemas to get in(to) trouble, **5**

meterse en un lío to get in(to) trouble, **5**

migra, la, **policía de inmigración,** la CIS officer (U.S. Citizen and Immigration Services), **19**

mimar to spoil (for people), **5**

misa de gallo, la midnight Mass, **3**

mola (Spain) cool, **13**

molestar to bother; to upset, **4**

momento, el moment; **en ese momento** at that moment/instant/time, **3**

monja, la nun, **10**

moreno/a (_adj._) (Spain) brunette; (Mexico) dark-skinned; (Central America and the Caribbean) black, **18**

morir to die, pass away, **2, 4**

morirse to pass away, **2;** to die (in a sudden or unexpected way), **4**

motivado/a por sí mismo/a (_adj._) self-motivated, **9**

mover to move (someone or something), **2**

móvil, el (Spain) cellphone, mobile phone, **8**

muchas veces many times, often, **5**

mudarse to move (as in "to another house"), **2**

multicita, la speed dating, **1**

N

nacer to be born, **1**

nacimiento, el birth (as in date of birth), **1**

nariz, la nose, **14**

natividad, la nativity scene, **3**

natural de from (born in), **18**

naturaleza muerta, la still life, **10**

Navidad, la Christmas (the day), **3**

Navidades, las Christmastime, Christmas season, **3**

¿No? Isn't it? Aren't you?, **1**

No, para nada. No, not at all., **1**

noche, la night; **una noche** one night, **6; Nochebuena** Christmas Eve, **3;** _____ **Vieja** New Year's Eve, **3**

nombre completo, el full name, **1**

notable outstanding, noteworthy, **10**

¡No tengo ni idea (de lo que es)! Whatever that is! **9**

novedoso/a novel, original, **10**

novena, la (Mexico and Central America) Christmas tradition, **3**

noventa, los the nineties, **2**

novio/a, el/la boyfriend/girlfriend (someone you're dating exclusively), **13**

nube, la cloud, **16**

nudo, el crux, **20**

nuez, la nut; **con/sin nueces** with/without nuts, **15**

O

objetivo, el objective, **9**

ocurrir to happen, come to pass, **9**

¡Oiga! Señor/Señorita. Excuse me, Sir/Miss. I beg your pardon, **15**

ola, la (_n._) wave (in the ocean), **11**

ombligo, el belly button, **14**

opinar to think, to believe; **Yo opino...** That's my opinion, **1**

optar (por) to opt for, **17**

oreja, la ear, **14**

oscuro/a (_adj._) dark (used with colors), **10**

¡Oye! Hey! **15**

P

paga, la pay, **11**

paliza, la (Mexico) spanking, **5**

pantalones cortos, los (_n.pl._) shorts, **11**

parecer to seem, to look (opinion), **4; A mí me parece que...** It seems to me..., **1**

A mi parecer... To my way of thinking..., **1**

partirse un hueso (Spain) to break a bone, **14**

pasar to happen, come to pass; to spend (time), **9**

pasar de (algo) to not care for; **Paso de (del/de la)...** I don't like..., **15**

pasar desapercibido/a to "blend in," **18**

pasar la noche en blanco to stay up all night, **14**

pasar la noche en vela to stay up all night, **14**

Pascuas, las (regional) Christmas, **3**

pase lo que pase whatever happens, **9**

pasear to walk around, **17**

paterno/a *(adj.)* father's side (paternal), **1**

peligroso/a *(adj.)* dangerous, **11**

pelirrojo/a *(adj.)* red-headed, **18**

pelo, el hair; **(pelo) cano, canoso** white or gray (hair); **(pelo) castaño** brown or light-brown (hair); **(pelo) chino** curly (hair) (México); **(pelo) rizado** curly (hair); **(pelo) rubio** blond (hair), **18**

pena, la sorrow, pain; **Con profunda pena informamos...** We deeply regret to inform..., **4**

península, la peninsula (often used to refer to the Iberian peninsula or to Spain), **20**

peninsular *(adj.)* (generally used to refer to Spain) peninsular, **20**

pensar (en) to think about, **6**; **Yo pienso...** I think..., **1**

perder peso to lose weight, **7**

Perdone./Perdona. Excuse me, Sir, Miss. I beg your pardon., **15**

perdurar to last, remain, **17**

peregrinaje, el pilgrimage, **17**

peregrino/a, el/la pilgrim, **17**

perforar las orejas to get one's ears pierced, **14**

perjudicar la salud to be bad for your health, **7**

persona que persigue sus metas, la goal-oriented person, **9**

pésame, el condolences, sympathy, **4**

pesarse to weigh (yourself), **7**

pesebre, el nativity scene, **3**

pie(s), el/los foot (feet), **14**

piedra de toque, la touchstone, a test or criteria for the qualities of a thing, **9**

pierna, la leg, **14**

pintura, la painting, **10**

pisar to step on, tread upon, **17**

plagiar to plagiarize, **10**

planear to plan, **9**

plaza comercial, la (Mexico) shopping center, mall, **12**

plazo, el period (of time); **a largo _____/a corto _____** long/short term, **15**

pleamar, la high tide, **11**

poeta, el/la poet, **17**

política, la policy, **15**

polvo, el dust, **16**

poquito de leche/poquitín de leche, un a bit of milk, **15**

por because of; **por qué** why, **6**

por casualidad by chance, **9**

por lo general in general, usually, **3**

por si acaso maybe, perhaps, **16**

portada, la cover (of a book), **10**

porque because, **6**

porras, las (Spain) sticks of fried dough, **15**

posadas, las (Mexico and Central America) Christmas tradition, **3**

póster, el poster, **12**

practicar un deporte to play a sport, **14**

preparatoria, la/prepa, la (U.S., Mexico) high school, **6**

presenciar to witness, **14**

presentar (a) to introduce (to), **1**

presentarse to show up, **2**; to introduce oneself to someone, **1**

pretendiente, el/la, a romantic interest (someone you're dating, but not exclusively), **13**

primer/segundo nombre, el first/middle name, **1**

probar to try (something) on, **12**; to try (for the first time); to taste, **14**

probarse to try on (clothing), **14**

producto, el product, merchandise, **12**

productos, los merchandise, **12**

profesor/a, el/la instructor, professor, **6**

profesorado, el the faculty, **6**

prometido/a, el/la fiancé/fiancée, **13**

promoción, la sale, **12**

promotor/a promoter, developer; **_____ inmobiliario** real estate developer, **11**

publicidad, la advertising; ad, **12**

puesto, el booth, stall, **12**

puesto que because, **6**

Q

QDDG = Que de dios goce May he/she rest with God, **4**

QEPD = Que en paz descanse May he/she rest in peace, **4**

quedar bien to fit well, **12**

queja, la complaint, **12**

querer to love (romantic interest, friends, family), **11**

quisiera... I would like, **9**

quizás/quizá maybe, perhaps, **16**

R

ramo, el (Chile) subject; branch (of studies), **6**

rastro, el (Spain) flea market, **12**

rato, un (a) short period of time, **2**

rayos UV, los UV rays, **11**

realista *(adj.)* realistic, **9**

realizar to realize, achieve (a dream, vision/goal), **9**

realmente actually, **9**

rebaja, la sale, discount, **12**

recado, el voice message, **8**

recibir puntos to get stitches, **14**

reclamo, el claim, demand; complaint, **12**

recuerdo, el memory; memento, **5**

refugiado/a politico/a, el/la political refugee, **19**

regalar to give as a gift, **12**

regañar (Mexico, Central America) to scold, **5**

regatear to bargain; to haggle, **12**

¡Relájate! Be cool! Relax! **1**

remordimientos, los regrets, remorse, **17**

rendir to yield, **15**

remuneración, la pay, **11**

Repite, por favor. Can you say that again, please?, **1**

replicar to retort; to reply, **8**

requisito, el requirement, **6**

resaca, la riptide, **11**

residencia estudiantil, la dormitory, **6**

residente, el/la permanent resident of the U.S.; a prerequisite to naturalized citizenship, **19**

responder to answer; to respond, **8**

retar (Chile, Argentina) to scold, **5**

reto, el challenge, **14**

retrasarse to be delayed, be late, **2**

retrato, el portrait, **10**

retratista, el/la portrait painter, **10**

reventar to set off (fireworks), **9**

romperse el brazo (Latin America) to break one's arm, **14**

rubio/a *(adj.)* blond, **18**

rueda, la (Central and South America) wheel (of a car), **8**

S

saber to know (by heart), **16**

salario, el pay; _____ **mínimo** minimum wage, **19**

saludable *(adj.)* healthy (for food), **7**

saludar to greet, **1**

salvavidas, el/la lifeguard, **11**

sangrar por la nariz to have a nose bleed, **14**

sangriento/a *(adj.)* bloody, **14**

sano/a *(adj.)* healthy (for a person), **7**

se ve... one can see..., **10**

sea lo que sea whatever may happen, **9**

secuestrador/a, el/la kidnapper, **16**

secuestrar to hijack; to kidnap, **16**

¿Seguro/a? Are you sure?, **1**

sello (corporativo/de la empresa), el seal, **12**

senda, la path, **17**

sentir to feel; to be sorry; to regret, **4**

sentirse to feel something, **4**; _____ **seguro/a** to feel safe, **16**; _____ **solo/a** to feel lonely, **20**

ser solitario/a to be lonely, **20**

shopping, el (Argentina, Chile) shopping center, mall, **12**

shorts, los (Mexico, Central America) shorts, **11**

¿Sí? Isn't it? Aren't you?, **1**

Sí, totalmente. Yes, totally., **1**

siempre always, **3**

símbolo, el symbol, **10**

sin decidir (U.S.) undeclared, undecided, **6**

sin declarar (U.S.) undeclared, undecided, **6**

sirope de sabores, el flavored syrups, **15**

sobre on top of, **10**

soda, la soda; (Costa Rica) café and sandwich shop, **15**

solamente only, **20**

soledad, la solitude, **20**

sólo only, **20**

sombra, la shadow, shade, **10**

someter to subjugate; to put down, **15**

sonar (el teléfono) to ring, **8**

sorprender to surprise, **4**

sostenido/a *(adj.)* supported; **sostenible** *(adj.)* sustainable, **15**

suburbios, los suburbs, **20**

suceder to happen, **9**

sucursal, la branch office, **12**

sueldo, el pay, **19**

sujeto, el subject (of a painting), **10**

supermercado, el (el súper) supermarket, **12**

surfear to surf, **11**

T

tableta de chocolate, la, chocolate bar, **15**

tal vez maybe, perhaps, **16**

talla, la (clothing) size, **12**

tamaño, el size (magnitude) of an object, **12**

tanga, la thong, **11**

tapiz de fondo, el wallpaper (on cellphone screen), **8**

(tarjeta de) residencia permanente, la permanent resident card; green card; _____ **verde** permanent resident card; green card, **19**

tarjeta de regalo, la gift card, **12**

tasa, la rate, **12**

tatuaje, el tattoo, **14**

taza, la coffee cup, teacup, **15**

té, el tea, **15**

tema, el theme; topic, **17**

temer to fear, **4**

temporada, la season (for a sport or television series), **5**; season (sports, time of the year, weather), **11**

tendencias, las *(n.pl.)* trends, **12**

tener éxito to succeed, to have success, **9**

tener hambre to be hungry, **7**

tener miedo to be afraid, **4**

tener sobrepeso to be overweight, **7**

tener un accidente to have, or be involved in an accident, **14**

terna, la group of three, **9**

terremoto, el earthquake, **14**

terror, el terror, **16**

terrorista, el/la terrorist, **16**

texto, el text, text message, **8**

tez, la complexion, **18**

tía, la (Spain) gal, girlfriend, **13**

tianguis, el flea market (Mexico), **12**

tiempo, el time in general, **2**; **mucho/muchísimo tiempo** in ages, in a very long time, **2**

tienda, la store, **12**; _____ **libre de impuestos,** la duty-free shop, **12**

tienda, la store, **12**

tío, el (Spain) dude, buddy, guy, **13**

tira cómica, la cartoon, comic strip (in print), **5**

tomar (Latin America) to drink; to have drinks (emphasis on social aspect), **15**

tomar decisiones to make decisions, **9**

tomar el sol to sunbathe, **11**

tomarse, beberse to drink up, **15**

torres gemelas, las Twin Towers, **16**

traje de baño, el bathing suit, **11**

transbordador espacial, el space shuttle, **16**

tras behind, **10**

tratar (de); tratarse (de) to be about, **10**

tratar de to try (unsuccessfully or halfheartedly), **14**

travieso/a *(adj.)* naughty, mischievious, **5**

tribunal, el court, **19**

trigueño/a; (de) piel trigueña *(adj.)* light brown-skinned, olive-skinned, **18**

triste *(adj.)* sad, **4**

U

ubicación, la placement, **20**

único/a *(adj.)* only, sole; unique, **20**

universidad, la college, university, **6**

usado/a *(adj.)* used, secondhand **12**

usar to use; _____ **palabrotas** to curse, **18**

V

vacaciones, las vacation(s), **17**

vaina, la pod, **15**

vagabundo/a, el/la wanderer, person without a home, **17**

vagar to wander around, **17**

valer (la pena) to be worth (it), **12**

valor, el value, worth, **12**

velación, la wake, **4**

velatorio, el wake , **4**

verso, el line/verse (of a poem), **17**

¿Ves? You see?, **1**

vestuario, el clothes, wardrobe, **12**

vez, la time (as in "occurence"); **una _____** one time, once; **de _____ en cuando** once in a while, **3**; **¿Otra _____, por favor?** Can you say that again, please?, **1**

varias veces a few times, **2**

viajero/a, el/la traveler, **17**

villancico, el (Mexico and Central America) Christmas carol, **3**

visa, la visa, **19**

visado, el visa, **19**

¿Viste? You see?, **1**

visto que because, **6**

vivir al máximo to live life to the fullest, **9**

volver a + infinitivo to do (something) again, **17**

voz poética, la speaker (of a poem), **17**

Z

zona cero, la ground zero, **16**

zurra, la spanking, **5**

VOCABULARIO INGLÉS-ESPAÑOL

Abreviaturas

adj.........adjetivo	*fam*........familiar	*prep*.......preposición
adv........adverbio	*interj*......interjección	*s*...........sustantivo
aux........auxiliar	*interr*......interrogativo	*v*...........verbo
conj........conjunción	*pl*...........plural	

A

a bit of milk un poquito de leche, un poquitín de leche

accident el accidente; **have an accident** tener un accidente

accompanied acompañado/a; **in good/bad company** bien/mal acompañado/a

according (to) conforme a

actually en efecto, en realidad

addressed (to) dirigido/a (a)

advertising; ad la publicidad

affiliate la filial

after después de + infinitive, después de que + subjunctive

agree (with food) caer bien/mal (con comida)

allergic (to something) ser alérgico/a

always siempre

amnesty la amnistía

animal el animal; **stuffed animal** el animal de felpa, el animal de peluche

animate (in films) animar

annoy enojar

answer contestar, responder

answering machine el contestador (automático) (Spain), la contestadora (automática) (Latin America)

any cualquier; **any way** de cualquier manera

appreciate agradecer

arduous (referring to a task) arduo

around alrededor, alrededor de

arrive llegar; **arrive on time** llegar a tiempo, llegar puntual; **arrive late** llegar tarde, llegar con retraso

art el arte

arts las artes

ashes las cenizas

asylum (political) el asilo político

ATM el cajero automático

audio tour la guía de audio

availability la disponibilidad

B

bachelor's degree la licenciatura

backdrop el fondo

backwards atrás

bar el bar

bargain la ganga

bargain regatear

bathe bañarse

bathing suit el traje de baño

battery la batería

bay la bahía

be estar; **be about** tratar (de), tratarse (de); **be alone** estar a solas, estar solo/a; **be bad for your health** perjudicar la salud; **be delayed/late** retrasarse; **be hungry** tener hambre; **be in mourning** estar de duelo; **be in a hurry** llevar prisa; **be intrigued by (things, topics, people)** intrigar; **be lonely** ser solitario/a; **be obsessed by** fascinar; **be overweight** tener sobrepeso; **be worth (it)** valer (la pena)

because como, desde que, puesto que, visto que; **because of** a causa de, por

become (eventually) llegar a ser (con el tiempo)

before antes de + infinitive; antes de que + subjunctive

behind atrás, detrás de, tras

believe: I believe yo creo, yo pienso

belly button el ombligo

below abajo, bajo

between entre

bikini el bikini/biquini

bill (except in a restaurant) la factura

birth (as in date of) el nacimiento

birthday el cumpleaños, el cumple

blend in pasar desapercibido/a

blond (pelo) rubio/a

blond-haired, fair-skinned (Mexico and U.S.) el/la güero/a

bloody sangriento/a

board game los juegos de salón

boarding school el internado

body el cuerpo

book cover la portada

booth el puesto

box la casilla

born, be born nacer

bother, upset molestar

boyfriend (someone you're dating exclusively) el novio, (Chile) el pololo

branch (of studies) el ramo; **(of an office)** la sucursal

brand la marca

branding la identidad de marca

break a bone (Spain) partirse un hueso, fracturarse un hueso

break up/apart desintegrarse

brunette (Spain) moreno/a

buddy (Spain) el tío

build (sandcastles) construir (castillos de arena)

burial el entierro

bury enterrar

but; however mas

by chance al azar, por casualidad

C

café (Spain) el bar, (Latin America) el café

café and sandwich shop (Costa Rica) la soda

call llamar; **(not) call attention to oneself** (no) llamar la atención; **call someone on the phone** llamar por teléfono

Can you say that again, please? Repite, por favor.

canvas (on which the artist paints) el lienzo

car (Argentina, Chile) el auto; (Mexico, Central America) el carro; (Spain) el coche

card la tarjeta; **gift card** la tarjeta de regalo; **permanent resident card** la (tarjeta de) residencia permanente; **green card** la tarjeta verde

cartoon, comic strip (in print) la historieta, la tira cómica

cartoons, animated series (on TV) los dibujos animados

casket el ataúd

cause causar; **cause problems** causar problemas

cautious cauteloso/a

cellphone el celular; (Spain) el móvil

challenge el reto, el desafío

charge (for something) cobrar

charger el cargador

check, bill (in a restaurant) la cuenta; **The check please, when you get the chance.** La cuenta, cuando pueda.

child of a king (but not heir to the throne) el/la infante/a

chocolate el chocolate; **chocolate bar** la tableta de chocolate

Christmas (Spain, Mexico) la Navidad, (Chile, Peru) la Pascua, las Pascuas

Christmas carol (Mexico and Central America) el villancico

Christmas Eve La Nochebuena

Christmas tradition (Mexico and Central America) la novena; (Mexico and Central America) las posadas

Christmastime las Navidades

CIS officer (U.S. Citizen and Immigration Services) la migra (de inmigración); la policía de migración

citizen el/la ciudadano/a

citizenship la ciudadanía

civilian (non military) el/la civil

claim, demand el reclamo

class/course la clase, el curso, la cátedra; **continuing education course** el curso de extensión universitaria; **online class** la clase en línea; **night classes** las clases nocturnas

clobber someone/something darle una paliza a

close (by) cerca

clothes, wardrobe el vestuario

cloud la nube

clumsily, awkwardly torpemente

coffee el café; **Coffee with milk, please...** Café con leche, por favor...; **black coffee** el café solo; **decaf coffee (instant, or from the vending machine)** el café descafeinado (de sobre o de máquina); **instant coffee** el café instantáneo; **whole bean coffee** el café de grano

college (school within a university, e.g., the College of Arts and Sciences) la facultad

college la universidad

communicate (with someone) comunicarse

community college el instituto tecnológico

complaint la queja, el reclamo

complexion la tez

condolences el pésame

confirm afirmar, confirmar

conform conformar, conformarse a

confusing confuso/a

console consolar

consumer el/la consumidor/a; **consumer spending** el consumo

consumption el consumo

cool (the Caribbean) ¡Chévere!; (Spain) guay, mola

coupon el cupón

court el tribunal

coverage la cobertura

crash into chocar (con)

creepy espeluznante

cremation la cremación

cross/go across cruzar

crux el nudo

cup (for coffee or tea) la taza

current la corriente

currently actualmente

curriculum (range of courses) el currículum

curse usar palabrotas

D

dangerous peligroso/a

dark (used with colors) oscuro/a

dark-skinned (Mexico) moreno/a

day el día; **one day** un día; **every day** todos los días

deceased person el/la difunto/a

death-defying act el desafío

declare afirmar; confirmar

defeat ganar(le) (al)

demand el reclamo

demographic group el grupo demográfico

department store el almacén

deportation la deportación

design el diseño

desire (strongly) ansiar

developer (of real estate) el/la promotor/a de bienes raíces

developing (as in "a developing country") en vías de desarrollo, en desarrollo

diaspora la dispersión

die/pass away morir, morirse

diesel fuel el diesel, el gas-oil

discount el descuento

disgusting chocante

distance learning el curso a distancia

disturbing chocante

do (something) again volver a + infinitive

doctorate, Ph.D. el doctorado

document (for traveler) la credencial

dormitory la residencia estudiantil

doubt la duda; **without a doubt** sin lugar a dudas

down there abajo

downstairs abajo

draw (salary, pension) cobrar

drink (to consume, emphasis on physical aspect) beber

drink up tomarse, beberse

drive conducir, manejar

driver's license (Spain) el carnet de conducir, la licencia de conducir

dude (Spain) el tío

dust el polvo

duty-free shop la tienda libre de impuestos

dwarf el/la enano/a

E

ear la oreja

early temprano; **minutes early** con minutos de antelación

ears las orejas; **get one's ears pierced** hacerse agujeros en las orejas, perforar las orejas

earthquake el terremoto

easel (art) el caballete

eavesdrop escuchar a hurtadillas

education la enseñanza

electronic mail el correo electrónico

elementary school la escuela primaria

encourage animar, dar ánimo

enjoy (people and things) agradar

enthusiastic (very) fanático/a; **really like something/be a big fan of** (ser) fanático/a de

espresso with a little milk (Cuba) el cortadito, el cortado

esteem, be fond of (people) apreciar

event el acontecimiento

exclaim exclamar

Excuse me. I beg your pardon. ¡Oiga! (Señor, Señorita) Perdone. /Perdona.

expectation la expectativa

eyebrow la ceja

F

face (a challenge) afrontar

faculty el profesorado

fail (an exam, a course) (Mexico) reprobar, (Spain) suspender

fan: be a big fan of ser fanático/a

far lejos; **far away** lejano/a; **far from** lejos de

farewell la despedida

fashionable de moda

(be) fattening engordar

fear temer, tener miedo

feel sentirse; **feel safe** sentirse seguro/a; **feel lonely** sentirse solo/a

feel bad for (someone) compadecer

fence la cerca

fiancé/fiancée el/la prometido/a

finger el dedo (de la mano)

first name el primer nombre; **middle name** el segundo nombre

fit (a good fit) idóneo/a

fit well quedar bien

flea market el mercado de pulgas; (Spain) el rastro; (Mexico) el tianguis

fleeting, temporary pasajero/a

flood la inundación

food la comida; **comfort food** la comida de consuelo

foot (feet) el/los pie(s)

footprint la huella

foreign extranjero/a; **foreigner** el/la extranjero/a; (Spain) el/la guiri

franchise la franquicia

free market el mercado libre

freedom (from parents) la emancipación de los jóvenes

frequently con frecuencia, frecuentemente

fried dough sticks (Spain) los churros, las porras

from (born in) natural de

funeral los funerales

G

gain weight aumentar de peso, ganar peso, engordar

gal/girlfriend (Venezuela, the Caribbean) la chama; (Spain) la tía

gasoline el combustible; la gasolina

general: in general por lo general; **generally** generalmente

generation gap la brecha generacional

get along with (people) caer bien/mal; llevarse bien/mal

get in the way entorpecer

get in(to) trouble meterse en un lío, meterse en problemas

Get it? ¿Entiendes?

get stitches recibir puntos

get up levantarse; **to get up on the right side of the bed** levantarse con el pie derecho

gift certificate el certificado de regalo

girlfriend (someone you're dating exclusively) la novia

give dar; deparar **give thanks for** dar las gracias (por)

give as a gift regalar

Give it a shot! ¡Inténtalo!

go ir; **go away** marcharse

goal (in sports) el gol

goal (personal, professional) la meta; **achieve goals** alcanzar metas, cumplir metas, lograr metas; **achieve (one's) goals** hacer realidad (one's) metas; **goal-oriented person** la persona que persigue sus metas

good bueno/a

good-bye la despedida

grades (elementary school through grade nine) los grados, del 1º (primero) hasta el 9º (noveno)

grave, serious fuerte

great: He/She is... Es increíble. Es maravilloso/a.

greet saludar

ground zero la zona cero

guidebook la guía

group of three la terna

gulf el golfo

guy (Spain) el tío

H

haggle regatear

hair el pelo; **white or gray (hair)** (pelo) cano, canoso; **brown or light-brown (hair)** (pelo) castaño; (Mexico) **curly (hair)** (pelo) chino; **curly (hair)** (pelo) rizado

hands-free unit el dispositivo manos libres

hang up (on someone) colgar(le)

happen ocurrir, pasar, suceder

healthy (for food) saludable; **healthy (for a person)** sano/a

herbal tea (from South America) el mate

heritage la herencia

Hey! ¡Oye!

high school (Central America) el bachillerato; (Chile, Argentina) el colegio; (U.S., Mexico) la escuela secundaria; (U.S., Mexico) la preparatoria, la prepa

high tide la pleamar

hijack secuestrar

hinder entorpecer

holiday el día festivo

hope esperar

horrible horrible

hot (as in "a hot day") (Spain) caluroso/a; (Latin America) caliente

hot chocolate, cocoa el chocolate

housemate (Latin America) el/la compañero/a de apartamento/de casa; (Spain) el/la compañero/a de piso

how much cuánto; **How much do I owe you?** ¿Cuánto es?, ¿Cuánto le debo?

hurt doler

I

I would like... me gustaría..., quisiera...

ID card (for traveler) la credencial

immigration la inmigración

impact: having great impact impactante

in en

in front delante, enfrente; **in front of** delante de, enfrente de

incredible increíble

inheritance la herencia

inside adentro; dentro; **inside of** dentro de

insist insistir

instructor el/la profesor/a

intense, serious fuerte
Interesting! ¡Anda!
introduce (to) presentar (a)
island la isla
Isn't it?/Aren't you? ¿No?
Isn't it?/Aren't you? ¿Sí?
isolation el aislamiento
It seems to me... A mí me parece que...

J

jail la cárcel
join, enter ingresar en, ingresar a

K

key (meaning "important") clave
kidnap secuestrar
kidnapper el/la secuestrador/a
knot el nudo
know (to be familiar with) conocer; **know (by heart)** saber

L

last perdurar
last name el apellido
leave marcharse; **(children) leaving the nest** la emancipación de los jóvenes
Let's go! ¡Anda!
lifeguard el/la salvavidas
light la luz
light (used with colors) claro/a
light brown-skinned, olive-skinned trigueño/a, (de) piel trigueña
like people, activities, entertainment (a lot) gustar (mucho), agradar
like (more or less/a little bit) gustar (más o menos)
limited (by logical or natural boundaries) acotado/a
line la línea: **straight line** la línea recta; **land line** la línea fija
line/verse (of a poem) el verso
lip(s) el/los labio(s)
live (broadcast) (programa, de televisión o radio) en vivo
live life to the fullest vivir al máximo
logical lógico/a
logo el logo, el logotipo
lonely (referring to a place or person) aislado/a
long-term a largo plazo
lose unity desintegrarse

lose weight adelgazar, perder peso
loud (at the top of one's voice) desaforado/a
love (God, family, romantic interest) amar; **love (things, activities)** encantar; **love (romantic interest, friends, family)** querer; **love very much (things, topics)** fascinar

M

mad enojado/a
major (course of study) la carrera, la especialización
make angry enojar
make decisions tomar decisiones
market (outdoor) el mercado al aire libre, el mercado central, el mercado sobre ruedas
marketing el marketing, el mercadeo, la mercadotecnia
mass media los medios (de comunicación) masivos
master's degree la maestría
maternal (mother's side) materno/a
May he/she rest with God. QDDG = Que de Dios goce.
maybe acaso, a lo mejor, por si acaso, quizás/quizá, tal vez
measure la medida
meet up/join congregarse
melting pot el crisol
memento el recuerdo
memory el recuerdo
merchandise la mercadería, la mercancía; el producto
message el mensaje; **leave a message** dejar un mensaje; **electronic message** el mensaje electrónico; **text message** el mensaje de texto
midget el/la enano/a
midnight Mass la misa de gallo
military coup el golpe militar
milk la leche; **hot, warm milk** la leche caliente, templada/tibia; **whole, skim, semi-skimmed/reduced fat, skim** la leche entera, desnatada, semi-descremada, descremada
minor (course of study) la especialización secundaria
minutes early con minutos de antelación
mischievious travieso/a
miss (somebody, something) echar de menos; extrañar (tr.)
mistake el error; **make mistakes** cometer errores
mobile phone el celular; (Spain) el móvil

moment el momento; **at that moment/time** en ese momento
more más
motto el lema
mourning el luto
move (as in "to another house") mudarse
move (someone, something) mover; **move the story along** agilizar la historia
moving (emotionally) conmovedor/a
mudslide la avalancha de barro
music download la descarga (de música)
must, should (obligation) deber; **must, probably (probability)** deber de

N

name (full) el nombre completo
nativity scene el belén; la natividad; el pesebre
naughty travieso/a
near cerca de
New Year's Eve La Nochevieja
next to al lado de, junto a
nickname el apodo
night la noche; **last night** anoche; **one night** una noche
No, not at all. No, para nada.
nose la nariz; **have a nose bleed** sangrar por la nariz
not care for/not like pasar de (algo); I don't like... Paso de (del/de la)...
noteworthy notable
novel, original novedoso/a
No way! (Mexico) ¡Ándale!
nun la monja
nut la nuez; **with/without nuts** con/sin nueces

O

objective el objetivo
ocean el mar
offer deparar
on en
on top encima; **on top of** encima de, sobre
only solamente, sólo
only, sole único/a
opinion: That's my opinion. opinión, opinar: Yo opino.
opposite/in front of frente a
opt for optar (por)
outside afuera, fuera
outside (of) fuera de

outstanding   notable
overpriced   demasiado caro/a

P

pain (sorrow)   la pena
painting   el cuadro, la pintura
pass away   fallecer; **passing (away)**   el fallecimiento
password, PIN   la clave (de acceso)
password, secret word   la contraseña
paternal (father's side)   paterno/a
path   la senda
pay   la paga, la remuneración, el salario, el sueldo
pay for   pagar; **Can I pay now? (Spain)**   ¿Me puede cobrar?
peace   la paz; **May he/she rest in peace**   QEPD = Que en paz descanse; **Rest in peace**   DEP = Descanse en paz
peel   la cáscara
perhaps   acaso, a lo mejor, por si acaso, quizás/quizá, tal vez
permanent resident of the U.S.   el/la residente
person who works in marketing   el/la mercadólogo/a
physiognomy   la fisonomía
pierce   perforar
pilgrim   el/la peregrino/a
pilgrimage   el peregrinaje
placement   la ubicación
plagiarize   plagiar
plan   hacer planes, planear
play a sport   practicar un deporte
pod   la vaina
poet   el/la poeta
poetry   la poesía
policy   la política
polite   cortés
political refugee   el/la refugiado/a politico/a
portrait   el retrato; **portrait painter**   el/la retratista
position statement   la declaración de opinión
poster   el cartel, el póster
postpone   (Central America, Venezuela) aplazar
predicament   el aprieto
premises   el recinto
priest   el cura
print   el grabado
prison   la cárcel
product, merchandise   el producto

professor   el/la profesor/a
provide   deparar
punish (someone)   castigar
punishment   el castigo; **corporal punishment**   el castigo corporal

R

racket   el jaleo
ranking   la clasificación
rate   la tasa
reachable/within reach   alcanzable
realistic   realista
realize (meaning "to achieve a dream, vision, goal")   realizar
realize that   darse cuenta de (que)
red-headed   pelirrojo/a
reduce (meaning "to diminish")   disminuir
refuse   el desecho
register (for a class)   matricularse (a una clase, en un curso)
regret   arrepentirse (de), lamentar, lamentarse, sentir; **We deeply regret to inform…**   Con profunda pena informamos…
regrets, remorse   los remordimientos
regrettable   lamentable
Relax!   ¡Cálmate! ¡Relájate!
rent   alquilar
reply   replicar
reprimand   jalar las orejas, llamar la atención
requirement   el requisito
resort (near the ocean)   el balneario
respond   responder
résumé   el currículum vitae
retort   replicar
return a phone call   devolver una llamada
revealing   delator/a
rewarding   gratificante
rib   la costilla
ridiculous   ridículo; **That is ridiculous.**   Eso es ridículo.
right ("correct")   acertado/a; **You're right.**   Tienes razón.
ring (telephone)   sonar (el teléfono)
rinse   enjuagar
riptide   la resaca
risk   el riesgo; **take risks**   correr riesgos
romantic interest (someone you're dating, but not exclusively)   el/la enamorado/a, el/la pretendiente

roommate   el/la compañero/a de cuarto / de habitación
rude   descortés

S

sad   triste
sale   la promoción, la rebaja
sand   la arena
save (money)   ahorrar
say   decir; **And that's what I say!**   ¡Digo yo!, ¡Eso!
say good-bye to   despedirse
schedule   el horario; **flexible schedule/hours**   el horario flexible
scold   (Mexico, Central America) regañar; (Chile, Argentina) retar
score a goal (in sports)   marcar un gol, meter un gol
seal   el sello (corporativo/de la empresa)
season   la estación
secondhand   de segunda mano
see   ver; **one can see…**   se ve…
seem   parecer; **seem strange**   extrañar
self-motivated   automotivado/a; motivado/a por sí mismo/a
Seriously?   ¿En serio?
shadow, shade   la sombra
shame (pity, "unfortunate")   la lástima
shock   el choque
shocking (having great impact)   impactante
shopping center, mall   (Latin America, Spain) el centro comercial; (Central America) la(s) galería(s) comercial(es); (Mexico) la plaza comercial; (Argentina, Chile) el shopping
short period of time   un rato
shorts   los pantalones cortos; (Mexico, Central America) los shorts
short-term   a corto plazo
shout   gritar
show up   presentarse
sign   el letrero
similar ("at the same level")   parejo/a
size (clothing)   la talla; **of an object**   el tamaño
sketch   el boceto
skill   la habilidad
skin (of a fruit)   la cáscara
skinny dip   bañarse desnudo/a
slow   despacio; **Slower, please.**   Más despacio, por favor.
smoke   el humo
soda   la soda

solitude   la soledad

sometimes   a veces

speaker (of a poem)   la voz poética

spank   darle palmadas (en el trasero)

spanking   (Mexico) la paliza; la zurra

space shuttle   el transbordador espacial

speed dating   la multicita

spend (time)   pasar

spice   la especia

spill   el derramamiento

spit   escupir

spoil (people)   mimar

square (a checked cloth)   a cuadros

stall   el puesto

stanza   la estrofa

stay up all night   pasar la noche en blanco, pasar la noche en vela

step on   pisar

stick to   apegarse a

still life   el bodegón, la naturaleza muerta

stockings   las medias

store   la tienda

strange   extraño/a; strange (foreign, from another region) foráneo/a

stranger   el/la desconocido/a; a perfect stranger (usually masc.) un perfecto desconocido

strip (of land)   la faja, la franja

style   la moda; in style   de moda

subject (of a painting)   el sujeto

subjugate   someter

subsidiary   la filial

suburbs   las afueras, los suburbios

succeed/have success   tener éxito

sugar   el azúcar

sunbathe   tomar el sol

sunblock   el bloqueador solar

sunglasses   las gafas de sol, los lentes de sol

supercenter   el hipermercado, el híper

supermarket   el supermercado, (el súper)

surf   hacer surf/surfing, surfear

surprise   sorprender

sustainable   sostenible

sweet   dulce; semi-sweet semi-dulce

swim   bañarse

symbol   el símbolo

syrup (flavored)   el jarabe de sabores, el sirope de sabores

T

take a bath   bañarse

take a trip   hacer un viaje

take for granted   dar por sentado, dar por supuesto, dar por sabido

take leave   despedirse

tanned   bronceado/a; get a tan broncearse

taste (a food)   probar

taste   el gusto; in good taste   de buen gusto; in bad taste   de mal gusto

tattoo   el tatuaje

tea   el té

teaching   la enseñanza moral

tell   decir; tell (a story) contar

terror   el terror

terrorist   el/la terrorista

terrorist attack   el atentado terrorista

thank (someone)   agradecer

Thanksgiving Day   el día de Acción de Gracias

That's it!   ¡Ándale! (Mexico)

That's lousy, awful!   (Mexico) ¡Mala onda!

theme, topic   el tema

think   pensar, creer; think about   pensar en; I don't think that...   No creo que sea...; I don't think you're right,   No creo que tengas razón; I think you're wrong.   Creo que te equivocas. To my way of thinking...   A mi parecer...

thong   la tanga

tide (low, high)   la marea (alta, baja)

time   la vez (as in "occurrence"); el tiempo; a few times   varias veces; Can you say that again, please?   ¿Otra vez, por favor; for the first time   por primera vez; in a very long time   mucho/muchísimo tiempo; many times muchas veces; once in a while de vez en cuando; one time una vez

time (as in "hour")   la hora; (at) any time   a toda hora; What time is it?   ¿Qué hora es?

timeline   la cronología

toe   el dedo del pie

tongue   la lengua

tooth (teeth)   el/los diente(s)

touchstone   la piedra de toque

tour guide   el/la guía de turistas

train   ejercitar

travel   hacer un viaje

traveler   el/la viajero/a

traveler (on a pilgrimage)   el/la caminante, el/la viajero/a

trend   la tendencia

try   intentar; try (for the first time)   probar; try (something) on   probar; try on (clothing) probarse; try (unsuccessfully or halfheartedly)   tratar de

tsunami   el maremoto

tuition   la matrícula

Twin Towers (of the World Trade Center)   las torres gemelas (del World Trade Center)

U

uncertainty   la incertidumbre

undecided (major)   (U.S.) (carrera) sin decidir

under   debajo; underneath debajo de

undocumented immigrant   el indocumentado

undoubtedly   sin lugar a dudas

unique   único/a

university   la universidad

until   hasta + infinitive

used   usado/a

usually   por lo general

UV rays   los rayos UV

V

vacation(s)   las vacaciones

value, worth   el valor

visa   la visa, el visado (España)

voice message   el recado

W

waiter/waitress   el/la camarero/a; el/la mesero/a

wake   la velación, el velatorio

wake (of a boat or ship)   la estela

walk   andar; walk around (on my own)   caminar (por mi cuenta); walk around (not necessarily on one's own)   pasear

wallet   la billetera

wallpaper (on cellphone screen) el tapiz de fondo

wander around   vagar

wanderer, person without a home   el/la vagabundo/a

warm   caluroso/a

waste   el desecho

wave (ocean)   la ola

week   la semana; last week   la semana pasada

weigh (yourself)   pesarse
well   bien
well off (economically)
acomodado/a; adinerado/a
whatever happens   pase lo que
pase; **whatever may happen** sea
lo que sea; **whatever you do,
no matter what you do**   hagas
lo que hagas; **Whatever that is!**
¡No tengo ni idea (de lo que es)!
Whatever you say.   Lo que tú
digas/Ud. diga.; **Whatever you
want.**   Como quieras/quiera.

whipped   batido/a
whistle blower   el/la delator/a
white lie   la mentira piadosa
white/light-skinned   blanco/a
why   ¿por qué?; porque (as an
explanation)
wide belt (of land)   la faja, la
franja
win at   ganar (al)
wireless   inalámbrico/a
wish   (n.) el deseo; (v.) desear

witness   presenciar
wrong   equivocado/a

Y

Yes, totally.   Sí, totalmente.
yesterday   ayer
yield   rendir
You see?   ¿Ves? ¿Viste?

ÍNDICE

CAJA DE
HERRAMIENTAS